i

为了人与书的相遇

贾 想 I

贾樟柯电影手记

1996-2008

贾樟柯 著　万佳欢 编

台海出版社

图书在版编目（CIP）数据

贾想．Ⅰ，贾樟柯电影手记1996-2008 / 贾樟柯著；万佳欢编．
-- 北京：台海出版社，2017.2（2024.6重印）
ISBN 978-7-5168-1296-9

Ⅰ．①贾… Ⅱ．①贾… ②万… Ⅲ．①纪实文学－作品集
－中国－当代 Ⅳ．① I25
中国版本图书馆CIP数据核字(2017)第033372号

贾想．Ⅰ，贾樟柯电影手记1996—2008

著　　者：贾樟柯　万佳欢 编	
责任编辑：刘　峰	策划编辑：杨静武　李恒嘉
装帧设计：杨小满	内文制作：杨小满　龚碧函
责任印制：蔡　旭	

出版发行：台海出版社
地　　址：北京市东城区景山东街20号，邮政编码：100009
电　　话：010-64041652（发行，邮购）
传　　真：010-84045799（总编室）
网　　址：www.taimeng.org.cn/thcbs/default.htm
　　　　　E-mail：thcbs@126.com

经　　销：全国各地新华书店
印　　刷：山东韵杰文化科技有限公司
本书如有破损、缺页、装订错误，请与本社联系调换
开　　本：880mm×1230mm 1/32
字　　数：186千字　　　　印　　张：9.25
版　　次：2017年4月第1版　印　　次：2024年6月第12次印刷
书　　号：ISBN 978-7-5168-1296-9
定　　价：49.00元

版权所有　翻印必究

目录

序言
  贾樟柯，和他们不一样的动物 / 陈丹青　　　　　　　　　　　　　*1*

1996 年，《小山回家》
  我的焦点　　　　　　　　　　　　　　　　　　　　　　　　　*13*

1998 年，《小武》
  《小武》导演的话　　　　　　　　　　　　　　　　　　　　　*22*
  片段的决定——《小武》　　　　　　　　　　　　　　　　　　*23*
  我不诗化自己的经历　　　　　　　　　　　　　　　　　　　　*26*
  业余电影时代即将再次到来　　　　　　　　　　　　　　　　　*29*
  有了 VCD 和数码摄像机以后　　　　　　　　　　　　　　　　 *33*
  东京之夏　　　　　　　　　　　　　　　　　　　　　　　　　*37*
  一个来自中国基层的民间导演（对谈） 林旭东 / 贾樟柯　　　　 *42*

2000 年，《站台》
  《站台》导演的话　　　　　　　　　　　　　　　　　　　　　*72*
  片段的决定——《站台》　　　　　　　　　　　　　　　　　　*75*
  谁在开创华语电影的新世纪　　　　　　　　　　　　　　　　　*79*
  假科长的《站台》你买了吗？　　　　　　　　　　　　　　　　*84*
  经验世界中的影像选择 （笔谈） 孙健敏 / 贾樟柯　　　　　　　*87*

2001 年，《公共场所》
  《公共场所》导演的话　　　　　　　　　　　　　　　　　　　*108*

《公共场所》自述   *109*

2002 年，《任逍遥》

《任逍遥》导演的话   *118*

我比孙悟空头疼   *119*

有酒方能意识流   *123*

无法禁止的影像   *127*

世界就在榻榻米上   *139*

听说电影的春天就要到了   *145*

2004 年，《世界》

《世界》导演的话   *152*

乌兰巴托的夜（《世界》插曲） 贾樟柯 / 左小祖咒 作词   *155*

写给山形电影节   *157*

我们要看到我们基因里的缺陷（演讲）   *159*

我的电影基因   *166*

花火怒放，录像机不转   *168*

这一年总算就要过去   *171*

2006 年，《三峡好人》

《三峡好人》导演的话   *178*

2006 年的暗影与光明   *179*

迷茫记   *182*

相信什么就拍什么（对谈） 侯孝贤 / 贾樟柯   *185*

这是我们一整代人的懦弱（演讲） 192
　　大片中弥漫细菌破坏社会价值（对谈） 徐百柯/贾樟柯 199

2006 年，《东》
　　《东》导演的话 220
　　马丁·斯科塞斯——我的"长辈" 221
　　每个人都有贴近自己身体的艺术（对谈） 刘小东/贾樟柯 227
　　找到人自身的美丽（对谈） 汤尼·雷恩/贾樟柯 239

2007 年，《无用》
　　《无用》导演的话 246
　　当我们赤裸的时候，没有阶级区别（对谈） 汤尼·雷恩/贾樟柯 247
　　是剧情片，也是纪录片（对谈） 蔡明亮/贾樟柯 253

2008 年，《二十四城记》
　　《二十四城记》导演的话 268
　　阐释中国的电影诗人（对谈） 达德利·安德鲁/欧阳江河/翟永明 270
　　　　/吕新雨/贾樟柯

附录 贾樟柯简历 284

序 言

贾樟柯,和他们不一样的动物

陈丹青

今天贾樟柯在这里播放《小武》,时间过得真快。

我有个上海老朋友,林旭东,十七八岁时认识,一块儿长大,一块儿画油画,都在江西插队。80年代我们分开了,他留在中国,我到纽约去,我们彼此通信。到今天,我俩做朋友快要四十年了。

我们学西画渴望看到原作,所以后来我出国了。旭东是个安静的人,没走,他发现电影不存在"原作问题"。他说:"我在北京,跟在罗马看到的《教父》,都是同一部电影。"他后来就研究电影,凡是跟电影有关的知识、流派、美学,无所不知。中央美院毕业后他给分到广播学院教书,教电影史。

1998年,他突然从北京打越洋电话给我,说:"最近出了一个人叫贾樟柯,拍了一部电影叫《小武》。"他这样说是有原因的。

林旭东从80年代目击第五代导演崛起的全过程，随后认识了第六代导演，比如张元和王小帅。他在90年代持续跟我通信，谈中国电影种种变化。他对第五代第六代的作品起初兴奋，然后慢慢归于失望。90年代末，第五代导演各自拍出了最好的电影，处于低潮，思路还没触及大片；第六代导演在他们的第一批电影后，也没重要的作品问世。那天半夜林旭东在电话里很认真地对我说，他会快递《小武》录像带给我。很快我就收到了，看完后，我明白他为什么给我打电话。

大家没机会见到林旭东，他是非常本色的人。他参与了中国很多实实在在的事情，包括地下电影和纪录片，他都出过力，是一个幕后英雄。他还亲自在北京张罗了两届国际纪录片座谈会，请来好几位重要的欧美纪录片老导演。

我看过《小武》后，明白他为什么在当时看重刚刚出现的贾樟柯。那一年春天我正好被中央美院老师叫回来代课，在美院又看了《小武》，是贾樟柯亲自在播放。十年前，他不断在高校做《小武》的放映。当时的拷贝只有十六毫米版本，在国内做不了字幕，全片杂糅着山西话、东北话，所以每一场贾樟柯自己在旁边同声传译。中央美院场子比较小，我坐在当中十几排，贾樟柯站在最后一排，有个小小的灯打在他身上。但凡电影角色有对白，他同声"翻译"。就这样，我又看了一遍《小武》。这是奇特的观看经验。后来我还看过一遍，一共三遍。

2000年我正式回国定居，赶上贾樟柯在拍《站台》。他半夜三更把我和阿城叫过去，看他新剪出来的这部电影。那是夏天，马路上热得走几步汗都黏在一起。此后我陆续看他第三部、第四部、第五部电影——最近看到的就是《三峡好人》——我有幸能看到一个导演的第一部电影和此后十年之间的作品。

现在我要提到另一个人——中央美院青年教师刘小东。刘小东比贾樟柯稍微大几岁：贾樟柯1970年出生，刘小东是1963年。1990年，我在纽约唐人街看到美术杂志刊登刘小东的画，非常兴奋——就像林旭东1998年瞧见贾樟柯的《小武》——我想好啊，中国终于出现这样的画家！我马上写信给他，他也立刻回信给我，这才知道他是我校友。刘小东自1988年第一件作品，一直画到今天。我愿意说：刘小东当时在美术界类似贾樟柯这么一个角色，贾樟柯呢，是后来电影界的刘小东。

为什么我要这么说呢？

我们这代人口口声声说是在追求现实主义和人道主义，认为艺术必须活生生表达这个时代。其实我们都没做到：第五代导演没做到，我也没做到，我的上一代更没有做到，因为不允许。上一代的原因是政策不允许，你不能说真话；我们的原因是长期不让你说真话，一旦可以说了，你未必知道怎么说真话。

"文化大革命"后像我这路人被关注，实在因为此前太荒凉。差不多十年后，刘小东突然把他生猛的作品朝我们扔过来，生活在他笔下就好像一坨"屎"，真实极了。他的油画饱满、激情、青春。他当时二十七八岁，正是出作品的岁数，扔那么几泡"屎"，美术圈一时反应不过来，过了几年才明白：喝！这家伙厉害。他一上来就画民工，画大日头底下无聊躁动的青春——又过了好几年，贾樟柯这个家伙出现了，拍了《小武》，一个小偷，一个失落的青年。

十年前我在纽约把《小武》的录像带塞到录像机肚子里：小武出现了。我一看："这次对了！"一个北方小痞子，烟一抽、腿一抖，完全对了！第五代的电影没这么准确。小武是个中国到处可见的县城小混混。在影片开始，他是个没有理想、没有地位、没有前途的青年，站在公路边等车，然后一直混到电影结束，手铐铐住，蹲下，街上的人围上来——从头到尾，准确极了。

中国的小县城有千千万万"小武"，从来没人表达过他们。但贾樟柯这家伙一把就抓住他了。我今年在台湾和侯孝贤聚，我向他问到贾樟柯。侯孝贤说："我看他第一部电影，就发现他会用业余演员，会用业余演员就是个有办法的导演。"这完全是经验之谈。我常觉得和凯歌、艺谋比，和冯小刚比，贾樟柯是不同的一种动物。

我和林旭东都是老知青，我们没有说出"自己"。到了刘小东那儿，他堂堂正正地把自己的愤怒和焦躁叫出来；到了贾樟柯那儿，他把他们那代青年的失落感，说出来了。

扩大来看，可以说，二战后西方电影就在持续表达这样一种青春经验：各种旧文明消失了，新的文明一拨拨起来。年轻的生命长大了，失落、焦虑、茫然，不知道该怎么办。他意识到我也是一个人，我该怎么办？这样一种生命先在西方，后来在日本，变成影像的传奇，从 50 年代末开始成为一条线——《四百下》、《筋疲力尽》、《青春残酷物语》，一长串名单，都用镜头跟踪一个男孩，介于少年和青年之间，用他的眼睛和命运，看这个世界——这条线很晚才进入中国，被中国艺术家明白：啊！这是可以说出来的，可以变成一幅画，一部电影。

80年代在纽约，不少国内艺术家出来了，做音乐的，做电影的。很小的圈子，听说谁来了，就找个地方吃饭聊天。我和凯歌就这么认识了。那时我还没看《黄土地》，只见凯歌很年轻，一看就是青年才俊，酷像导演，光看模样我就先佩服了。《黄土地》是在纽约放映的，我莫名兴奋，坐在电影院一看，才发现是这样的一部电影：还是一部主旋律的电影，还是八路军、民歌、黄河那一套符号。我当时在纽约期待《黄土地》，期待第五代，以为是贾樟柯这种深沉的真实的电影，结果却看到一连串早已过时的日本式长镜头。我很不好意思跟凯歌讲，那时我们是好朋友，现在很多年过去了，我才敢说出来。我这么说可能有点过分，很冒犯，很抱歉。

第五代导演和我是一代人，我们都看革命电影长大。"文化大革命"结束前后我们的眼界只有有限的日本电影和欧洲电影，迷恋长镜头，看到了柯达胶片那种色彩效果，看到诗意的、被解释为"哲学"的那么一种电影腔调。还没吃透、消化，我们就往电影里放，当然，第五代这么一弄，此前长期的所谓"无产阶级革命电影"的教条，被抛弃了。

谢晋导演今年去世了。但第五代导演并没有超越上一代。第五代之所以获得成功，因为他们是中国第一代能够到国际上去参加影展、可以到国外拿奖的导演。

大家如果回顾民国电影，如果再看看新中国第一代导演的电影，譬如《风暴》这样主张革命的电影，譬如《早春二月》这样斯文的电影，你会同意：那些电影的趣味已经具备相当高的水准。《早春二月》是延安过来的左翼青年拍的，他整体把握江南文人的感觉，把握30年代的感觉，本子好，叙述非常从容。我不认为第五代超越了谁，只是非常幸运。他们背后是"文化大革命"，背景是红色中国。"文革"结束后，西方根本不了解中国，很想看看中国怎么回事，西方电影界的左翼对中国电影过度热情，把第五代搁在重要的位置上，事实上也确实没有其他中国导演能在那时取代他们。这一切给西方和中国一个错觉：中国电影好极了，成熟了，可以是经典了。不，这是错觉。

我这样说非常得罪我的同辈，但我对自己也同样无情。我从来没有忘记：我们出发时，只有一个荒凉的背景。现在三十年过去了，我对文艺的期待，就是把我们目击的真实说出来。同时，用一种真实的方式说出来。没有一种方式能够比电影更真实，可是在三十年来的中国电影中，真实仍然极度匮乏。

我记得贾樟柯在一部电影的花絮中接受采访，他说，他在荒败的小县城混时，有很多机会沦落，变成坏孩子，毁了自己。这是诚实的自白。我在知青岁月中也有太多机会沦丧，破罐子破摔。刚才有年轻人问："谁能救救我们？"我的回答可能会让年轻人不舒服：这是奴才的思维。永远不要等着谁来救我们。每个人应该自己救自己，从小救起来。什么叫作救自己呢？以我的理解，就是忠实自己的感觉，认真做每一件事，不要烦，不要放弃，不要敷衍。哪怕写文章时标点符号弄清楚，不要有错别字——这就是我所谓的自己救自己。我们都得一步一步救自己,我靠的是一笔一笔地画画,贾樟柯靠的是一寸一寸的胶片。

2008 年 11 月 23 日于北大百年讲堂

小山回家

1996

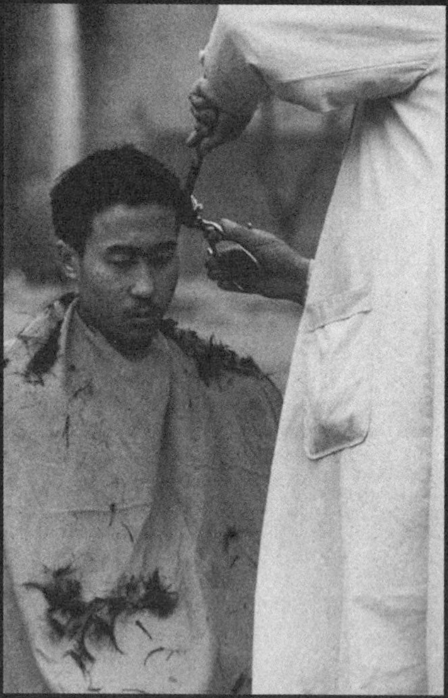

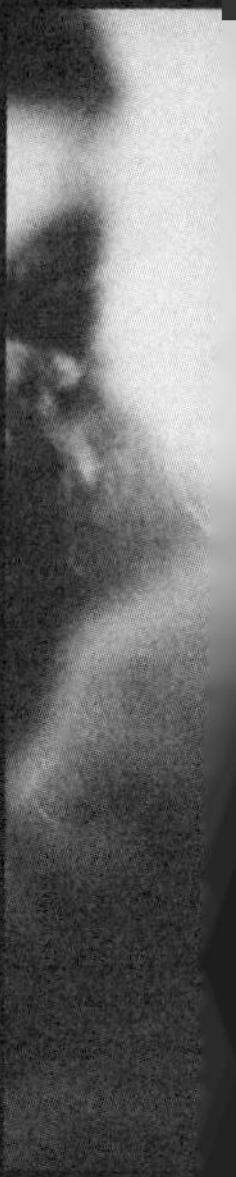

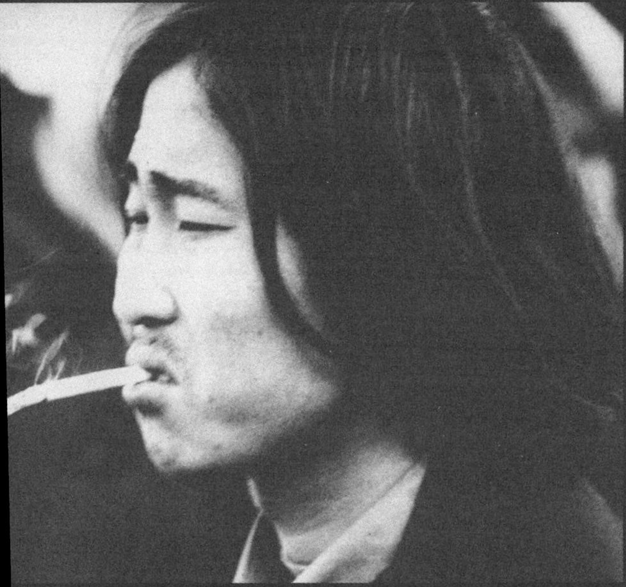

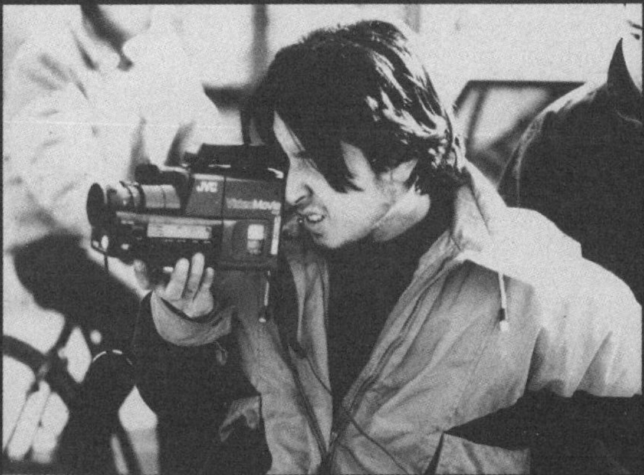
JVC

〈故事梗概〉

1995年元旦,北京。
在北京宏远餐馆打工的民工王小山被老板赵国庆开除。回家前他找了许多从安阳来京的同乡,有建筑工人、票贩子、大学生、服务员、妓女等,但无人与他同行。他落魄而又茫然地寻找尚留在北京的一个又一个往昔伙伴,最后在街边的一个理发摊上,他把自己一头城里人般凌乱的长发留给了北京。

我的焦点

拍完《小山回家》后,总有人问我,为什么要用七分钟的长度,全片十分之一的时间,而仅仅两个镜头,去表现民工王小山的行走呢?我知道,对他们来说,这七分钟足足等于二十八条广告,两首MTV……我不想再往下计算,这是这个行业的计量方法,是他们的方法。对我来说,如果有一个机会让我与别人交谈,我情愿用自己的方式说一些实话。

所以,我决定让摄影机跟踪失业的民工,行走在岁末年初的街道上。也就是在那段新旧交替的日子里,我们透过摄影机,与落魄的小山一起,游走于北京的寒冷中。这长长的七分钟,与其说是一次专注的凝视,更不如说是一次关于专注的测试。今天,当人们的视听器官习惯了以秒为单位进行转换的时候,是否还有人能和我们一起，耐心地凝视着摄影机所面对的终极目标——那些与我们相同或不同的人。

可以不断转换的电视频道改变了人们的视听习惯，在众多的视听产品面前，观众轻易地选择了本能需要。艺术家们一味地迎合，使自己丧失了尊严。再也没有人谈论"艺术的现状和我们的对策"，艺术受到了艺术家的调侃，许多人似乎找到了出路——那就是与艺术迅速划清界限。它们将创作变为了操作，在躲避实用主义者挤兑的同时，使艺术成为了一种实用。将一切都纳入职业规范，甚至不惜压抑激情与力量，艺术中剩下的除了机巧还有什么？

如果这种艺术的职业化仅仅以养家糊口为目的，那我情愿做一个自由自在的业余导演，因为我不想失去自由。当摄影机开始转动的时候，我希望永远能问自己一声，眼前的一切是否是你真正的所思所感？

一时间，单纯的情绪表现成为一种艺术时尚，无论绘画、音乐，还是电影，都停留在了情绪的表层而难以深入到情感的层面。在某部新生代电影MTV式的一千多个镜头中，创作者关注的并非生命个体而是单纯的自己，杂乱的视听素材编织起来的除了自恋还是自恋。许多作品犹如自我抚摸，分散的视点事实上拒绝与人真诚交流。艺术家的目光不再锐利，进而缺乏专注。许多人没有力量凝视自己的真情实感，因为专注情感就要直面人性。一些影片快速的节奏与激情无关，相反只代表着他们逃离真实的状态。因而，当我们这些更为年轻的人一旦拥有摄影机，检验自己的首先便是是否真诚而且专注。《小山回家》中，我们的摄影机不再飘移不定，我愿意直面真实，尽管真实中包含着我们人性深处的弱点甚至龌龊。我愿意静静地凝视，中断我们的只有下一个镜头下一次凝视，我们甚至不像侯孝贤那样，在凝视过后将摄影机摇起，让远处的青山绿水化解内心的悲哀。我们有力量看下去，因为——我不回避。

不知从哪一天起，总有一些东西让我激动不已。无论是天光将暗时街头拥挤的人流，还是阳光初照时小吃摊冒出的白汽，都让我感到一种真实的存在。无论舒展还是扭曲着的生命都如此匆忙地在眼前浮动。生命在不知不觉中流逝，当他们走过时，我闻到了他们身上还有自己身上浓浓的汗味。在我们的气息融为一体的时候，我们就此达成沟通。不同面孔上承载着相同的际遇，我愿意看民工脸上灰尘蒙盖下的疙瘩，因为他们自然开放的青春不需要什么"呵护"。我愿意听他们吃饭时呼呼的口响，因为那是他们诚实的收获。一切自然地存在着，只需要我们去凝视、去体会。

于是，我们的目光所及，不再是自我放逐时的苦痛。在我们的视野中，每一个行走着的生命个体都能给我们一份真挚的感动，甚至一缕疏散的阳光，或者几声沉重的呼吸。我们关注着身边的世界，体会着别人的苦痛，我们用对他们的关注表达关怀。我们不再像他们那样，回避生命的感伤，而直接寻找理性的光辉；我们也不再像他们那样，在摇滚乐的喧嚣声中低头凝望自己的影子，并且自我抚摸。我们将真诚地去体谅别人，从而在这个人心渐冷、信念失落的年代努力沟通人与人之间的思想。我们将把对于个体生命的尊重作为前提并且加以张扬。我们关注人的状况,进而关注社会的状况,我们还想文以载道,也想背负理想。我们忠实于事实,我们忠实于我们。我们对自己承诺——我不修改。

因而,当我们将摄影机对准这座城市的时候,必然因为这样一种态度而变得自由、自信并且诚实。对我来说,获得态度比获得形式更为重要。想明白用什么方法拍电影和想明白用什么态度看世界永远不可分开。它使我获得叙事状态,进而确立影片的整体形态。无论《有一天,在北京》、《小山回家》还是《嘟嘟》,我都愿意获得这样一种基础性的确立。这是谈话的条件,也是谈话的方式。

《小山回家》之所以要分解屏幕功能,使其集中体现多种媒体的特征,就是要揭示王小山以及我们自己的生存状态。在越来越飞速发展的传媒面前,人类的群体被各种各样的媒体包围进而瓦解,这也许就是人类越来越冷漠的原因。我们越来越缺乏自主的思考和面对面的交流,我们传达思想的方式已经被改变。人们习惯了和机器交流,习惯了在内心苦闷的时候去倾听"午夜情话",习惯了在"焦急时刻"去讨论社会,习惯了收看"名不虚传"后再去消费。人们的生活越来越指标化和概念化,而这些指标和概念又有多少不是被传媒所指定的呢?从中央电视台不断开通的频道,到《北京青年报》不断扩大的版面,所有的这些都改变着人们。而来自安阳的王小山,便生活在这些被传媒改造过或改造着的人群之中。传媒的影响无所不在,这便是主人公王小山所处的大环境。另一方面,影片的部分段落之所以敢于将画面舍弃,而代之以广播剧式的方式演进情节，就是源于传媒发展后，广播所唤起的人们对于听觉的重新注意。而影片之所以敢于同时舍弃声画而代之以电脑屏幕似的方式，让观众直接阅读文字，也是借用人们已然形成阅读电脑屏幕的习惯。这样扩展到《小山回家》的其他方面，如文字报道、广告的渗入、《东方时空》式的剪辑，都使影片尽可能地综合已有的媒体形式，从而使观众在不断更换接受方式的同时，意识到此时此刻的接受行为，进而唤起他们对于接受事实、对于传媒本身的反思。

今天，单纯的电影语言探索，已经不能满足我们的需要。对我来说，如何在自己的影片中形成新的电影形态，才是我真正的兴趣所在。因而，我有意将《小山回家》进行平面化、板块化的处理。在线性的情节发展中，形成杂志式的段落拼贴。在段与段、块与块的组合中，我似乎感觉到了那种编辑的快感，而编辑行为本身也诱发了对电影的反思。既然好莱坞利用流畅的剪接蒙骗观众，我倒不如使自己的剪接更主观一些。剪接不隐瞒素材的断裂性和零散性，这正符合我的真实原则。

还记得1994年那个冬天，我们否决了许多诸如"大生产"、"前进"等文词上的创意，将我们这个自发组成的群体命名为"青年实验电影小组"。我们喜欢它的平实，在这个平实的名字中，有我们喜欢的三个词语——青年、实验、电影。

原载《今日先锋》第5期（1997年）

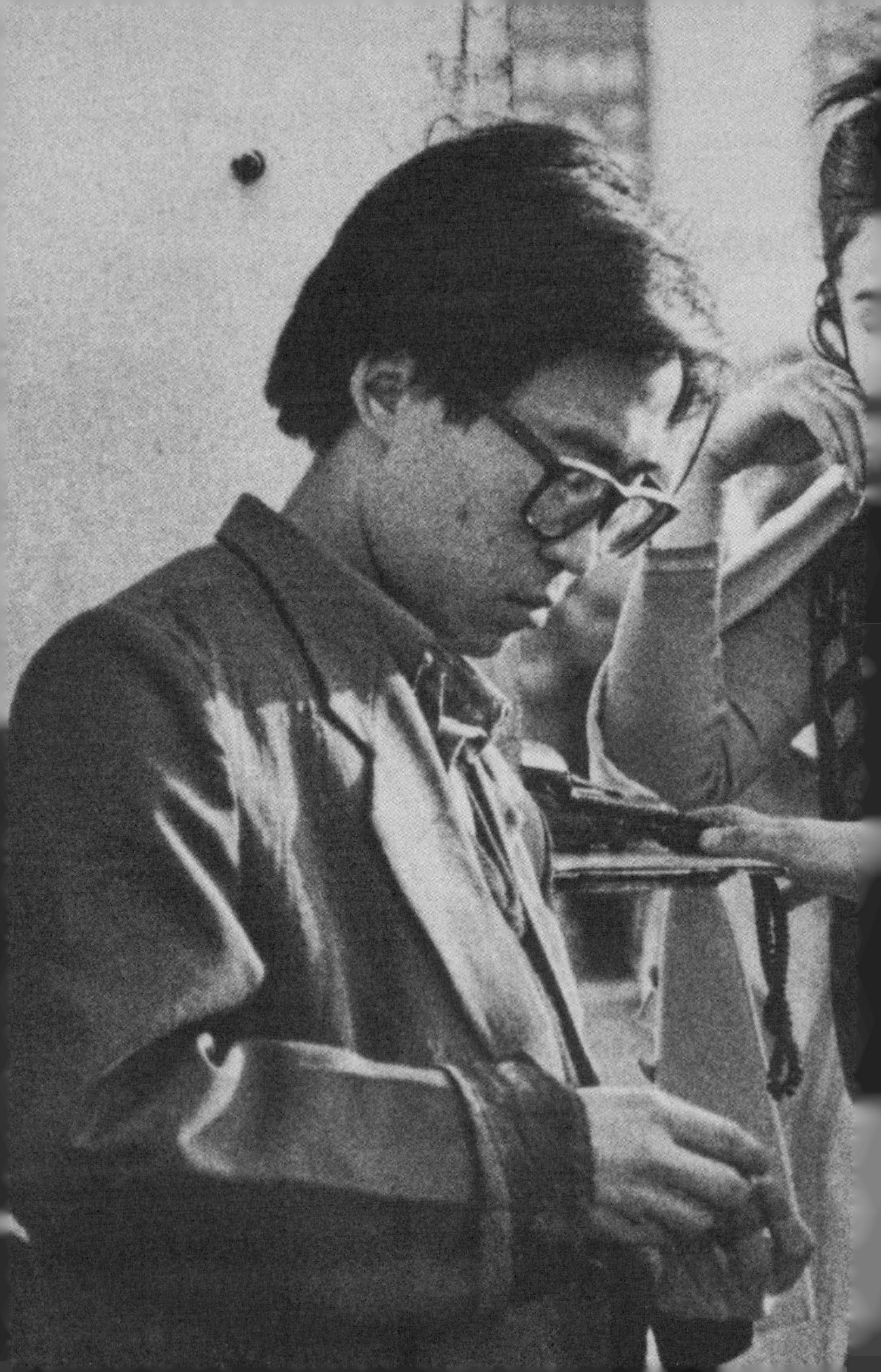

小 武

1998

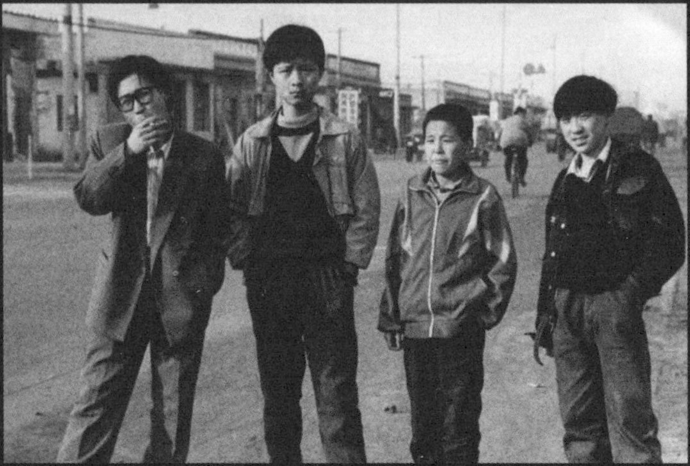

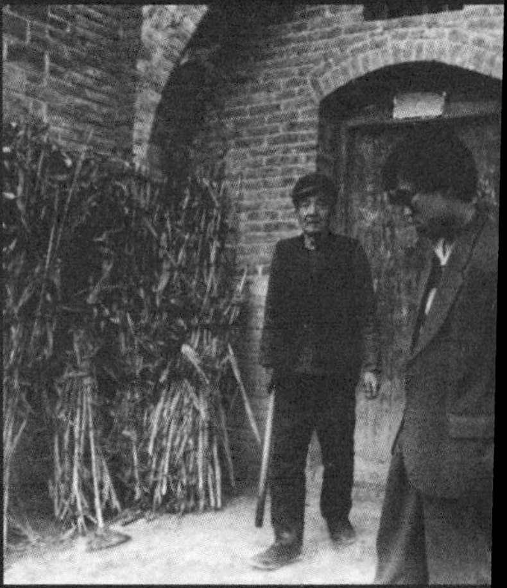

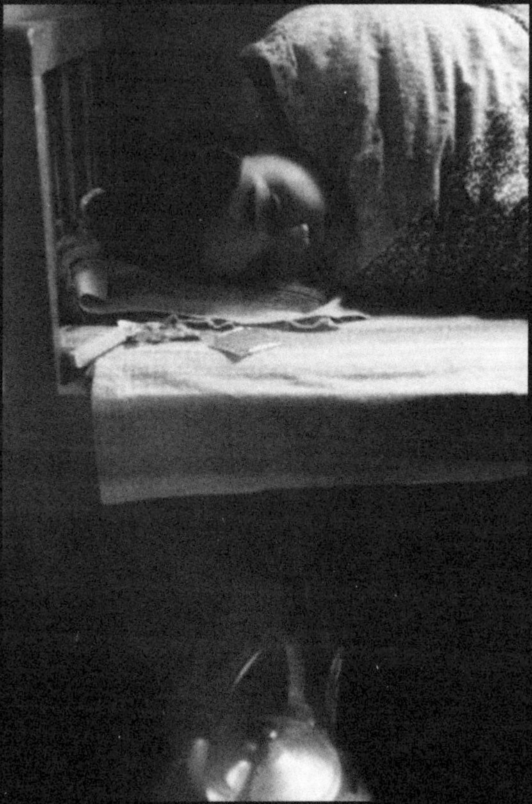

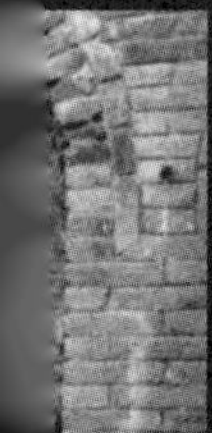

〈故事梗概〉

1997年，山西汾阳。

小武是个扒手，自称是干手艺活的。他戴着粗黑框眼镜，寡言，不怎么笑，头时刻歪斜着，舌头总是顶着腮帮。他常常抚摸着石头墙壁，在澡堂里练习卡拉OK，陪歌女枯燥地轧马路，与从前的"同事"、现在的大款说几句闲言淡语。他穿着大两号的西装，在大兴土木的小镇上晃来晃去。

〈导演的话〉

摄影机面对物质却审视精神。

在人物无休止的交谈、乏味的歌唱、机械的舞蹈背后，我们发现激情只能短暂存在，良心成了偶然现象。

这是一部关于现实的焦灼的电影，一些美好的东西正在从我们的生活中迅速消失。我们面对坍塌，身处困境，生命再次变得孤独从而显得高贵。

影片一开始是关于友情的话题，进而是爱情，最后是亲情。与其说失去了感情，不如说失去了准则。混乱的街道、嘈杂的声响，以及维持不了的关系，都有理由让人物漫无目的地追逐奔跑。在汾阳那些即将拆去的老房子中聆听变质的歌声，我们突然相信自己会在视听方面有所作为。

片段的决定——《小武》

1.公路边等车的少年和他的家人。

这是某一天收工途中,在公路边即兴捕捉到的一幕。初春的田野边,一家人在送年轻的女儿远行。他们彼此沉默,面对同样沉默的大山遥望公路的尽头。我深为别离感动,将它拍下来放在电影的开始。

2.药店里,小武逗更胜的女儿,白发的警察随拆迁测量的人到来。

窗外是喧闹的县城,药店里更胜拉着女儿诚恳地告诫小武。这时白发警察出现,警察与小偷闲聊,话题转到了靳小勇的婚礼上。拍摄时我放弃了分切,让摄影机摇来摇去,我突然觉得有一种县城秩序无法切断,只能在一旁深切观望。

3. 小武去小勇家，两兄弟面对面。

正在准备婚礼的小勇接待不速之客小武，一个玩弄着打火机，一个焦躁地左顾右盼。这是戏剧性的时刻，我思来想去还是决定不要有戏剧性的发作。谁不是把自己的苦衷埋藏在心底？于是小武独自离开，放下红包，带上隐衷。这就是我所熟悉的人际方法。

4. 小武与梅梅走在歌厅一条街。

梅梅：我今天不应该穿高跟鞋。

小武走上了台阶。

梅梅：你咋不往楼上爬，那不更高？

小武优雅地爬上了二楼。

自尊、冲动以及深藏内心的教养，是我县城里那些朋友的动人天性。

5. 小武在二楼上咬一颗青涩的苹果，楼下他情窦初开的小徒弟与女友低头一前一后走在喧闹的午后街市，音乐传来，是《喋血双雄》的片断。

这是我二十年县城生活中经常享受的时刻，在某个阳光充足的午后，凝视熟悉的人与物，会突然有一种东西涌出胸膛，让人感觉一切都是新的。

6. 小武再次去歌厅找梅梅，老板娘端一盆水从院子里进来。

原来歌厅里有一个门通往后院，老板娘从景深端水而来，日常景象就这样与幽暗的歌厅相联结,距离如此之近,只有一帘之隔。在现场发现这扇通往后院的门让我兴奋良久。

7. 小武去探访病中的梅梅,画面中始终只有他身体的局部的局部。

无论如何,他不能完全进入这个女人的生活。

8. 小武买来热水袋,梅梅与他并肩坐在床上。她为他唱起了王菲的《天空》。

这是一幅逆光风景,两个注定要分开的人恰好坐在一起。阳光充足,逆光中片刻的爱情看上去有些迷茫。我常常让摄影机迎着阳光拍摄,让潮湿的世界有片断的温暖。虽然爱情只有短短的一瞬。

9. 小武被父亲赶出家门,一个人走在弯曲的村路。

摄影机360度摇,广播中既有村民卖猪肉的广告也有香港回归的消息。远与近、家与别处在无奈的环视中渐成背景,不得不离开。

10. 片尾,围观小武的人群。

这是即兴找到的结尾。我们在看电影,电影中的人在看我们。

原载《今日先锋》第12期(2002年)

我不诗化自己的经历

有一次在三联书店楼上的咖啡馆等人,突然来了几个穿"制服"的艺术家。年龄四十上下,个个长发须,动静极大,如入无人之境,颇有气概。

为首的老兄坐定之后,开始大谈电影。他说话极像牧师布道,似乎句句都是真理。涉及人名时决不带姓,经常把陈凯歌叫"凯歌",张艺谋叫"老谋子",让周围四座肃然起敬。

他说:那帮年轻人不行,一点儿苦都没吃过,什么事儿都没经过,能拍出什么好电影?接下来他便开始谈"凯歌插队"、"老谋子卖血"。好像只有这样的经历才叫经历,他们吃过的苦才叫苦。

我们的文化中有这样一种对"苦难"的崇拜,而且似乎是获得话语权力的一种资本。因此有人便习惯性地要去占有"苦难",

将自己经历过的自认为风暴,而别人,下一代经历过的又算什么?至多只是一点坎坷。在他们的"苦难"与"经历"面前,我们只有"闭嘴"。"苦难"成了一种霸权,并因此衍生出一种价值判断。

这让我想起"忆苦思甜",那时候总以为苦在过去,甜在今天。谁又能想到"思甜"的时候,我们正经历一场劫难。年轻的一代未必就比年长的一代幸福。谁都知道,幸福这种东西并不随物质一起与日俱增。我不认为守在电视边、被父母锁在屋里的孩子比阳光下挥汗收麦的知青幸福。每个人有每个人的问题,一代人有一代人的苦恼,没什么高低之分。对待"苦难"也需要有平等精神。

西川有句诗:乌鸦解决乌鸦的问题,我解决我的问题。带着这样一种独立的、现代的精神,我们去看《北京杂种》,就能体会到张元的愤怒与躁动,我们也能理解《冬春的日子》中那些被王小帅疏离的现实感。而《巫山云雨》单调的平光和《邮差》中阴郁的影调,都表现着章明和何建军的灼痛。他们不再试图为一代人代言。其实谁也没有权利代表大多数人,你只有权利代表你自己,你也只能代表你自己。这是解脱文化禁锢的第一步,是一种学识,更是生活习惯。所以,"痛苦"在他们看来只针对个人。如果不了解这一点,你就无法进入他们的情感世界。很多时候,我发现人们看电影是想看到自己想象中的那种电影,如果跟他们的经验有出入,会惶恐,进而责骂。我们没有权利去解释别人的生活,正如我喜欢赫尔佐格的一个片名《侏儒也是从小长大的》,没有那么多传奇,但每个人长大都会有那么多的经历。

对,谁也不是从石头缝里蹦出来的。我开始怀疑他们对经历与苦难的认识。

在我们的文化中,总有人喜欢将自己的生活经历"诗化",为自己创造那么多传奇。好像平淡的世俗生活容不下这些大仙,一定要吃大苦受大难,经历曲折离奇才算阅尽人间。这种自我诗化的目的就是自我神化。因而,我想特别强调的是,这样的精神取向,害苦了中国电影。有些人一拍电影便要寻找传奇,便要搞那么多悲欢离合、大喜大悲,好像只有这些东西才应该是电影去表现的。而面对复杂的现实社会时,又慌了手脚,迷迷糊糊拍了那么多幼稚童话。

我想用电影去关心普通人,首先要尊重世俗生活。在缓慢的时光流程中,感觉每个平淡生命的喜悦或沉重。"生活就像一条宁静的长河",让我们好好体会吧。

北岛在一篇散文中写道:人总是自以为经历的风暴是唯一的,且自喻为风暴,想把下一代也吹得东摇西晃。

最后他说,下一代怎么个活法?这是他们自己要回答的问题。

我不知道我们将会是怎么个活法,我们将拍什么样的电影。因为"我们"本来就是个空洞的词——我们是谁?

业余电影时代即将再次到来

在釜山一家远离市区的饭店里,汤尼·雷恩代表英国《声与画》杂志就电影中的一些问题与我进行讨论。这是一次疲倦但颇为愉快的访问,远离电影节的喧闹,我们把焦点投注在电影的过去、现在与未来。

当窗外的大海潮声渐起之时,我们的交谈也渐近尾声。不知为什么,关于电影的交谈往往容易使人陷入伤感。为了摆脱这种情绪,汤尼话锋一转问我:你认为在未来推动电影发展的动力是什么?

我不假思索地答道:业余电影的时代即将再次到来。

这是我最为真切的感受,每当人们向我询问关于电影前景的看法,我都反复强调我的观点。这当然是对所谓专业电影人士的质疑。那种以专业原则为天条定律，拼命描述自己所具备的市场能力的所谓专业人士，在很久以前已经丧失了思想能力。他们非常在意自己的影片是否能够表现出所谓专业素养，比如画面要如油画般精美，或者要有安东尼奥尼般的调度，甚至男演员脸上要恰有一片光斑闪烁。他们反复揣摸业内人士的心理，告诫自己千万不要有外行之举，不要破坏公认的经典。电影所需要的良知、真诚被这一切完全冲淡。

留下来的是什么？是刻板的概念，以及先入为主的死抱不放的成见。他们对新的东西较为麻木，甚至没有能力判断，但又经常跟别人讲：不要重复自己，要变。

事实上，一些导演对此早有警惕。我想早在十年前，基耶斯洛夫斯基反复强调自己是个来自东欧的业余导演，并非一时谦逊。在他谨慎的语言中有着一种自主与自信的力量。而刚刚仙逝的黑泽明一生都在强调：我拍了这么多电影仍未知电影为何物，我仍在寻找电影之美。

本届釜山国际电影节评委、日本导演小栗康平不无忧虑地说到，过去十年间亚洲电影的制作水平提高了很多，已经基本上能与世界水平看齐，但电影中的艺术精神却衰落了很多。而前香港国际电影节选片、另一位评委黄爱玲则说："在高成本制作的神话背后，是文化信心的丧失。"在这样的背景中，釜山国际电影节加强了对亚洲独立电影的关注。十二部参赛电影多为颇具原创性的新人新作。而电影节本身，也因这样的选片尺度而受到全球的瞩目。短短三年时间，釜山电影节已经让东京影展逊色几分，个中原因不问自明。

"金融危机中的亚洲电影"成为本届釜山影展关注的焦点,在经济的原因之外,好莱坞的全面入侵、全球统一的时尚趋势,都使亚洲各国的民族电影面临考验。在为《小武》举行的记者招待会上,我说到了韩国一打开电视,看到了和在北京看到的一样的卫星电视,感到一种失望。再过几年,全亚洲的青年都在唱同一首歌,喜欢一样的衣服,女孩子化一样的妆,拎一样的手袋,那将是一个怎样的世界!也就是在这样的文化氛围中,坚持本土文化描述的独立电影,才能提供一些文化的差异性。我越来越觉得,只有在差异中,人类才能找到情感的沟通和位置的平衡。全球同一的时尚趋势,会使世界变得单调乏味。随后我强调,总是在电影处于困难之时,总是在电影工业不景气的时候,总是在文化信心不足的时刻,独立电影以其评判与自省的独立精神、不拘一格的创新力量从事着文化的建设。

于是我说,业余电影的时代即将再次到来。

这是一群真正的热爱者,有着不可抑制的电影欲望。他们因放眼更深远的电影形态而自然超越行业已有的评价方式。他们的电影方式总是出人意料,但情感投注又总能够落入实处。他们不理会所谓专业方式,因而获得更多创新的可能。他们拒绝遵循固有的行业标准,因而获得多元的观念和价值。他们因身处成规陋习之外而海阔天空。他们也因坚守知识分子的良心操守而踏实厚重。

在这些人中,有《筋疲力尽》的戈达尔,也有身处《黄金时代》的布努埃尔。有罗麦尔,也有被拒绝在电影学院门外的法斯宾德。

波兰斯基曾经说过:"在我看来整个新浪潮电影都是业余作品。"而这位高傲的专业人士不曾想到,正是这些天才的业余作品给电影带来了无穷的新的可能。

这已经是二十年前的事了。

那么今天呢?你很难说流连在盗版 VCD 商店的人群中,出现不了中国的昆汀·塔伦蒂诺;你也很难说有条件摆弄数字录像机的青年里出现不了当代的小川绅介。电影再也不应该是少数人的专有,它本来就属于大众。在上海,我曾同一批电影爱好者有过接触,这些以修飞机和制作广告为生的朋友,也许会为未来的中国电影埋下伏笔。我一直反感那种莫名其妙的职业优越感,而业余精神中则包含着平等与公正,以及对命运的关注和对普通人的体恤之情。

原载于《南方周末》(1999 年)

有了VCD和数码摄像机以后

有一天下午,在当代商城附近的一家商店,我同时买了两张VCD光盘。一张是爱森斯坦的《战舰波将金号》,一张是奥逊·威尔斯的《公民凯恩》。

起初我并没有什么感觉,但在回家的路上,当车过大钟寺附近楼群外的那片田野时,突然意识到我用几十块钱,就把两个大师的两部杰作装在了自己的口袋里,心里猛然的一阵温暖。想时代到底是不一样了,那些曾经被人神秘兮兮地锁在片库里,只供内部参考、严禁转录的片子,如今可以轻而易举地流入百姓家,而那些身处"外部"仍对电影感兴趣的人,也可以坐在家里吃着炸酱面研究诗意蒙太奇或者景深镜头了。

从前像这样的片子都叫"内部参考片",听说看"内参片"

发源于"文革"时期,"文革"结束后因为思想解放运动的兴起,"内参片"得以在更大的范围内放映。至今一些突然被纳入"内部"曾经享受过"参考片"待遇的老前辈,回忆起"内参片"时代还颇有几分得意。但今天想起来却让人感慨良多,把看电影和行政级别、专业属性联系起来,也算是中国的一大发明。看电影变成一种特权,这里面有对普通人智力的轻视,也有对普通人道德水平的怀疑。"内部参考"四个字一下子将电影和普通民众拉开了距离,那些被认为需要参考、有能力参考的人才能进来。其他人则对不起,怕你看不懂,怕你学坏,大门为你关闭。久而久之,能看到参考片的人变得优越起来。

现在不一样了,我们终于可以平等地分享电影,分享那些活动影像里所具有的思想和情感。在欧洲,很多人不理解为什么声像质量不是很好的 VCD 会在中国如此流行。他们不知道,这是因为 VCD 便宜的价格,更是因为求知欲,因为要找回我们的权利。那些曾经仅仅是书本、杂志上的片名,今天我们要变为真实的、经验中的一部分。我们要看马龙·白兰度,也要看玛丽莲·梦露。我们要看《战舰波将金号》,也要看《教父》。每个人都有权利分享人类共同的精神财富,就像印刷术传入西方使庶民可以分享知识、典籍一样,VCD 的兴起也打破了某些机构、单位对电影资源的垄断。将会有更多的人受益于 VCD 的流传,它使普通人阅读电影经典成为可能。就像许许多多人通过阅读各种各样的小说成为小说家一样,我们可以想象将会有一些人通过观看 VCD 成为电影作者。况且在电影这个行当里,很多人就是通过大量地观看成为出色人才的。远的有戈达尔、特吕弗这些曾经整天泡在电影资料馆的社会闲散，近的有录像带出租店的小店员昆汀·塔伦蒂诺。他们是成功的例子，他们的成功首先来自不停地观看。

再说说数码摄像机。

数码摄像机最小的只有巴掌大小，你可别轻视它，这种依赖数字技术的摄录设备虽然只要万元左右，但它拍出来的影像却非常清晰。在国外，越来越多的人用它来拍片子，特别是纪录片；而在国内，越来越多的人手里有了这个玩意。

在城东的一个酒吧，有一天我碰见四个摄影队在这里拍纪录片。虽然我对四个导演竟然都在拍同一支摇滚乐队颇感不解，但他们手中一水齐的数码摄像机让我非常感慨。的确，数码摄像机的出现，让拍摄更简单、更灵活、更便宜。它使更多人可以摆脱资金和技术的困扰，用活动影像表达自己的情感。就像超8毫米电影的潮流，使电影更贴近个人而不是工业。这种电影实践，将会潜在地改变中国电影的精神，就像越来越多的人依赖数码摄像机拍摄纪录片和实验电影一样，纪录精神中有一种人道精神，实验电影中有一种求新精神，这些都是中国电影所缺乏的。

在欧洲特别是瑞士，有一些公司可以将数码摄像机拍下的影像很好地转为电影胶片。几十万元的成本虽然相对来说还是很贵，但这使数码影像有机会进入影院，也为数码影像作品提供了前景。当我刚刚知道这些事情的时候，欧洲已经涌现出了杰出的实践者。丹麦几个电影工作者发表了一个"95宣言"，他们要反对电影工业对电影创作的束缚，提出要以尽量手工化的拍摄，尽量少的灯，尽量低的成本，以及全部的手提摄影来制作电影。他们中的成功作品包括风靡一时的《破浪》。数码技术为他们的"95宣言"找到了最好的技术支持。

在法国的一家影院，我观看了文德斯的最新纪录片《乐满哈瓦那》（Buena Vista Social Club）。这部主要拍摄于古巴、讲述几个老爵士乐手生活的影片也是用数码技术拍摄，而后转为胶片的电影。银幕上粗颗粒的影像闪烁着纪录的美感，而数码摄像机灵巧的拍摄特点，也为这部影片带来了丰富的视点。观看过程中始终伴随着观众热情的掌声，不禁让我感慨，一种新的电影美学正在随数码技术的发展而成型。数码摄像机对照度的低要求，极小的机身，极易掌握的操作，极低的成本，都使我们看到一种前景。

有了VCD，我们有机会看到各种各样的好电影；有了数码摄像机，我们能够轻易地拍下活动影像。

一个人如果看了大量VCD，手里又有一台数码摄像机，他会怎么样呢？电影是被发明出来的，VCD是被发明出来的，数码摄像机是被发明出来的。感谢这些发明吧！

东京之夏

一到东京,市山尚三就问我有没有兴趣去镰仓看看。镰仓距东京约一个小时车程,小津安二郎的墓便在那里的古刹丹觉寺中。市山是《海上花》的监制,他从侯孝贤那里知道我也喜欢小津的电影,便相约去大师的墓前看看。

同行的还有荒木启子和藤冈朝子,荒木是日本 PIA 电影节的主席,藤冈朝子是山形国际纪录片电影节的选片人。我们四个人相识已经多年,每次见面都是在海外匆匆一聚,更多时候靠 Email 互通音讯,并不清楚对方在忙些什么。

7月正是日本的雨季,那天雨还不小,我们一行四人为小津献上一束鲜花,在无名无姓、只一个"无"字的墓碑前站了一会儿,便回返东京。这几天正巧是 PIA 影展召开的时间,荒木抽空陪我,但话题仍是她的工作。早就听说PIA影展对日本电影影响巨大，这一次终于明白了它的意义。

PIA是日本的一本杂志，每周出版一次，介绍下一周全日本的电影、展览、音乐会、舞台剧等文艺信息。杂志创刊的时候，社长矢内广还是一个大学生。当时日本的经济开始起飞，东京也逐渐成为东方的艺术中心。在突然增多的艺术活动面前，年轻人变得无从选择。矢内广看准机会，创办了PIA杂志，依靠及时准确的艺术信息，帮助青年人进行文化消费。这本小册子奇迹般地为他带来了亿万家资，直到今天，PIA仍然深刻地影响着日本青年的艺术生活。而杂志一年巨大的广告收入，也使它们有能力干更多的事情。

70年代，日本经济经过60年代的高速发展，进入了平稳阶段，而日本电影经过席卷60年代的日本新浪潮运动也刺激了青年人的电影激情。很快，电影成为日本青年表达自我的一种重要途径。各种身份、各行各业有兴趣的人士都有条件拿起八毫米摄影机，表达自己内心的声音。PIA杂志适应新的情况，于1977年开始创办了PIA电影节，接受任何长度、随意规格的电影参赛，为数以千计的独立短片、私人电影提供放映的机会，并通过PIA影展为实验电影寻找出路。

很快，PIA影展与日本的独立电影形成了良好的互动，因为有了PIA影展，年轻人开始看到了个人电影创作的出路，哪怕只是一部四分钟的八毫米电影，如果能被PIA影展选中，能进而获奖，都有可能为作者带来进入电影界的机会，而松竹、东宝之外的大批独立电影公司，也通过 PIA 影展寻找人才。每年都有一些新人通过 PIA 影展被投资人发现，有机会制作更大规模的长片。以一部《萌之朱雀》获戛纳影展金摄影机奖的河濑直美和以《幻之光》、《死后》享誉世界影坛的是枝裕和都是 PIA 影展最早发现并推出的。

通过这样一个影展，大批青年人迈出电影生涯的第一步。钱、技术条件的限制被降到了最低，在一个经济起飞的国度里，一个有电影兴趣的人用八毫米胶片或电视摄像机去拍一个几分钟的短片并非难事，重要的是有了 PIA 影展，有了这样一个联结电影爱好者和电影公司、电影机构的管道。PIA 影展给了无数电影爱好者迈出第一步的信心，也给了他们从小事做起、踏踏实实起步的平常心。不要抱怨，不要太有怀才不遇的郁闷，不要光做嘴上的大师，请先拍一部短片吧，不能拍三十五毫米就拍十六毫米，不能拍十六毫米就拍八毫米，不能拍八毫米就拍 BEAT，不能拍 BEAT 就借一部家用录像机拍 VHS。九十分钟也好，两分钟也行，用什么方式表达并不重要，重要的是你要用你的才华表现你对这个世界独特的看法。因而，我在日本基本上没有听到技术至上主义者唬人的说教，也看不到投资至上主义者的炫富。电影不再神秘，它是那样自然地贴近普通人。因而日本电影也便呈现了良好的生态，健康自然地迎来繁荣，或者面对低谷。当然 PIA 影展本身也是一种体制，也会有体制的毛病。比方，影展选片的尺度肯定会有所偏颇，而评委个人的美学趣味也会决定一部影片的命运。但至少它提供了一个机会，形成了一条狭窄而透明的管道。去年日本有一百五十部处女作长片，这是一个不可思议的数字。

荒木启子问我在中国有没有类似的影展，我一时惭愧，自尊心让我沉默。

这些年来，我目睹了太多朋友想拍一部电影而经历的遭遇。有的人怀抱一叠剧本，面对"推销者勿入"的牌子，艰难地推开一家又一家公司。在各种各样的脸色面前，自尊心严重受挫，理想变成了凶手。有的人将希望寄托在人际关系之上，千方百计广交朋友，在逢场作戏中盼望碰到大哥，能帮小弟一把。但大哥总在别处，希望总在前方。有一天突然会有"老板"拿走你的剧本，一年半载后，才发现"老板"也在空手套白狼，而且不是高手。也有人在向外国人"公关"，参加几次外交公寓的party后，才发现洋务难搞，老外也一样实际。大小娱乐报纸你方唱罢我登场，一片繁荣景象。但在北太平庄一带遛遛，心里依旧凄凉。机会看起来很多却无从入手。于是电影研究得越来越少，社交能力越来越强。几个同病相怜的朋友偶尔相聚，在北航大排档喝闷酒，猜拳行令时开口便是："人在江湖漂呀，谁能不挨刀呀！一刀，两刀……"

的确，电影越来越像江湖。你看，媒体谈论第五代和第六代，就像谈论两个帮派。其实大家各忙各的，并不相干，但江湖上总会制造一些传言，引起恩恩怨怨。现在谈电影就像在传闲话，谈电影就等于在谈钱。谈了这么多年，也不嫌累，烦不烦？

我想PIA的经验对中国电影来说非常重要，一个行业总要寻找到一种选拔人才的管道，就像不断地有活水引入，总要有新生力量自下而上出现，带来底层的经验、愿望，带来泥土的气息，带来源源不息的生命力。而行业自身的完善是一个问题的另一面。有行业才能有行规，有行规事情才能规范，才能简单。我们才不必陷入人情、人际关系的陷阱中。艺术原则也好、商业原则也好，总比喜怒无常的人和恩恩怨怨的人际关系来得可靠。

离开东京前，我参加了PIA电影节的闭幕酒会。酒会在帝国饭店举行，起初大厅里站满了西装革履的中年人，这让我很不自在。好不容易看到了河濑直美的丈夫仙头武则，这个少年得志的制片人也是西装革履。我向他抱怨酒会太严肃，他无奈地摇了摇头，他是评委，不得不这样。崔洋一走过来，邀我们去看他的新片。老崔以一部《月亮在哪边》轰动日本影坛，但新片放映看得出依旧很紧张。说话间，一群染着黄头发、穿着胶鞋、衣服上挂着很多铁链的年轻人冲了进来。大厅的宁静顿时被打破，这些刚刚在PIA影展获奖的年轻人的到来，使会场活跃起来，这就是年轻的力量。

会场里人人兴高采烈，那是人家的事，与我这个中国人无关。正在我郁闷的时候，藤冈朝子告诉我今年山形国际纪录片电影节要请林旭东当评委。这让我欢快了许多。国际影坛需要中国人的参与，林老师推动中国纪录片若干年，能代表一种新的眼光。东京又下起了雨，我急切地想回到北京，回到工作中去。

原载于《南方周末》(1999年8月20日)

一个来自中国基层的民间导演（对谈）

林旭东 / 贾樟柯

林旭东，1988年毕业于中央美术学院版画系，获硕士学位。1999年任第6届日本山形国际纪录片电影节评委，2003年任香港国际电影节评委。著有《纪录电影手册》一书。

林旭东　《小武》这部影片是你个人经历的一种写照吗？

贾樟柯　不是的。这部片子在国外放的时候也有很多记者问过我这个问题，实际情况不完全是这样。当然，这部影片选择在我的老家拍摄，它肯定跟我的个人成长背景有一定的联系。

林旭东　可以谈一下这个背景吗？

贾樟柯　我是1970年在山西汾阳出生的。我父亲原来在县城里工作，因为出身问题受到冲击，被下放回老家，在村里当小学教员，教语文。我有很多亲戚到现在还一直住在乡下——这样一种农业社会的背景带给我的私人影响是非常大的，这是我愿意承认，并且一直非常珍视的。因为我觉得在中国，这样一种背景恐怕不会只是对我这样出身的一个人，仅仅由于非常私人的因素才具有特殊意义。我这里指的并不是农业本身，而说的是一种生存方式和与之相关的对事物的理解方式。譬如说，在北京这个城市里，究竟有多少人可以说他自己跟农村没有一点联系？我看没有几个人。而这样一种联系肯定会多多少少地影响到他作为一个人的存在方式：他的人际关系、他的价值取向、他对事物的各种判断……但他又确确实实地生活在一个现代化的大都市里。问题的关键是怎么样去正确地面对自己的这种背景，怎么样在这样一个背景上去实实在在地感受中国人的当下情感，去体察其中人际关系的变化……我觉得，如果没有这样一种正视，这样一种态度，中国的现代艺术就会失去和土地的联系——就像现在有的青年艺术家做的东西，变成一种非常局部的、狭隘的私人话语。

比起我在学校里所受到的教育，我更庆幸的是，在自己早年的成长过程中，能有机会从一些生活在社会底层的普通人身上接触到一种深藏在中国民间的文化渊源。通过他们待人接物的方式，我明白了一种处世的态度。这方面尤其要提到我的"奶妈"对我的影响特别大。

叫"奶妈"，其实我并没有吃过她的奶，我也不知道为什么要这么叫，大概只是小孩子的一种习惯。奶妈跟我们家住在一个大杂院里。那个时候我们那儿社会治安特别乱。我记得有天夜里我父母出去开会了,就我跟姐姐在家。我们正在里屋炕上,忽然发现外面房间里有人闯了进来,在偷东西,听得特别清楚——当时把我们两个小孩子给吓得……我不知道今天的孩子怎么样,我记得我小时候总是对周围感到特别的恐惧。那个时候我父母工作特别忙,经常不在家,没办法只好托同院的奶妈照顾一下我们。这样以后只要家里一没大人,我就跟姐姐去找奶妈,跟奶妈学剪纸,听奶妈讲《梁山伯与祝英台》,饿了就跟奶妈一家在一个锅里吃。

奶妈一家本来住在邻县的孝义,她丈夫是个会看阴阳的风水先生。丈夫去世以后,她就带着三个孩子跑到汾阳来了,在长途汽车站旁边摆了个摊,卖点茶水和煮鸡蛋什么的,靠这个把三个孩子拉扯成人。奶妈特爱干净,不管什么时候她身上、家里都收拾得很干净。她还特要强,遇事轻易不会对人张口。我记得奶妈一直对我说:为人要讲义气,待人要厚道,对父母要孝顺,遇事要勇敢。对她来说,这些道德不是什么抽象的概念,而是一些非常实在的日常行为准则,是一种根植于她人性中的善良。她识字不多,没念过什么书,但是从她的身上我感受到一种很深的教养,这种教养不是来自书本,而是得自一种世代相承的民间传统——我觉得这实际上就是一种文化。我总感到文化和书本知识并不完全是一回事。就像有的人确实读了不少的书,看上去好像挺有学问,但是这种所谓的学问除了增加他傲视旁人的资本外,并不能实际地影响到他作为一个人的基本态度。在那些人的眼里,知识就跟金钱一样,只是一种很实用的流通工具。正是在这层意义上来讲,我觉得我在奶妈身上看到了比那种所谓的知识分子身上更多的文化的尊严。

就这样我长到了十七八岁。说老实话，我的青春期过得特别混乱，简直就是稀里糊涂的，不知道是怎么回事——有很多东西我自己到现在也还没有完全理清，总之充满了躁动。我当时还走过穴——在一个歌舞团里跳霹雳舞，你信不信？别看我现在这么胖（笑）。这些经历，我打算都编到我的下一部片子《站台》里，讲一个流浪的剧团。那个里面真的有我自己那段生活的很多影子，跟《小武》不大一样。

不过那个时候有一点我是明确的：那就是要走出去，想要离开那块土地——我不想过那种每天八小时上下班的日子，觉得那样简直太无聊了！我想去找一个自由的职业，做一个没有人管束的人，这样我中学毕业后就跑到了太原。一开始的当务之急，就是要首先为自己谋个生计。我原来学过点画，于是就进了山西大学办的一个美术班，想再打点基础，出来后好进广告公司去搞平面设计。那个时候的想法就是觉得这个行业不错，来钱快，自己想在这一行里混，可又什么都不懂，只好赶紧去现学。其实，我当时最入迷的实际上是写作，算是个文学青年吧。

林旭东 你从什么时候开始写东西的？

贾樟柯 在上小学五年级的时候，《山西青年》登过我的一篇散文，是写晋祠的。到了十六七岁，我开始写小说。在离开山西的时候已经在《山西文学》上发表了小说，当时还挺受山西作协的看重，找去谈话。说我们这儿快要有文学院了，你来吧，给你发工资，你就在这里写小说好了。当时在山西那个地方也已经算是崭露头角了。

林旭东 但是这种承认当时对你个人的现实处境有多少实际的影响？

贾樟柯 主要还是一种精神上的满足。

林旭东 你当时的实际生活是什么样的？

贾樟柯 在那段时间里，我和几个画画的朋友一起住在太原南郊的许西村。那个地方在铁路边上，我们的邻居里头有农民、卖水果的小贩，还有跑长途运输的卡车司机呀什么的。

刚开始，我从家里出来的时候带了些钱，但很快就花得差不多了。我就开始出去找活干。我在山西大学上的那个班每天只上半天课，我跟朋友一起去给别人的家里画过影壁，给饭店画过招牌什么的。

在那些日子里，我有过许多任何一个从小地方到大城市来讨生活的人都可能会有的经历……尤其是，当你睡到半夜三更被人毫不客气地叫起来接受盘查的时候，那你就会切切实实地体会到你在这个地方真正的社会地位——在这个城市里你没有户口，没有固定的正式工作单位——在这儿一些人的眼里你是所谓的"社会闲杂人员"。尽管像我们这样的人比起某些有正式工作的人来说，实际上要辛苦得多，也要努力得多，但在当时，在这样一个问题上，我们没有任何发言权——我真感到不公平。

就是在这样一个生存空间里，我逐步地形成了自己的一个基本生活态度：那就是不要去迷信任何人、任何事、任何机构，相信只有通过自己的努力才有可能去实现自己的目标，证明自己的存在价值。

林旭东　你是在什么时候决定要搞电影的？

贾樟柯　那是在1990年，当时正好二十岁——关于这个问题，我想我现在还是应该老老实实地承认：那是在看了《黄土地》以后。

当时那个电影已经出来很久了，可是我还一直没有看到过。那天，正好离我住的地方不远有一家太原电影院在放，我去看了——那也是我第一次看到"第五代"的电影。看了之后，当时我一下子被电影这种方式震住了！我感到它比我所知道的任何一种表达方式都具有更大的包容性和可能性：除了视觉、听觉，它还有时间性——在这么长的一个时间段里，你可以传达出非常丰富的生命体验来……我想，我一定要去搞电影！再后来，我就跑到北京来考了电影学院。

林旭东　那么说，正是这样一部电影使得你后来——

贾樟柯　对！在当时它真的是完全改变了我的人生道路。如果没有这部电影的话，我大概现在还在山西某个广告公司里挣钱，也许我自己也弄了个广告公司，因为我一度的最高理想就是想拥有一个属于自己的广告公司，自己当老板。

林旭东　那么现在回过头去，你怎么看《黄土地》这部电影？

贾樟柯　前一段我还看了一次，还是挺感动的——我告诉你：我已经没有办法很客观地来看待这个电影了。

林旭东　太有感情色彩了？

贾樟柯　是这样的。首先，它所表现的黄河流域、黄土高原……这对我来说就是一个很有感情取向的东西——我是山西人,就是在那一带长大的。再一个,它已经变成了我个人成长经验的一部分——因为我很清楚:就是它使我走上了这条道路。所以我现在已经不大可能很理智地去对待它。一看到它,我就会马上回忆起那段生活:1990年,1991年……在那里拼命地学画,努力地生活……再后来,一下子就这样全部改变了。

林旭东 你谈到你对黄河、对黄土高原有特殊的情感取向。但是我在你拍的这部电影里并没有看到类似的意象?

贾樟柯 确实没有。我觉得对我来说,那样一种生活已经过去了。我的现实生活就是这个样子,那就应该像现在这样把它呈现在银幕上——没有必要再给它加上一点什么东西。

林旭东 你是在哪一年进的电影学院?

贾樟柯 1993年。当时我比班上好多人都要大。

林旭东 那种感觉是什么样的?

贾樟柯 我觉得他们都是孩子,不像我,在社会上待过……尤其是,我已经挣过钱了——我身上还带着一笔自己挣来的钱。

林旭东 你靠这笔钱在北京维持了多长时间?

贾樟柯 没多久。

林旭东 那你上学期间的学习费用和生活来源是怎么解决的?

贾樟柯 家里给一些,有时候打点工,我替人当过"枪手"——写一些很无聊的影视剧本,光拿钱,不署名。

林旭东 你在电影学院具体是学的什么专业?

贾樟柯 在文学系,学的是电影理论。本来想考导演系,但竞争的人太多,怕考不上——但心里一直是想当导演。

林旭东　你觉得你在电影学院这几年最大的收获是什么?

贾樟柯　那就是有机会比较系统地了解了电影史,这样你今后的许多努力就不会白白地浪费。

林旭东　你是在一种什么样的情况下开始进入《小武》这部影片的创作的?

贾樟柯　那是在1996年。当时我带了一个五十分钟的录像作品《小山回家》去香港参加一个独立短片比赛。就在那次活动中,我认识了我的投资人。他是巴黎第八大学毕业的,学的是电影理论。他回香港以后搞了一家小公司,叫"胡同制作"。他很喜欢《小山回家》。他问我,拍这个东西你花了多少钱?我说大概几万块钱吧。他说,啊!几万块你就能拍一个东西出来?那我们就一起做吧。他告诉我:我现在的力量虽然不是很大,但是正在准备开始投资拍电影。他还说,我们先从小做起——花个十几万做个短片,然后拿去运作,等公司发展了以后,再做一个规模比较大的电影。

这样我回来以后就做了个剧本,是照三十分钟的长度写的,名字就叫《夜色温柔》,跟菲茨杰拉德的小说同名。写的是一对青年男女一夜初欢的经历,故事发生在一个完全封闭的环境里,时间的跨度也很小——准备就做一个实验性的短片。

弄完这个剧本后,摄影师余力为也从香港过来了——原来我们就约好了一起来做这个电影。当时眼看春节就要到了,我们准备过完节就开拍。这样我就带着他一起回了老家。

我已经有一年半左右没回过汾阳了,那次回去觉得到处的变化都特别大。

春节期间,每天都有许多我小时候的同学、朋友到我家里来串门、聊天……在谈话中间,我突然感到大家好像都生活在某种困境里——不知道怎么搞的,每个人都碰到了麻烦——夫妻之间、兄弟之间、父母子女、街坊邻里间……各种各样现实利益的冲突正使得这个小县城里彼此之间的人情关系变得越来越淡漠。这些人中间有一些是我小时候非常要好的朋友——我们是一块儿长大的。但是长到十八岁以后,他们的生命好像就停止了,再也没有任何憧憬:上单位,进工厂,然后就是日常生活的循环……这种苦闷,这些人际关系毫无浪漫色彩的蜕变,给了我很深的刺激。

再到街上一走,各种感受就更深了。在我老家的县城边上有一个所谓的"开发区",叫"汾州市场",那个地方以前都是卖点衣服什么的。可是这次回来一看,全变成了歌厅!街上到处走着东北和四川来的歌女。人们的谈笑间说的也都是这些事。再譬如,汾阳城里有条主街,我们当地人叫"正街",没多长,从这头到那头步行也不过十分钟左右,但街道两旁都是很古老的房子,有店铺什么的。这次回来别人告诉我:下次来你就见不着了,再过几个月这些房子全要扒了,要盖新楼,因为汾阳要由镇升为县级市了——现在那条街上已经是清一色地贴着瓷砖的新楼了。扒房子这个情节,也是我最初萌发拍摄《小武》这部片子念头的契机之一。倒不是留恋那些老东西,只是透过这个形象的细节,可以看到社会的转型正在给这个小县城里的基层人民生活带来各种深刻的具体的影响，我看到了一种就当下状况进行深度写作的可能——我的创作神经一下子兴奋了起来！

因为，我觉得在我进电影学院后的这几年里，我所接触到的中国影片，大致不外乎两类：一类完全商业化的，消费性的；再一类就是完全意识形态化的。真正以老老实实的态度来记录这个时代变化的影片实在是太少了！整个国家处在这样一个关键性转折时期，没有或者说很少有人来做这样一种工作，我觉得，这种状况对于干这一行的人来说实在是一种耻辱——起码从良心上来讲，我也觉得应该要想办法做一个切切实实反映当下氛围的片子。

这样我就推翻了原来的计划，开始重新构思剧本。我最初是想写一个手艺人，他可能是一个裁缝，或者是个铁匠，反正是一个以传统的方式靠手艺在这样一条街上谋生计的人。在这个年代里，这样一种传统的生存方式肯定会不断地受到来自各个方面的各种形式的冲击，可是他还是不得不以他的方式来和这个社会徒劳地周旋。我是想通过这样一个外在的形式，来表现人们在精神上的摩擦和断裂：在历史发生急剧变化的过程中，一些原来人们认为天经地义的东西发生了变化，这样人们就感到不适应，开始经历痛苦……

在写剧本的过程中，经常有一些朋友来找我聊天。其中有一个在公安局工作，他和我从小学到中学都在一个班上。有一次他问我：我们班上的"毛驴"你还记得不？他现在成了个小偷，在牢里关着——我正看着他呢。他老找我聊天，谈哲学……我一听，觉得特有意思——突然在意识里完成了一个创作上的嫁接：手艺人→小偷。

后来有人跟我说，你选择小偷这样一个角色作为主要人物缺乏普遍意义，不符合你记录这个时代的创作意图。我觉得要谈一个作品里的角色有没有普遍性并不在于他具体的社会身份是什么，而在于你是否能从人性的角度去对这个特定的角色加以把握。我之所以会对小偷这个角色感兴趣，是因为他给我提供了这样一种角度，通过这个角度去切入可以表现出一种很有意思的关系转换。譬如小武的朋友小勇，他本来也是个小偷，通过贩私烟、开歌厅，摇身一变，成了当地有头有脸的"民营企业家"。这里就有一个价值关系的转换：贩私烟→贸易，开歌厅→娱乐业，像小勇这样的人在这样一个世界里可以通过这种方式如鱼得水地变来变去，不断改变自己的社会地位。只有小偷，到什么时候他也只是个小偷。

后来我想，我当时之所以会对这么一个角色产生兴趣，大概还有一个潜在的因素：有两个对我影响最大的电影导演——德·西卡（Vittorio De Sica）和布列松（Robert Bresson），在他们的作品里都表现过偷窃的人——《偷自行车的人》、《扒手》，这都是我上学时候最喜欢的电影。不过这种影响是事后才发现的，写剧本的时候一点都没有这种自觉。

林旭东 你在前面提到了"深度写作"，也就是说，你在这部电影的剧本创作上选择了一种比较传统的写作方式？

贾樟柯 是的。因为我觉得只有通过这种方式我才有可能从各个层面去充分地展开这部影片的叙事——我不想以一种简单化的方式来谈论《小武》这样严肃的命题。面对当今复杂的生活现象，我希望能够通过一个层次分明、条理清晰的叙事架构来廓清自己的拍摄思路。

在写作的过程中，我尽力对各种剧作因素之间的关系进行了认真的梳理。这期间，我经历了很多次的犹疑和反复——总是不断地有新鲜的感性素材补充进来。这在一方面激发着我的倾诉欲望，同时也在考验着我的自省能力。我总是告诫自己必须要对自己的写作状态保持一个警醒的认识，时刻对自己激动的情绪加以适度的理性节制。

因为我认识到：对于这部影片来说，在这个阶段这种理性的控制很重要。当时我已经打算在将来的具体拍摄中要运用一种即兴的、开放的、半纪录片式的工作方法——我觉得只有用这样一种方法，我才能在这部影片里实现我的电影理想。在作出这个决定的同时，我意识到自己的这次工作经历将会是一次在拍摄现场的探险。经验告诉我：当你在一个活生生的现实场景里进行拍摄的时候，往往会有很多的意外，同时也会产生出各种各样的可能性。而实际的情况是，你能作出的选择却极其有限。因此，只有当你对故事的性质有了足够的把握时，你才可能在这些无数个偶发因素中始终保持你的方向感，及时地发现对你真正有价值的东西。要不然，经常是你在现场的感觉还可以，到头来却发现自己拍下来的实际上是一堆毫无用处的废物。在我第一次拿起摄影机来进行一次电影实践的时候，我只有依靠这种电影方法上的辩证来弥补经验的不足和克服经费的拮据，尽最大的可能来接近自己的美学目标。在这种情况下,我明白:任何一种小布尔乔亚式的情感泛滥都只会使我步入误区。

就这样,在剧本的阶段我做了尽可能充分的准备——到过完正月十五回到北京时,我已经把剧本弄得差不多了。我马上给我的投资人传了过去,他看了以后特别激动,我们就一些操作细节进行了磨合,接着就开始拍了。

林旭东 拍了多长时间?

贾樟柯 实拍二十一天。

林旭东 投资多少?

贾樟柯 前期大约二十万人民币——主要花在胶片和设备租金上,摄制组的工作人员基本上都不拿报酬。加上后期的一些费用,总共投资在三十八万左右。

林旭东 你在《小武》里全部起用了非职业演员,是因为拍摄经费的拮据呢,还是出于一种美学上的考虑?

贾樟柯 不完全是因为钱的问题。我有很多学表演的朋友,如果需要的话,我相信,不要钱他们也会帮忙的。我之所以用非职业演员,主要是考虑到影片的风格。在香港的宣传海报上,我是这样写的:"这是一部粗糙的电影。"也就是说,在我的这部影片里不应该出现那些打磨得很光滑、非常矫饰的东西。

林旭东 是不是可以这么理解:这种"粗糙"的方式,实际上是你对自己现实经验的一种声明?

贾樟柯 这是我的一种态度,是我对基层民间生活的一种实实在在的直接体验。我不能因为这种生活毫无浪漫色彩就不去正视它。具体到我这部影片里的人物,我想表现出他们在这样一种具体的条件下如何人性地存在。这是一种蒙昧、粗糙而又生机勃勃的存在,就像路边的杂草。因此我愿意在我的影片里演员在表演上能够更加的自发,有更多不完全自觉的下意识流露。譬如说,我选择王宏伟做主要演员,就是因为他能够在一种比较自然的状态下,在镜头前保持他作为他这样一个人的特点,具有他作为他自己这样一个人的朴素的魅力。他的形体语言特别生动,这种生动是职业演员很难达到的。一般职业演员都经过形体训练,他们的形体语言基本上是非自然的、带有一定程序的,是一种有意识地进行人为控制的结果。

林旭东 但你毕竟是在一个虚构的假定情景中指导一些人在进行表演。你是通过一种什么样的方式来对这些非职业演员的表演进行把握的?

贾樟柯 这方面每个人有不同的办法。譬如说耗片比:一场戏拍上二三十条,甚至八九十条。我觉得对我来说这实在不是一个好办法。况且,我的预算实际上也根本不允许我这么去做——我必须把总片比控制在3∶1之内。

对我来说,第一步就是要把剧本做扎实了,在结构上把人物关系、情节的走向、场与场之间的脉络理顺了,在心里落实一个理性的坐标。这样,在现场就不会给各种各样偶然出现的即兴因素搞得晕头转向。就像我在前面说过的,你的这步工作做得越是周全,就越是会给现场的即兴发挥留出更大的余地。譬如有些对话的场面,我在剧本里并没有把台词规定得很死,在现场我只是把情节的走向和表演的基本要求给演员交代清楚，然后具体的台词就让演员根据自己的理解在实拍时去即兴发挥。这样演员的表演就非常松弛，出来结果往往很棒，甚至会有料想不到的收获。但这样做的前提是自己必须对这一段落在全片中的作用有一个非常透彻的了解。

使用非职业演员，对导演来说很重要的一条就是要想办法帮助他们消除对现场的恐惧感，要尽量在现场创造一些条件。譬如说使用高感胶片，这样你就可以在拍摄的过程中不打灯或者少打灯。还有，非职业演员最怕的就是上场以后不知道该干嘛，一下子僵在那里。那你就应该事先尽量想一些办法，帮助他寻找一个动作的支撑点，找一个小道具，或者设计一个小动作，只要他一旦找到感觉，整个表演的节奏就会顺畅起来。

我觉得最主要的是在开拍前，要设法和这些演员建立起一种牢固的信任关系，不光是导演，还有整个摄制组，哪怕是一个场记或者是一个场工，都要和演员有一种非常默契的亲密关系，最起码要让他对周围没有陌生感，这样他才能充分地信任你，信任你的摄影机，在你的摄影机前面大胆自如地进行表演。作为一个导演，有时候你要花很多精力在剧组里进行各种人际关系的协调。

一般来说，《小武》里找的演员大部分都是平时比较熟悉的，有一定了解的。但是我也试验过一种比较即兴的办法：就是凭你的直觉，在现场临时比较随意地去挑选一些演员，在他们还没有完全清醒地意识到自己正在做一件什么事的时候，就让他们开始表演。严格地说，他们其实不是在表演，而只是按你的要求在照他们的日常经验和习惯模式做一些动作。像影片里小武的父母，就是在那场戏开机前两三小时在村里临时从围观的人群中找来的。当时我这么做阻力特别大，摄影师跟我争了起来，他说：你这样肯定不行，我们一共只有四十本胶片，要用超了怎么办？我们用的是柯达Vision-500T的高感胶片，国内很少，万一用完了还得想办法从香港现调，当时压力确实特别大，但最后结果出来还是不错的。我的体会是用这种办法对工作进度和节奏的控制特别重要：一般只能抓紧一天拍完，时间一长，这些演员就会回过味来：哎呀，我这可是在拍电影啊！这样他就会去"表演"了，按他天天在电视里看到的那些"表演"那样去演，那样的话就糟了。

跟演员相处实在是一个非常奇妙的过程，这方面我只能说有一些方向性的经验而不可能有什么固定的模式，因为每一个人都是不一样的。其实这也就是一个导演对于人的认识：你能不能对一个演员作为一个人的东西非常地敏感——了解他的心理、他的尊严、他的精神状态，甚至应该根据你的观察来推测出他可能遭遇过什么样的经历。这样你在跟他接触的时候，跟他讲戏的时候，就会有很多窍门。譬如说，有的人你跟他说往东，他会向西。你反着来呢，就说往西，他就正好按着你的意思向前走了……

林旭东　能谈得更具体一点吗？

贾樟柯　譬如说拍浴室那场戏，对我来说就是一次考验——这是一场关键性的戏。我事先跟王宏伟说了得裸体演，他说行。可是在开拍前剧组的其他人还都有点担心，跟我一再说："一定要好好跟他谈谈，让他千万千万不要临场撂挑子。"但我知道他这个人，无论如何不能多说，一定要对他赋予信心，要让他感受到这种信任。只有这样，才能激励他的勇气。要不然，你越是反反复复去跟他说，他反而会跟你急，没准到时候真的给你撂了。这种关系真是非常的微妙。所以在开拍前，我根本不跟他谈这事，也不让剧组里别人跟他提这事，一直到开拍的那天早上都一丁点儿不谈，到时候非常自然地就开始了——后来那场戏拍得很顺，一条就过了。

林旭东 看过《小武》的人，几乎都对王宏伟的表现留下了深刻的印象。根据我以往的经验，非职业演员的表演一般来说比较容易在局部出彩；王宏伟在这部片子里的表现不仅是在局部上很生动，而且在整体上很连贯，很完整。不太清楚在实际的操作当中，在角色整体调子的把握上，你是怎么样跟他磨合的？是否由于你在生活中对这个演员本人的熟悉，使得你在构思剧本的时候，你对角色的具体想象有意无意地就被他本人的这些特点所左右？或者说，你是根据这个演员的某些日常行为特征来非常具体地设计这个剧中人物的？

贾樟柯 正是这样，我和他太熟悉了。我平时就经常观察他的一些习惯动作，譬如说甩袖子——他平时跟我说话时就爱这样，老甩，特别逗。这些东西帮助我完成了影片里的许多调度和细节的设计。

林旭东 是不是可以这样说：你在日常生活中积累起来的这些印象，在某种时刻激发了你的创作灵感，或者说给你提供了这样一种想象的空间？

贾樟柯 这些东西使我的想象能落实到具体的这样一个人：他的谈吐、他的某种反应、他走路的样子……

林旭东 你和王宏伟是从小一块长大的吗？

贾樟柯 不是。他是河南安阳人，在我的第一个录像作品《小山回家》里他演小山，一个进城打工的农村青年。他是一个感情非常内向的人，好多事不太愿意说出来，他喜欢人与人之间这种无言的默契。

林旭东 在你的下一部片子里他还会当主演吗？

贾樟柯 那部片子里将会有四个主要角色，他是其中之一：演一个穴头，带着这个流动团体去四处演出。

林旭东 你不担心他在两部片子里的表演会雷同吗？

贾樟柯 有点担心。我想在开拍前找一些办法把这个问题解决掉。譬如说在人物的色彩上，我想让他在下部片子里角色更多地带有一些喜剧色彩，让人感到更加开心一点，不是那么沉闷。

林旭东 在《小武》里，主人公不会唱歌也不会跳舞，这是根据演员在现实生活中的实际情况来进行设计的吗？

贾樟柯 他确实不会跳舞，但其实挺喜欢唱歌的。影片当中之所以这样安排，主要是出于一种剧作上的需要，想通过这样一个细节来比较人性地表现出主人公对现实的一种不适应，一种尴尬：歌厅小姐作为一种谋生的职业，和卡拉OK文化一样，是当下中国在转型社会中的特定符号——这个符号传递着有关当代中国特定的社会历史文化信息。胡梅梅正在从事着这样一个特殊的职业，但同时她又是一个女人，一个男人眼里的漂亮女人。像小武这样一个角色，看起来他一直在社会上混，但他其实在女人这方面是没有什么经验的，几乎是一点办法也没有，大大咧咧的背后实际上是无法掩饰的腼腆。虽然他也会跑到歌厅去"泡妞"，但在他内心，他在这方面的态度实际上是很传统的。他是一个对自己的感情羞于表达的人——他唱歌，只能在洗澡的时候，在空荡荡的浴室里唱给他自己一个人听。这场戏我安排在全剧的黄金分割点上，正是想通过对人物内心那种非常真实的人性一面的展示来比较自然地完成叙事上的情绪过渡，从而进一步地把剧情推向高潮。这一点上，我基本上还是按照比较传统的古典规则来走的。

林旭东 《小武》从原始的剧本到最后完成的影片，这个中间的变化大吗？

贾樟柯 有一些变化，主要是一些局部场景的调整和具体细节的处理。正因为我在剧作阶段做得比较充分，自己心里比较有底，所以一到拍摄现场就可以把自己的触觉完全地张开，非常立体地去感受、发现一些东西。比方说，剧本里原来在结尾的时候，是让那个老警察带着小武从各种各样的场景中穿过。当然也是一个开放式的结尾，但总感觉比较一般化。后来在实际拍摄时，每次现场都有很多人围观，轰都轰不走，只好想办法尽量回避。慢慢地我就开始想：能不能把这种围观的场面有机地容纳到影片当中来，这样最后就出现了目前这个结尾。我觉得比原来的设计要更加简洁，也更加有表现力度。

林旭东 还有那个街头卡拉 OK 的场面，也给人留下了很深的印象。

贾樟柯　那个场面是在一次拍摄结束后回家路上发现的。当时我们在车上，看到有群人围在一家花圈店的门口正唱着卡拉OK，真跟梦魇一样。美术梁景东提醒我：我们的片子里可能正需要这样一个场面。我同意了，后来就组织拍摄了这样一个场面。

林旭东　《小武》里采用了不少流行歌曲，它们在影片里弥散着一种非常怪异的痛楚感，一种在光怪陆离的流行文化包裹中的人性的凄婉和挣扎。

贾樟柯　不少。《心雨》、《爱江山更爱美人》，还有屠洪刚的《霸王别姬》……这些流行歌曲，加上街上的各种噪音：自行车、卡车、摩托车，尤其是摩托车，这些都是我在汾阳这个小县城里一天到晚的听觉感受。我的原始想法就是要让我的影片具有一定的文献性：不仅在视觉上要让人们看到，1997 年春天，发生在一个中国北方小县城里实实在在的景象，同时也要在听觉上完成这样一个记录。这样，我就根据剧情发展的需要，特意选择了那一年卡拉 OK 中最流行、最有代表的几首歌，或者说最"俗"的几首歌，尤其是像《心雨》，几乎所有去卡拉 OK 的人都在唱这个东西——那种奇怪的归宿感。这些东西在实际上又都是整个社会情绪的一种反映。譬如《爱江山更爱美人》，那样的一种很奔放的消沉，还有《霸王别姬》里头的那种虚脱的英雄主义……都正好就是我在影片里想要表达的。这些东西在声画合成的时候，很好地帮助我烘托了影片的基调。

林旭东　你提到了文献性。我注意到《小武》在影像上保留了很多现实生活"粗糙"的毛边感，是否你有意想让你的影片在风格上具有一种纪实的性质？

贾樟柯 是的。有的人以为这样做很容易，说随便拿起个机器就可以拍，那其实是因为他们根本没有去那么做过。实际上，真正的行家知道：要那样做好其实是非常不容易，需要有很多现场的经验和智慧。这方面——关于什么是"好"的影像，我和同学有过很多次争论，比方说他们中的一些人就特别喜欢《燃情岁月》这类东西。当然每个人都可以有他自己的一套标准。在我看来，如何评判影像并不在于它的光打得多么漂亮、运动有多么复杂，最主要的是看它有没有表达出现实生活的质感，是否具有一种对现实表象的穿透力。但事实上就是有很多人不愿意接受这种具有现实棱角的东西，他们感到不舒服。也许是因为这样的影像在观看的时候要求人们必须具有一定的承受能力，而大家好像就是不愿意通过电影这种方式来承担这些东西，宁可去消费那些打磨得非常光滑鲜亮的东西。

林旭东 这本身也是一种现实。电影在今天毕竟是一种必须要考虑经济回报的艺术。面对这种工业化的操作环境，你有信心按自己的方式一直做下去吗？

贾樟柯 通过《小武》的实践，我觉得还是有可能一点一点地做下去——用比较少的资金去运作。关键的是，你要对自己正在做的东西抱有一种信念。

林旭东 说到《小武》的影像，可能是我自己这几年一直在做纪录片的原因，我对摄影师余力为纪录风格的摄影留下了深刻的印象。他不仅把现场的各种即兴因素发挥得淋漓尽致，同时对影片的内容把握得非常到位，好像是水到渠成，一点不让人感到对技术的卖弄。

贾樟柯　我们的合作是一次愉快的经历。我和余力为是在香港的那次独立短片节上认识的。他是在香港出生长大的，比我大四岁；在法国学过广告摄影，后来又去比利时，在布鲁塞尔皇家电影学院学了四年。最初，剧组里也有人表示怀疑，觉得我去找一个香港人来拍这样一个反映内地基层生活的片子，彼此的文化背景那么不一样，能很好沟通吗？其实余力为的情况不大一样：他的父母在香港都是左派，所以他从小在家里就看了很多大陆出的书，像《人民画报》什么的……后来又在北京拍过两部纪录片，对这里的情况还是比较了解的；不过，最主要的是我们在电影理念上比较接近，我们都很喜欢布列松的电影，有共同语言。

林旭东　在具体拍摄当中你们是怎么配合的？

贾樟柯　我不看监视器，从来不看——我只在现场确定一个调度，给摄影提一些方向性的要求，至于具体的取景、构图、用光呀什么的都由他来落实，完全放手让他去做。现在大家都喜欢用监视器。以前我也用过，现在觉得这其实是一个很不好的习惯，至少对我来说是这样。如果你只是盯着荧光屏去控制，你会忽略现场很多很有意思的东西，结果是捡了芝麻，丢了西瓜。所以我在现场，宁可尽量通过自己的眼睛来进行取舍。这样也可以减少与摄影师不必要的争执。因为拍电影就是一个岗位性很强的工作，既然你选择了这个摄影师，就应该充分地信任他，放手让他去发挥。不然的话，你完全可以去找别人。

林旭东 你几次提到了布列松——前面你说过，他和德·西卡的创作甚至和《小武》有某种不自觉的潜在联系。

贾樟柯 这是我在欧洲交流时发现的：有次观众在看了《小武》后问我，你都喜欢看谁的电影？我回答，是布列松和德·西卡。这时候我突然意识到，在他们的电影方式和我的创作之间可能存在着这样一种潜在联系。

在德·西卡的电影里，我首先感到的是一种对人的关心——这是最基本的东西，一种对待生活的态度。同样重要的是他赋予了这种精神上的东西以一种非常电影的方式，一种流动的影像的结构。就电影这个本体来说，我从他的电影里学到了怎么样在一个非常实在的现实环境中，去寻找、去发现一种诗意。在他的电影里，在仿佛是信手拈来的纪实风格的表层下有着一些其实是精心结构的形式因素。这些因素不是他凭空想象或者说人为地安排的，而是他从日常现实中挖掘出来的。

比方说《偷自行车的人》，在叙事层面上是通过自行车→工作→丢车→丢工作→找车→找不着车→偷自行车这样一些情节要素组织起来的。随着这些情节逐步展开，它还有一个视觉结构：譬如早晨、上午、正午、下午、黄昏这样一些时间氛围的变化，以及刮风、下雨、骄阳当空这样一些天气上的变化。他把这些因素非常有机地揉到叙事的过程里去，形成了他这部影片流动的影像结构。上学的时候，正是通过他的电影，我才触摸到了纪实风格背后那些美学层面的东西。我开始认识到：那些非常纯粹的记录和那些表现性的、超现实的内容之间，并不存在一道不可逾越的壁垒。只要你把握好，就有可能非常自由地在这几个空间跳来跳去，这正是我在《小武》里想去努力实现的。我认为，这是除开社会层面以外，德·西卡带给电影本身的一种非常有魅力的美学贡献。

在这一点上，布列松做得更加极致。我是那年去香港才第一次看到他的那部《扒手》，当时我真是看傻了：他以一种几乎是白描的笔法，不事张扬地为你勾勒出了一个看上去极其现实的物质世界。但是在这样一个世界的背后，你可以感受到有一种完全形而上的、非常灵性的东西在跃动——这是一种通过日常的生活细节凸现出来的人的精神状态。

我的这种美学偏好，可能多少来源于我对博尔赫斯小说的阅读经验。当然我读的是中文译本，所以我没有办法去判断他原来的文字。通过译本，我所接触到的是一个个不带修饰成分的具体的文字意象，博尔赫斯用这样一种简洁的文字通过白描为我们构筑起了一个扑朔迷离的想象世界——这正是我在拍电影的时候非常想去实现的。像《小武》里梅梅吻了小武以后那一组镜头的安排，画外配上了吴宇森《喋血双雄》里的音响，目的是想制造这样一种间离的效果：使我们的感知能够来来回回地在现实和非现实的两个层面上自由地进行穿梭。

林旭东　你在前面还说到了《黄土地》对你关键性的影响，我想后来你一定还看了不少"第五代"导演的其他作品。你对他们的电影现在是怎么认识的？

贾樟柯　我觉得他们的电影基本上可以分作两个阶段：成功

之前和成功之后。这个之间,变化真是太大了,尤其是陈凯歌。在他早期的作品里还是有他很真诚的一面,有很多勇敢的承担,尽管在电影方法上我们有很多东西可以讨论,像强调造型什么的。起码对当时的中国电影来说,也还是有他的积极作用的。到后来,他基本上是被商业化了,现在做的东西,像《霸王别姬》,那种通俗情节剧的模式,最多只能说是一种具有一定人文色彩的商业电影。还有张艺谋。

林旭东　你怎么看发生在他们创作中的这种变化?

贾樟柯　我把这种现象看作前车之鉴。也许一开始也没有想那么多,只是因为各种各样的压力和诱惑,因为意识形态,因为投资商……不知不觉就一点点地改变了。不过,我觉得这里面还是有一个电影信念的问题。

林旭东　那你对自己现在是怎么定位的?

贾樟柯　我觉得我是一个来自中国基层的民间导演。

林旭东　你会一直这样吗?

贾樟柯　这几个月来我一直在想这个问题。在柏林电影节上,《青年论坛》的主持人格雷戈尔(Ulrich Gregor)在给我颁奖后就跟我谈过这个问题:成功为我创造了一些条件,同时又带来了一些诱惑……比方说我拿到了奖金,现在出门可以打"面的",不用再去挤公共汽车了。在这种情况下,你就是再去挤公共汽车,自己的整个心态也已经完全不一样了,再也不可能有那样一种体验了,会变成一种刻意的做作。也就是说,很有可能你在不断追逐成功的过程中,不知不觉地一点一点地失掉了你的根本——想到这一点，有时候我真的感到非常恐惧。

林旭东 你怎么看你周围的这些青年导演？也就是人们所说的"第六代"或者说"新生代"导演的电影？

贾樟柯 这个问题不大好谈，因为在这方面我自己也经历了一个感情和认识上的变化：在拍电影之前，我更多地注意到他们在电影方法上的一些缺陷。后来，我自己也开始拍电影，我才慢慢地发现了他们电影的意义——这个意义并不在于他们电影的本身，而在于他们在这样一种环境里所做的一种努力。在"第五代"的成长过程中，他们基本上还是依靠了计划经济体制下的那样一种工业体制来进行运作的。同时，他们还借助了当时"思想解放"运动这样一个意识形态的背景。到了这一代导演开始拍电影的时候，他们不仅在意识形态的压力中自己动手来运作剧本，还要自己去找钱，甚至要自己想办法去推销自己的影片。也就是说，只有到了他们，才开始真正以创作个体的身份去直接面对一些严峻的问题。在这样一种经济和意识形态的夹缝中间，他们还能有这些作品出来——当然，这些作品肯定会有许多问题——但是，在这样一种工业环境当中，这种努力本身就具有一种文化上的建设性。同这个相比，至于具体说他们的这个或那个作品做得怎么样，我觉得已经不那么重要了。

1998年6月，京西塔院
原载《今天》杂志第3期（1999年）

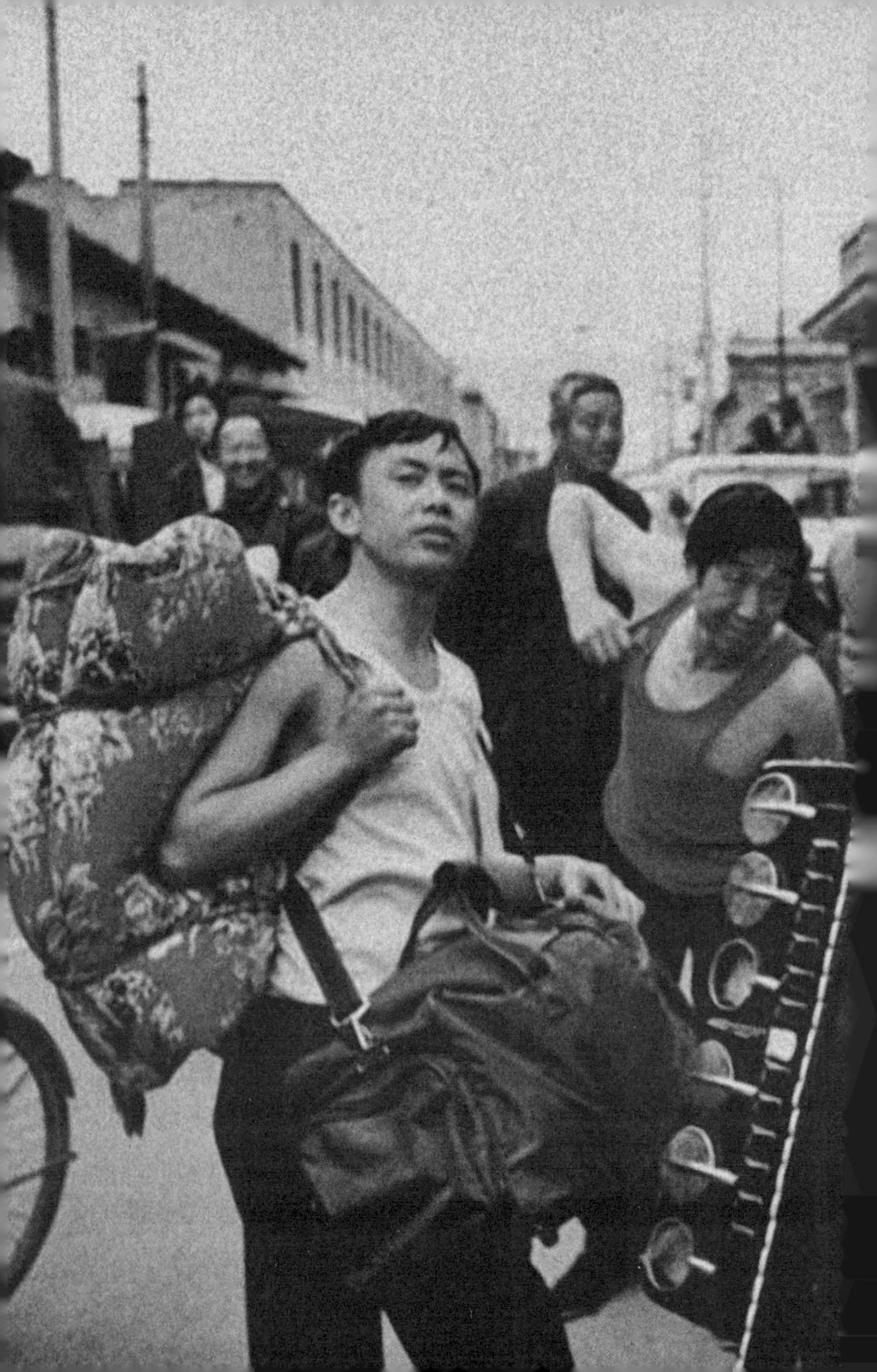

站台

2000

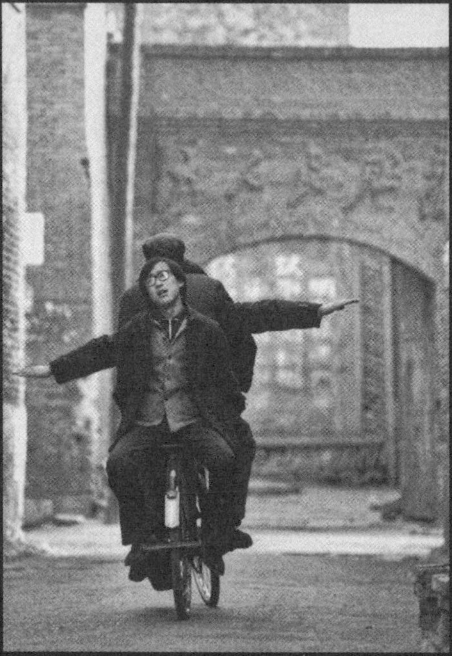

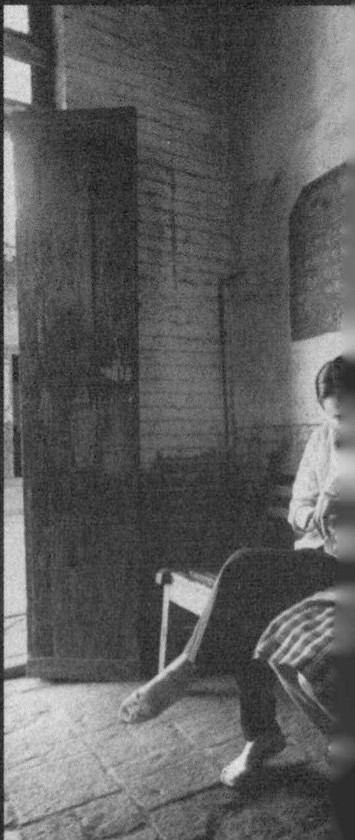

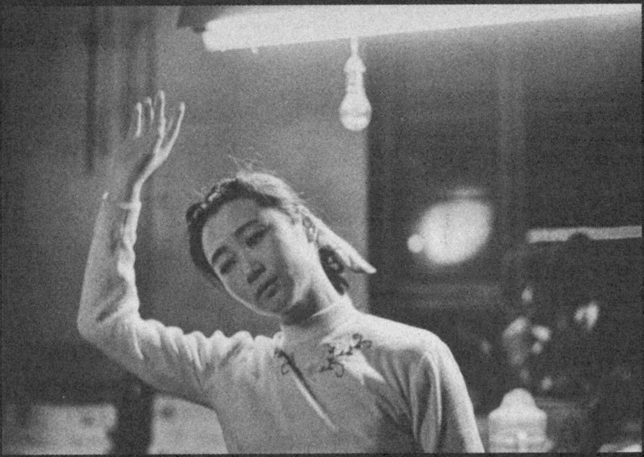

〈故事梗概〉

1979年，中国开始实施"改革开放"政策。

汾阳县文工团的崔明亮、张军等年轻人在舞台上排演诗朗诵《风流歌》。朗诵的女演员尹瑞娟，是崔明亮倾慕的恋人。两人一起参加工作，经常在一起排练，但关系微妙，从未相互表达。星期天，崔明亮和张军约尹瑞娟、钟萍等同事去看电影《流浪者》，恰巧碰到了尹瑞娟的父亲。尹父不喜欢女儿与崔明亮在一起，以为两人在谈恋爱，从电影院将女儿叫走，大家不欢而散。

进入80年代。

大家在发廊里听邓丽君的《美酒加咖啡》。张军请假前往广州看望姑妈。

崔明亮收到张军从广州寄来的明信片，望着画面上的高楼大厦，崔明亮彻夜难眠。

张军从广州回来，带回了电子手表、录音机以及一把红棉牌吉他。文工团为了适应市场的需要排演了一台轻音乐节目，并要巡回演出，但尹瑞娟的父亲病了，她不能与崔明亮他们远行。一对恋人不得不别离。

清晨，一辆汽车拉着崔明亮和张军等人向远处驶去，开始了他们的演出之旅。

〈导演的话〉

电影从1979讲到1989，中国出现最巨大变化和改革的时期，这十年也是我成长过程中最重要的阶段。在中国，国家命运和自身幸福、政治形势和人性处境总是互相牵连；过去十年，因为革命理想的消失、资本主义的来临，很多事都变得世俗化了，我们置身其中，

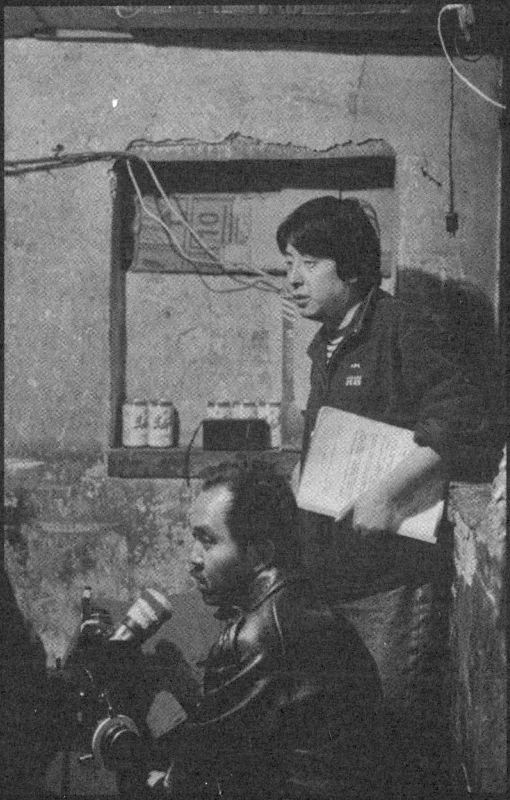

也体验良多。

《站台》是一首摇滚歌曲，80年代中期，在中国风靡一时，内容是关于期望。我选了它作为电影的名字，以向人们单纯的希望致敬。站台，是起点也是终点，我们总是不断地期待、寻找、迈向一个什么地方。

人物角色的发展和环境变迁，构成《站台》的叙述次序，在自然的生、老、病、死背后，蕴涵着生命的感伤，花总会凋零，人总有别无选择的时候。无论如何，这部电影的主题是人，我想通过它去发掘和展现人民之中潜藏着的进步力量；电影讲述了中国人的一段共同经历，那也是我时刻怀念的一段时光。

片段的决定——《站台》

1. 公共汽车上,演出完的文工团员陆续上车,团长开始点名,随后是和崔明亮的争吵。汽车启动,渐入黑暗。

这是一个由群体到个人的调度,影片开始五分钟,仍无法确认谁是主角,正如在集体中个人并不重要一样。只有当团长点名,发现崔明亮缺席时,个人才被推到前景。地点是在一个封闭的车厢内,而汽车的启动像旅程的开始,对影片中的人来讲这辆车驶向未来,而对我们,这辆车驶回过去。

2. 尹瑞娟与崔明亮第一次在高高的城墙下相会,背后是牢固的城墙,脚下是冰冷的残雪,天边只有很窄的一条线。

摄影机离人远些,再远些。我需要空间并且需要距离,我不想看清他们的面孔,因为他们站在1979年的寒冷中。渐渐地一团火烧起,不去强调,因为温暖就如游丝般在心中闪烁。

3. 张军去广州后,钟萍一个人在家里翻看着歌谱,瑞娟来了,两个人在逆光中吸烟。

又是逆光拍摄,又是直对着窗户,紧逼着人物。两个女人的惆怅合着闲散的时光飞逝。这种景象与我的记忆完全一致,并让我沉浸于时间老去的哀愁中。拍摄的时候,我心中隐隐作痛,希望摄影机不要停止转动。

4. 在钟萍家,随着《成吉思汗》的音乐乱跳迪斯科。

在狭小破败的铁匠作坊中享受新潮,人们的冲动和环境的封闭是最大的冲突,而理想和现实也因空间的约束展现出一种对立着的紧张关系。摄影机在整部电影中第一次激动,但仍然克制着与他们保持距离。我喜欢这种矛盾,狂放与克制同时存在于影片中。

5. 在《啊,朋友再见》的歌声中,县城的城墙在明亮他们的视线中越来越远。

这是文工团员第一次出门远行,也是封闭的城池第一次完整的展示。拍完这个过镜镜头之后,我突然找到了整个电影的结构:"进城、出城——离开、回来"。

6. 钟萍和张军从崔明亮的表弟家出来，钟萍说她想大喊几声，张军说好，于是她蹲下来尖厉地喊了几声，回应她的是山谷给她的回声，摄影机摇离人物，停止在千年不变的山岭之中。

此刻我也听到了自己心中的鸣叫，让我觉得绝望与虚空。

7. 崔明亮的表弟追赶着远去的拖拉机，将五块钱交给明亮让他带给妹妹，然后转身而去。

我惊讶于表弟的脚步，如此沉稳与坚定，走回到他残酷的生存世界中。表弟的演员是我的亲表弟，拍摄使我们如此靠近，我第一次感觉到了他的节奏还有他的尊严与自信。

8. 瑞娟一个人在办公室听着收音机中的音乐跳舞，骑着摩托车平静地行驶在灰色县城中。

我不想交代什么理由，告诉大家一个跳舞的女孩为什么突然穿上了税务官的服装，并且许多年后仍独身一人。这是我的叙事原则，因为我们认识别人、了解世界不也如此点点滴滴、止于表面吗？重要的是改变，就连我们也不知道何时何地为何而变，留下的只有事实，接受的只有事实。

9. 明亮与瑞娟结婚前，去父亲的汽配店。

我喜欢公路边的这个小店，车过时能感觉到路的震动。

10.明亮在沙发上熟睡,瑞娟抱着孩子在屋中踱步。茶壶响了,像火车的声音。

没有了青春的人都爱眯个午觉。

原载《今日先锋》第12期(2002年)

谁在开创华语电影的新世纪

去年威尼斯电影节结束后,我和《站台》的女主角赵涛一起辗转法国,准备去多伦多影展做宣传。在巴黎逗留时,我从《解放报》上看到了杨德昌新片《一一》公映的广告,画面上是一个小孩儿的背影,他正在拾阶而上,攀登红色的高高楼梯。

单从广告上看,我以为杨导又在重复以前电影中的毛病。他从前的作品不太敢恭维,即使是最出色的《牯岭街少年杀人事件》也多意气而少控制。杨导喜欢弄理念,我不喜欢这种气味。

赵涛听说是华语片便想去看,我陪她坐地铁一路拥挤去蓬皮杜艺术中心附近的影院买票。没想到电影院外排着长队,细雨中等待入场的观众极其安静。我被这种观影气氛感动,顿时觉得电影圣洁,有欧·亨利小说中流浪汉路过教堂时听到风琴声的意境。

但我还是暗自在笑。小赵曾经说过，她最喜欢的电影是《狮子王》，便想她肯定无法接受老杨这部长达两小时四十分钟的"哲学电影"。想想自己也不是杨迷，便有了中途退场的心理准备。

但电影开演后，我一下跌进了杨德昌细心安排的世俗生活中。这是一部关于家庭、关于中年人、关于人类处境的电影。故事从吴念真饰演的中产阶级扩展开去，展示了一个"幸福"的华人标准家庭背后的真相。我无法将这部电影的故事一一道出，因为整部影片弥漫着的"幸福"真相让人紧张而心碎。结尾小孩一句"我才七岁，但我觉得我老了"更让我黯然神伤。杨德昌的这部杰作平实地写出了生之压力，甚至让我感觉到了疲惫的喘息。我无法将《一一》与他从前的电影相联系，因为杨德昌真的超越了自己。他可贵的生命经验终于没有被喧宾夺主的理念打断，在缓慢而痛苦的剥落中，裸露了五十岁的真情。而我自己也在巴黎这个落雨的下午看到了2000年最精彩的电影。

影院的灯亮以后，我发现赵涛眼圈微红。我没想到像她这样喜欢卡通片的女孩会看完这么长的电影，也没想到满场的法国观众几乎无一人退场。大家鼓起了掌。面对银幕，面对刚刚消逝的影像，我们都看到了自己。做舞蹈教师的赵涛问我大陆为什么看不到这样的电影，我无法回答。我们的电影不寻找真相，幸福就可以了，幸福没有真相。

转眼到了9月，《站台》要在釜山影展做亚洲首映，我和摄影师余力为前往参加。《花样年华》是这次影展的闭幕电影，余力为也是《花样年华》的第二摄影，但还没有看过成片，等待闭幕的时候一睹为快。

在酒店碰到王家卫,墨镜后一脸坏笑,说要去北京一起喝酒。谈下去才知道他非常得意,《花样年华》在大陆已经获准通过,我知道这是他真心的喜悦,想想自己的电影公映遥遥无期,多少有点惆怅。釜山到处弥漫着"花样年华"的气氛,年轻人手里握着一个纸筒,十有八九是《花样年华》的海报。我没有参加闭幕式便回国。据说闭幕那天突然降温,《花样年华》露天放映,几千个观众在寒风中享受流行。

流行的力量是无穷的,我中午一到北京,下午便买到了《花样年华》的VCD。当王家卫的叙事中断,张曼玉和梁朝伟在高速摄影和音乐的双重作用下舞蹈般行走时,我突然想起了古代章回小说中承接上下篇的诗歌。原来王导演熟谙古代流行,一张一弛都露出国学底子。不能说是旗袍和偷情故事吸引了中年观众,但王家卫拍出了一种气息,这种气息使中年观众也接受流行。

再次回到巴黎已经到了10月底,巴黎地铁站都换上了《卧虎藏龙》的海报。市政厅的广场上立着一面电视墙,电视里周润发和章子怡在竹林中飞来飞去,看呆了过路的行人。我猜他们正在回忆自己的力学知识,琢磨着中国人怎么会摆脱地心引力。这是《卧虎藏龙》的电影广告,精明的法国片商将片名精简为了"龙和虎"。我从初二开始看港台武打片,这些意境早在胡金铨的《空山灵雨》和《侠女》中有所见识,但神秘的东方色彩还是迷住了观众。因为美国还没有上片,便有纽约的朋友来电话,让我寄去盗版"龙和虎"。

几天后在伦敦见到李安，全球的成功让他疲惫不堪。大家在一家挂满安迪·沃霍尔作品的酒吧聊天，我怀疑空调都会把他吹倒。谈到《卧虎藏龙》时他说了一句：不要想观众爱看什么，要想他们没看过什么。我把这句话看做李安的生意经，并记在了心中。

杨德昌、王家卫、李安的电影正好代表了三种创作方向：杨德昌描绘生命经验，王家卫制造时尚流行，李安生产大众消费。而这三种不同的创作方向，显现了华语电影在不同模式的生产中都蕴藏着巨大的创作能量，呈现了良好的电影生态和结构。今天我们已经无需再描述这三部电影所获得的成功，在法国，《一一》的观众超过了三十万人次，《花样年华》超过了六十万人次，而《卧虎藏龙》更高达一百八十万人次。了解电影的人都应该知道，这基本上是一个奇迹。而这个奇迹使华语电影重新受到人们的关注。日渐低落的华语电影声誉被他们挽回。我自己也在得益于他们三位开拓的局面，《站台》卖得不错，也就是说会有观众缘。

然而我们会发现，这三位导演两位来自台湾，一位来自香港。电影作为一种文化，广阔的大陆似乎已经沉没，而拯救华语电影的英雄却都来自潮湿的小岛。从90年代中期开始，我们的国产电影就失去了创作活力和国际市场信誉。那些国际大导演其实早在几年前就几乎没有了国际发行，靠着媒体炒作装点门面。而那些以为自己有观众的导演也只能操着京腔模仿阿Q。巨大的影像空白呈现在我们面前。我看？我们能看什么？

我们看到杨德昌、王家卫、李安三个导演在开创华语电影的新世纪,而其中大陆导演的缺失似乎并未引起从业人员的不安。他们的这种"从容",让我确信一个新的时代必须马上开始。

原载《南方周末》(2001年2月16日)

假科长的《站台》你买了吗？

前些日子，我在小西天的一家卖盗版 DVD 的店里瞎逛，正是中午时分，店里人少安静，只有老板和我两个人。我趴在纸箱子上猛淘半天也没什么收获，老板见我执着，便与我搭腔，说因为开"十六大"所以新货太少。我顿时觉得自己没有老板懂政治，便要离开。老板突然想起什么，在我一只手已经伸出去推门的刹那，突然对我说：有一个"假科长"的《站台》你要吗？我一下呆住，反问道：什么？老板重复了一遍他的话，我装作冷漠，显得兴趣不大的样子问道：在哪儿？老板说：明天会到货。

出了店门，心疯狂地跳。像丢了孩子的家长，忽然在人贩子家里看到了自己孩子，出奇地兴奋而又深刻地郁闷。晚上不能平静，一会儿盘算着会有多少人看到自己的电影，不免得意；一会儿又想自己辛辛苦苦拍的电影被别人盗走，心生不快。我们这一代人的毛病就是患得患失，我也不能幸免，只能慢慢克服。夜倒也过得快，8点左右我便自动醒来。平常我睡惯了懒觉，奇怪今天为什么清醒异常。打车去了小西天，真的买到了《站台》。

回到办公室再看《站台》，离拍这部戏已经三年了。这让我和这部电影有了距离，就像布列松说的，每一部电影都有它自己的生命，它被推出以后，便与导演无关了，你只能祝它好运。但《站台》还是让我想起了很多过去的往事，我曾经因这些往事而选择了电影。

我二十六岁才第一次看到大海。我学会骑自行车后做的第一件事情，就是骑车到三十里地之外的一个县城去看火车。这些事情如今在电影中是发生在比我大十岁的那些主人公身上。当时对我这样一个没有走出过县城的孩子来说，铁路就意味着远方、未来和希望。在《站台》中弥漫的那种对外面世界幻想期待的情绪就是我自己体验过的东西。我记得我在十七八岁念书的时候，晚上老不睡觉，总期待第二天的到来，总觉得天亮了就会有新的改变，就会有什么新的事情发生。这种情绪一直伴随着我，和我有差不多生命经验的人都会有这样一种感受。

我以前是学习美术的。那时候我们学习美术一点都不浪漫，不是为了追求艺术，而是为了有出路。在县城里，如果想到其他城市生活只有两条路，一是当兵，一是考大学。对我来说当兵没有可能，就只能考大学，但是我学习非常差，所以就出去学画，因为美术学校的文化课要求比较低，我们一帮孩子去学美术都是这个道理。刚开始我们并没有理想，就是要讨生活。其实最后考上的也就只有一两个人。其他人第一年考不上就回去了，第二年再考也没考上，就算了。我自己考上了电影学院。刚开始时觉得自己非常厉害，你看我多坚持，我追求到了自己的理想。但是，当我年纪更大一点时我突然发现，其实放弃理想比坚持理想更难。

当时那些中断学业的人都有理由，比如父亲突然去世了，家里需要一个男的去干活；又如家里供不起了，不想再花家里的钱了。每个人都有非常具体的原因，都是要承担生命里的一种责任，对别人的责任，就放弃了理想。在这种情况下，我们这些所谓坚持理想的人，其实付出的要比他们少得多，因为他们承担了非常庸常、日复一日的生活。他们知道放弃理想的结果是什么，但他们放弃了。县城里的生活，今天和明天没有区别，一年前和一年后同样没有区别。这个电影伤感，生命对他们来说到这个地方就不会再有奇迹出现了，不会再有可能性，剩下的就是在和时间作斗争的一种庸常人生。明白这一点之后，我对人对事看法有非常大的转变。我开始真的能够体会，真的贴近那些所谓的失败者，所谓的平常人。我觉得我能看到他们身上有力量，而这种力量是社会一直维持发展下去的动力。我把这些心情拍出来，想要谈谈我们的生活，可有人来听吗？

音像店的老板还在叫卖，像在帮我提问：假科长的《站台》要吗？我不想纠正他的错误，因为这时我的心情已经变得非常愉快。

经验世界中的影像选择（笔谈）

孙健敏、贾樟柯

孙健敏，小说家，导演。出版过《天堂尽头》、《消散之地》、《和莉莉一起跳舞的七个夜晚》等小说，拍摄有《孔子秘密档案》和《非常秀》等长片。

生活经验和电影经验

孙健敏 好像对电影从业人员来说，他的早年生活经验，特别是他青少年时期的生活经验对他的影响是至关重要的，很多电影大师甚至直接拍摄了取材于这种经验的电影，像《四百下》《天堂电影院》等，上次代表《今日先锋》第七期给你做访谈时，你好像谈了很多你在那个时期看电影的经验，这次你能不能谈得更多一些，特别是你在那个中国内陆的小县城中的生活经验，我想如果没有你的这些早年经验，也许就不会有今天的《小武》和《站台》。

贾樟柯 1970年5月，我出生在山西省的汾阳县。我父亲是中学语文老师，母亲在县糖业烟酒公司的一个门市部当售货员。我还有一个姐姐大我六岁，在学校里是宣传队员，不上课常演出，代表作是《火车向着韶山跑》。

我第一次看姐姐在舞台上演奏，是在实验小学的操场上。那天不知道是一个什么样的群众集会，邻居偷偷带了我去看热闹。很远就听到一阵熟悉的琴声，挤进人群一看，姐姐脸上涂了油彩穿了单薄的衣衫在寒风中演奏。她的表演并没有给我留下太多印象，而令我不能忘记的是台下黑压压的一片整齐人群。我不知道是什么力量让这么多人在此集结，听高音喇叭中某人的声音，只是这一幕让我幼小的心灵过早地有了超现实的感应，直到二十九岁时仍耿耿于怀。我不得不把它拍成电影，成了《站台》中的序场。而高音喇叭贯穿迄今为止我现有的作品，成了我此生不能放过的声音。

县城不大，骑上自行车从东到西、从南到北用不了五分钟就能穿越。城外是山和田地，城里是一片片黑砖的老房。这是一个据说秦朝就有了的县城，地处黄土高原，往东是平遥、祁县，那是晋商曾经非常活跃的地区，往西从军渡过黄河可以到达陕北。汾阳直到今天仍然经常停电。而在我少年的时候，一到晚上九点街上更是关门闭户。

我曾经骑着自行车整日整日地在狭小的县城里来回穿梭，像传说中的鬼打墙,来来回回,兜兜转转,不知道方向。电影院里放着三天前的电影,剧院里的录像停了,在开"三干会"。邮局前的小摊儿上来了《大众电影》,封面上是龚雪,但不买不允许随便翻看。街上依旧人来人往,但每张面孔都不新鲜。城里真没有别的去处,永远的无事可干。幸好汽车站那边常有打架的消息传来,突然一辆自行车会驮一个满脸是血的人朝职工医院的方向飞驰而去,想跟着去看看,才发现自己的自行车刚刚被同学的哥哥借去。风沙起来的时候偷偷点一支公主牌香烟靠在谁家的后墙上看风把电线吹得呼呼直响,远处兵营里又在转播新闻和报纸摘要节目,烟还没抽完就到了该回家的时候。

上学的时候我成绩一直不好,但朋友多,上小学就有十几个结拜兄弟。到了初中,我的一半兄弟都辍学,又没有工作,就在街上混。我被父亲逼着读书,他们就每天在学校外面等,我放学出来,就一伙儿人到街上横冲直撞。

那时候开始有录像厅,我看了无数的香港武打片,其中包括胡金铨的《龙门客栈》和《空山灵雨》。身体里的能量没地方释放,出了录像厅就找碴打架。初中毕业时,又是一个分界线,很多同学辍学,一些人去当兵,更多的到了街上。

有一次,我跟一个朋友去看电影,买完票他说上厕所,我就先进去了。我左等右等不见他,出来后有人说他被抓走了,原来他刚才突然去抢一个女人的手表。那一刻我一下觉得生活里有如此巨大的波折动荡。我朦朦胧胧觉得自己的性格在变,不久有一个朋友在三十里外的杏花村汾酒厂喝多了酒死在回县城的路上,随后不断有朋友在"严打"中被捕判刑，我的青春期变得郁闷起来，人和事儿都在命运的秩序里展开，让我猝不及防，目瞪口呆。也就是这个时候，才发现自己已经长大成人，我觉得我必须离开。

汾阳没有铁路，不通火车。我上初一学会骑自行车，头一件事情就是约了同学，偷偷骑车去三十里外的另一座县城孝义，去看火车。我们一路找，终于看到了一条铁路。大家坐在地上，屏着气息听远处的声音。那真像一次仪式，让自己感觉生命中还有某种可以敬畏的东西。终于一列拉煤的慢行火车轰隆隆地从我们身边开过，这声音渐渐远去，成为某种召唤。

铁路对我们来说就意味着未来、远方和希望。

起先我并不知道自己的内心深处有着一种强烈的叙事欲望。当我真的离开县城，汾阳的那些人和事一天比一天清晰。我内心的经验常常让我感到不安，我知道我曾经粗糙的内心开始有了表达的欲望。

孙健敏 后来你离开了那个县城，来到了这个被命名为"首都"或者"国际化大都市"的北京，就读于电影学院。据我所知，在中国的艺术院校中，总是会有很多艺术世家的子弟，很多人进入学院之前就已经在这个圈子里面了，很可能还有过实操经验，而且好像专业知识储备可能更多一些，看上去也更权威一些。对于城市生活经验和"圈子经验"双重匮乏的你来说，这样的环境是否让你感到了压抑？这些压抑，对你的思考、创作以及日后的电影实践是否产生了影响，或者说它是否间接造成你今天的这种与同时代的中国导演都不相同的电影？

贾樟柯 1993年我刚到北京的时候，北三环还没有修好，电影学院四周住了很多修路的民工，他们的模样和表情我却非常熟悉，这让我在街上行走感觉离自己原来的生活并不太远。但在电影学院里，学生们如果互相攻击，总会骂对方为"农民"。这让我感到相当吃惊，并不单因为我自己身上有着强烈的农村背景，而是吃惊于他们的缺乏教养，因此每当有人说电影学院是贵族学院我就暗自发笑，贵族哪会如此没有家教，连虚伪的尊重都没有一点儿。而我就是在那个时候，发现了自己内心经验的价值，那是一个被银幕写作轻视掉的部分，那是那些充满优越感的电影机制无心了解的世界。好像所有的中国导演都不愿意面对自己的经验世界，更无法相信自己的经验价值。这其实来自一种长期养成的行业习惯，电影业现存机制不鼓励导演寻找自己内心真实的声音，因为那个声音一定与现实有关。这让我从一开始就与这个行业保持了相当距离，我看了无数的国产电影，没有一部能够与我的内心经验直接对应。我就想还是自己拍吧。

当时我对电影了解甚少，不像大部分同学来自信息较好的城市，也不像现在可以买到品种丰富的DVD，看各种各样的电影。那时在山西甚至连相关书籍都很少，那些电影史中重要的作品对我们来说永远只是传闻和消息。当我也随着周二、周三的人流能去洗印厂看所谓"内参片"的时候，我恰恰感觉到的是一种不平等。电影资源成了只有少数人才能享用的甜食，资源的垄断将电影变成了一种特权。大众似乎被取消了用影像表达自己的权利，以各种方式挤进电影圈的人又回过来维护着电影神话。我常常想，电影为什么不能像文学、绘画一样成为人们自由选择的表达方法。这时候，我开始接受了独立电影的概念，并隐约知道了自己未来的工作方向。

孙健敏 在电影学院期间，你成立了一个青年实验电影小组，小组核心成员都是文学系的学生，其中的部分成员甚至来自电影学院之外，在这个以导演为中心的电影体制中，你是否认为这是一种挑战？这种挑战的意义何在？当年实验小组的成员，在"革命"成功后，现在是否还依然在进行新的电影实践？

贾樟柯 直到今天，我都认为电影始终是一种群体性的工作。虽然因为DV技术的发展，我们获得影像变得容易起来，但这并不意味着导演应该变成孤胆英雄，包办从摄影、录音到后期剪辑全部的工作。这些岗位中包含有相当的专业知识，需要专人完成。我并不否认有人会是这些方面的通才，但所谓一个人的电影与电影制作的规律不符，其中包含了惧怕合作的情绪，而这也是这一年来DV话题带来的新的神话。我曾写过一篇《业余电影时代即将再次来临》的文章，看过文章的人应该知道，业余是一种针对僵化创作的精神，而不是指放低电影制作的标准。当一种能够打破某种神话的电影技术出现以后，眼见它在中国又即将变成新的神话，这让我更加相信反对什么就有可能变成什么。

1995年我和同班同学王宏伟、顾峥在北京电影学院发起成立了青年实验电影小组，最主要的原因就是想形成一个合作的群体。我们都有实践电影的愿望，但不知道从何开始。但有一点，那时候我们几个其实已经放弃了在体制系统中的努力，希望尽早寻找体制之外的可能。小组成员来自其他各系，其中包括了摄影、录音、制片等各个部门。我们也相当开放，接纳电影学院之外的各种人才。这种开放的心态对日后的发展有相当好处。当我有机会开始进行跨国制作的时候，与来自不同文化背景的工作人员一起工作，才明白自己为什么会显得比较得心应手。

我们依靠成员筹集来的有限资金开始了电影实践，这些钱中有我写电视剧挣来的稿费，也有朋友的馈赠，甚至包括顾峥妈妈从上海寄来的生活费。而我认为我们得到的也相当之多，拍摄两部短片《小山回家》、《嘟嘟》让我们经历了从策划作品、筹集资金、租赁器材、现场拍摄、后期制作，直到影片放映、宣传推广甚至交流演讲全部的过程，电影从某种程度上看是一种经验性的工作，经验越多控制把握的能量越强。应该说在拍摄第一部长篇《小武》之前，我们已经对自己进行了很好的培训。我经常告诉别人要坚持把一件作品做完，不要因为自我感觉不好就中断拍摄或者放弃后期。拍摄再"烂"也要拿给别人看，要给自己一个完整的电影经验。我也觉得千万不要轻视短片而总憋着口气要去完成大作。短片是很好的训练，并且不妨碍你去表达自己的才华。

小组成员中，王宏伟和顾峥与我保持了最长久的合作。王宏伟主演了《小武》和《站台》，他现在越来越受欢迎，包括黑泽明的制片野上照代都是他的影迷。上次我从日本回来，老太太让我捎礼物给他，并画了一张取材于《站台》的漫画，写了一行字：我喜欢的王宏伟。顾峥现在念到了博士，他作为文学策划和副导演参与了我全部作品的拍摄。《小山回家》和《小武》的录音师林小凌在法国学习剪辑，而两个制片赵鹏在北京电影制片厂工作，张涛在电影学院上研究生。《小山回家》和《嘟嘟》的美术王波专心他的现代艺术，现在制作 flash 相当成功。

孙健敏　随着实验小组的第一部作品《小山回家》成功，你和你的摄制组成员开始为外人所知晓，在《小武》之后，你甚至还被吸纳进了艺术全球化的进程中，你开始频频亮相国际电影节，从内陆的小县城，然后北京，然后全世界，这样一个过程可能不仅仅是一个空间的过程，如果按现代性的话语来看，你可能还同时跨越了几个不同的时代。在这样一个过程中，你有一些什么样的感悟？这三个空间因为有了彼此的参照，是更加清晰了，还是更加模糊了？

贾樟柯　《小武》拍摄于 1997 年，一部分投资来自香港，另一部分来自山西一家广告公司，这应该算是一种区域性的合作，双方的制片人也都刚刚参与电影投资。但我拍摄第二部作品《站台》时，已经成了跨国资本运作，参与投资的有香港和日本、法国、意大利等机构。这并非说明《站台》投资巨大，也不说明这几家公司没有单独投资的能力，而是一种跨国销售的需要。资金组合的模式是未来市场的基本结构，这基本上是一种良性的方法，减低了投资的风险，也使导演的作品有机会在更多的国家、更广泛的人群中传播。电影越来越变为夕阳工业，长期的艺术电影创作根本不可能依赖一国资本、一国市场维持，应该说作为导演被迅速接纳到艺术全球化的系统说明你能够维持创作的连贯性。

对我来说，更重要的是我自己的创作标准已经不再局限在某一个区域里。我有机会及时了解各国同行的创作情况,这有助于自己在一个不低的标准中不断地检讨自己的工作。我一直觉得一个关心电影形式的导演,他的工作离不开对电影史和当下同行工作的了解,任何人的工作都不可能孤立存在。

从汾阳到北京,再从北京到全世界,让我觉得人类生活极其相似。就算文化、饮食、传统如何不同,人总得面对一些相同的问题,谁都会生、老、病、死,谁也都有父母妻儿。人都要面对时间,承受同样的生命感受。这让我更加尊重自己的经验,我也相信我电影中包含着的价值并不是偏远山西小城中的东方奇观,也不是政治压力、社会状况,而是作为人的危机,从这一点上来看,我变得相当自信。

生活和艺术中的灰色时刻

孙健敏 许多年来,文化界一直都存在一种制造艺术家神话的倾向,将艺术家与日常生活割裂,将他们说成是一种不食人间烟火的动物,他们的任何一个举止都能在艺术的名义下获得一种不同凡响的命名,譬如说苏俄的诗人如何在没有面包吃的时候,还念念不忘他们的诗歌,某个艺术家为了实践他的艺术而不惜自杀等等。这些说法有毒害青少年的嫌疑。前不久我读了一个在艺术界被典型地塑造为神话人物的凡·高的书信集,在他一封又一封写给弟弟提奥的信中,虽然谈了很多他在艺术上的见解,但一直贯穿其间的是一个很重要的主题,就是不断地说他是如何花钱的，并据此非常腼腆地请求提奥能给他再寄一些钱过来，又或者告诉他弟弟，他的画可能会给他带来多大的经济利益。这可能要比那些高调更接近于艺术家的原生状态。作为一个电影从业人员，你的困境不仅来自日常生活的压力，可能还来自制作资金的压力，以及如何让社会环境允许你操作你的电影，我想在所有这些过程中，会有很多灰色时刻，也就是说你要去"装孙子"、要去牺牲自己的原则、要言不由衷、要去说谎和欺骗，等等，我觉得这些妥协的时刻，要比不屈的时刻更有教育意义，你能不能在不损害你现实利益的情况下，谈一谈你这方面的亲身经历和感受？

贾樟柯　相对于文学、绘画、音乐来说，电影是一门不容易展开工作的艺术。比如当一个作家突然有写作的冲动，他找一个安静的地方，铺开稿纸，就可以享受写作的快乐。但一个导演，当他灵感一现的时候，他先要好好保存一下激情，然后投身于跟创作毫无关系的一大堆事务中去，找钱谈投资，跟各种各样的人见面，无数次地解释自己的剧本，当你最后站在摄影机后面喊一声"预备、开始"的时候，可能已经一两年过去了。你为几年前一刹那的激动拼杀六七百天后，你是否还对当时的灵感抱有信心？

问题的关键是，在这中间漫长的等待中，常会有不愉快的人和事出现在你生活中，这些人和事会不会改变你的为人处世，会不会让你的价值观摇摆，而突然偏移到了离自己创作初衷甚远的方向上去？

上电影学院的时候，我曾经当过很多次"枪手"，坐在自习教室是为别人赶写电视剧本。那时候我非常喜欢这份工作，因为可以挣一些钱补贴到自己的短片制作里。有一天一个非常熟的朋友来找我,想让我帮他写一部二十集的电视剧。他是北京人,说他的亲戚是投资人,钱不是问题。写作期间,他的殷勤周到每每让我感动。但当我写完最后一个字,把最后一集剧本送给他时,他突然翻脸,说不会付给我稿费。还骂我是傻×,为什么不跟他签合同。他曾经将两箱卖不出去的杯子放在我的住处,便说:"那杯子我不要了,留给你当稿费。"这些杯子至今还在我家的阳台上,我常看着我这些瓷质的稿费发呆,它让我对人产生了深深的怀疑。

过了很久,在拍《站台》之前,为了得到准拍证,我常去电影局。有一天终于为《小武》的事交了一万元罚款,并文笔流畅地写了一封检查,承认自己的确严重地干扰了我国正常的对外文化交流。从电影局出来,我突然想起了北岛的一句诗"我不相信",我把杯子的事和检查的事联系到了一起,车过长安街的时候觉得自己的心沉到了底,这个时候我连自己都不相信了。

孙健敏 艺术家神话的另一个方面,就是艺术家的脑子里永远都在像火山喷发似的冒出灵感来。但事实上,对所有有创作经验的人来说,在完成起步阶段以后,创作是一个不断出现瓶颈并不断加以克服的过程,灵感和天才固然重要,但最后的决定性因素可能是坚持、勤奋、意志力以及自我缓解创作压力的技巧。所以想请你描述一下你在灵感枯竭时刻的状态,然后谈一谈你用什么方法缓解创作本身施加给你的压力,并度过这种瓶颈期。

贾樟柯 我想我们都不是那种默片时期的天才导演,他们在电影童年时期的实验,真正为电影进行着创造性的工作。每一种创造可能都是新的，而像茂瑙式的人物，几乎发明了日后全部的电影方法。我一直觉得80年代之后，电影在世界性地退步，电影的质量不断下降，甚至包括好莱坞也失去了《邦妮和克莱德》、《教父》这样的标志性创作，整个电影在一种瓶颈之中。

我常常因为寻找不到一种形式方向而感到烦躁，这并不意味着我缺少新的视觉发现，也不意味着对时间的处理失去灵感，以上两者是一种物质性的电影基础，而存在于此之上的语言系统，即那种构成电影文本的组织法则，则需要像爱森斯坦一样，加以全新创造。再读《爱森斯坦文集》，我发现几十年来我们在形式世界中的思考过于形而下，甚至包括戈达尔、塔可夫斯基的革命方向也过于具体。这使电影时到今日革来革去只是在转腔换调，而手中那只喇叭大体未变。

最近我基本上从过时理论、陈年老片中寻找现实问题的出路。我越来越不相信自己以前对文献、影片的理解。我隐约感觉到像爱森斯坦那样的圣人就像达·芬奇一样，他们发现了很多原则，从未引起我们的注意，而这种疏忽是因为我们已经不可能像他们那代人那样，通学科，又融入科学，并在一种宗教的寻找精神中向着形式主义的方向朝圣。这使我们的电影失去了质量。

创作对我来说，永远是自我斗争的过程。过于顺利的写作往往让我自己感到怀疑和不安。当工作真的进行不下去的时候，我会翻看一些同行的访谈，你会发现每个创造者其实都是因为这个极端地迷茫。

孙健敏 电影是所有艺术中对资金和市场依赖最大的，而对中国的电影从业人员来说，这两方面的资源目前相对都比较匮乏，每年愿意投入到电影中的资金有限，中国的电影观众资源有限，每年参加世界性的电影节的机会也有限，因此这个人有了机会，也就意味着其他许多人失去了机会。据我个人所知，中国的电影圈是一个人际关系颇为紧张和颇为复杂的圈子，人在其中很容易变得心理不平衡。在这样一种现状下，你怎样调整自己的心态，以保证自己在创作时不会有太多的杂念？

贾樟柯 我的方法是根本不介入那个所谓的圈子之中，更对其中的恩怨不感兴趣。在北京，相对来说我自己是一个独立的系统，虽然多少有些封闭，但我在其中可以焦点集中地专注于自己的工作。从一开始我就对自己的创作有一个比较完整的规划，希望能够逐渐在电影中建立自己的精神世界。这是一个非常有吸引力的工作方法，让我能不太在意创作之外的事情，包括影展的得失和票房的好坏。因为这两者都不是我的终极目标，让我焦灼的永远是艺术上的问题，而艺术问题是你自己的事情，与圈子无关，与他人无关。

电影有太多的利益让同行之间产生竞争关系，而优胜劣汰是非常残酷也非常自然的游戏规则。我自己会在失去创造力的那一天离开电影，从这一点上来看电影不会是我的终生职业。拍电影有一种原始的乐趣，那就是享受无中生有的创作过程。我想当卢米埃尔兄弟第一次看到自己拍到的活动影像时，那一刹那的快乐才是这个杂耍要真正要送给我们的快乐。

一个都不能少？我们就是欲望太多。

孙健敏　电影需要很多人共同参与和共同协调,不可能每个人都对同一件事有同样的看法。能不能介绍一些你和你的团队在创作过程中曾有过的分歧,以及解决分歧的办法?

贾樟柯　跟我一起合作的同事大部分从《小武》甚至《小山回家》那个时候就开始在一起,我们是一个相当稳定的集体,但并不保守。这些年不断有新的朋友加入,在各个环节帮助我提高电影的质量。而作为导演,我已经因为电影捞到了太多好处,但他们出众的才干并没有因为这些电影而广为人知,这对他们不公平,也常让我心感内疚。

比如说王宏伟,他主演了我从《小山回家》、《小武》到《站台》的全部作品,在欧洲在日本都有相当多的影迷,而在国内因为我们的电影不被允许公映,没有太多的人有机会欣赏他的表演,媒体曝光很少,也让其他国内导演无法衡量他的票房价值而片约甚少。再比如摄影余力为,从《小武》开始他已经成了很多跨国制作追逐的摄影师,甚至一年中有三部韩国电影向他发出邀请,但因为国内很少有人有机会从银幕上观看我们的影像,致使有的人看了盗版刻录的VCD,误以为《小武》是用家用录像机拍摄的。

我们每个人相互都有超过五年的交往,长时间相处产生的感情能够包容共事过程中难免产生的磕碰。在美学上,我们惊人的一致,会为同样的事情感染激动。大部分时间我们都在享受默契工作的快乐,在现场我们交谈很少,该说的都在北航大排档的豆花鱼火锅边说过了。所以在我的创作经验中,和工作人员很少有方向性的意见分歧,他们了解我的内心世界,并认同我的价值。

唯一的一次冲突是在《小武》后期做声音的时候，那时候我的录音师是林小凌。她是我从《小山回家》就一起合作的朋友，并分担了我实验电影小组时期大量的制片工作。我们还一起即兴拍摄了《嘟嘟》，她在现场帮助我完成剧作并亲自出演。我非常喜欢她在现场的敏感，在《小武》中她为我找到了片尾的音乐，那是她在汾阳教堂中偶然听到的汾阳话版的赞美诗。但混录《小武》的时候，我要她加入大量的街道噪音，一直要她"糙些，再糙些"，这让她开始与我有一些分歧，因为从技术角度讲这是非常违规的做法。她很自觉地要保护自己的职业声誉，但那时候我已经到了偏执的程度，今天看来我那时候过于独裁，也从未考虑别人的感受。到我要她加入大量流行音乐的时候，我们的分歧变成了冲突。小凌无声地离开了录音棚，我一筹莫展，最后找来同学张阳前来救场。

我觉得我们的分歧其实来自各自不同的生命经验，小凌父母都是高级知识分子，从小学古典音乐，有很好的家庭教养。在她的经验中，世界并非如此粗糙。而我一个土混混出身，心里沟沟坎坎，经验中的生命自然没那么精致。我们俩都没有错，只是我偏执的坚持对她有所伤害，我从未向她道歉，今天想说一声"对不起"。

我仍然觉得，导演要广开言路，但归根结底电影仍然是独裁的艺术。

电影观念和电影实践

孙健敏 从90年代开始,中国电影界似乎对电影的纪实性投入了极大的关注,长镜头、同期声、非职业演员、反蒙太奇、反戏剧化等观念不断地在大学的课堂里被反复加以强调,甚至连张艺谋这样有很强的表现主义风格的导演都拍摄了《一个都不能少》这样的电影。但从另一方面来说,即使再写实的电影都免不了存在修辞手法,一个长镜头再长,拍摄的也还是这部电影叙事时间的一瞬间,你选择这些时间而不选择另一些时间,你选择仰拍还是俯拍,你注重拍人物的正面还是侧面,其实都会给观众制造出不同的意义,这是不是意味着电影的纪实性不是真实,而是如何伪装得更像真实?作为一个比较喜欢纪实手法的导演,你觉得在艺术的真实中,感觉的真实和技术化的真实何者更重要?如何区分它们?由此衍生的一个问题,在创作中,你更关注对自己真实,还是更关注在观众面前表现得很真实?

贾樟柯 波兰导演基耶斯洛夫斯基曾有一段话让我深感触动,他在拍摄了大量的纪录片之后突然说:在我看来,摄影机越接近现实越有可能接近虚假。

由纪实技术生产出来的所谓真实,很可能遮蔽隐藏在现实秩序中的真实。而方言、非职业演员、实景、同期录音直至长镜头并不代表真实本身,有人完全有可能用以上元素按方配制一副迷幻药,让你迷失于鬼话世界。

事实上电影中的真实并不存在于任何一个具体而局部的时

刻，真实只存在于结构的联结之处，是起承转合中真切的理由和无懈可击的内心依据，是在拆解叙事模式之后仍然令我们信服的现实秩序。

对我来说，一切纪实的方法都是为了描述我内心体验到的真实世界。我们几乎无法接近真实本身，电影的意义也不是仅仅为了到达真实的层面。我追求电影中的真实感甚于追求真实，因为我觉得真实感在美学的层面而真实仅仅停留在社会学的范畴。就像在我的电影中，穿过社会问题的是个人的存在危机，因为终究你是一个导演而非一个社会学家。

孙健敏 记得你的新片《站台》，我看的是三个半小时的版本，当时我个人感觉，似乎你在创作心态上不如《小武》那么松弛，有些表达过度的倾向，是不是因为"等待"这个话题对你个人很沉重？另外在拍摄前和拍摄中，你似乎和评论界、文学界人士有很多接触，他们是不是在某种程度上对你创作的自由状态构成了压抑？你如何看待和评论界之间的关系？

贾樟柯 在拍摄《小武》之前已经有了《站台》的剧本，那时候是1996年，我还是在校学生。90年代初中国知识界沉闷压抑的气氛，和市场经济进程中对文化的轻视和伤害，让我常常想起80年代，那正好是我由十岁到二十岁的青春期过程，也是中国社会变化巨大的十年。个人动荡的成长经验和整个国家的加速发展如此厮缠般地交织在一起，让我常有以一个时代为背景讲述个体生命经验的欲望。如果说电影是一种记忆方法，在我们的银幕上几乎全是官方的书写。往往有人忽略世俗生活，轻视日常经验，而在历史的向度上操作一种传奇。这两者都是我敬而远之的东西，我想讲述深埋在过往时间中的感受，那些记挂着莫名冲动而又无处可去的个人体验。

这个想法让我自己燃烧，但我知道这应该会是一个相对来说有些巨大的工程。当第一个拍故事长片的机会来到我面前的时候，因为资金有限，我不得不暂时搁浅这个计划而先去绘制一幅县城青年"小武"的素描。我始终认为《站台》和《小武》是连在一起的双联画，《小武》是《站台》的后续，而《站台》是《小武》的出处。

1999年冬天，我们在汾阳开始了《站台》的拍摄。正像有些评论所说的，这是一个节制与铺张共存的作品。对我来说也是非常特别的创作经验，整个拍摄中自己的内心经历了非常多的斗争，我始终在拍摄中调整着自己与过去、自己与电影的关系。而扛着摄影机去追忆也使即兴的创作和年代片所要求的准确计划常常冲突。我在拍摄中显得非常任性，工作人员容忍了我的一切，因为他们知道弥漫在整个电影中的气氛将是游丝般一闪而过的灵光，但它隐藏在冗长而缓慢的时间当中，我需要用时间去抓回这些击中过我们的刹那片刻。

我知道在《站台》中我似乎有些表达过度，因为那个年代在我心中积压太多。我常常说《站台》是压在我心头的一块石头，我把它搬起，可以开始新的工作。

就像《站台》片尾很长的感谢名单中能看到的，我有很多文学界、评论界的朋友。诗人西川就饰演了体制中的文工团团长，而画家宋永平则饰演了走穴时期的大棚老板。他们都有比我更长的艺术阅历，都自觉保持着长期的精神活动。我常常会突然在一种强烈的绝望之中，对自觉失去信心，对电影失去兴趣。那些无法告诉别人的怯懦，那些一次又一次到来的消极时刻，让我自觉意志薄弱。这时候想想别人，便觉得其实没那么孤单。

我想任何一个作者都希望得到评论的响应，而选择电影也是选择了与人广泛交流的媒体形式。我想评论无论如何从根本上影响不了我，因为评论不会引导我的创作，我由自己引导。

孙健敏　听说你最近自己拍摄了一部纪录片，能不能谈一谈？

贾樟柯　我刚刚完成的纪录片叫《公共场所》，是与台湾导演蔡明亮、英国导演简·坎普拉共同完成的集锦片，每人三十分钟，都用数码技术摄制，主题是"空间"，全称为"三人三色"，是由韩国全州国际电影节投资拍摄的。

我自己的部分是在大同拍摄的，话很少，离人远，是对一个城市的印象。我越来越觉得数码摄影技术可以更好地完成纪录片中的抽象风格，当你进入一个空间中，没有人会在意你的存在。一切自然展开，你可以自由捕捉自然秩序，抽象的风格由此产生。

孙健敏　接下来你有没有新的拍摄计划？能否透露一些情况？

贾樟柯　我想拍一部关于当下少年的故事，还在山西。

原载《今日先锋》第12期（2002年）

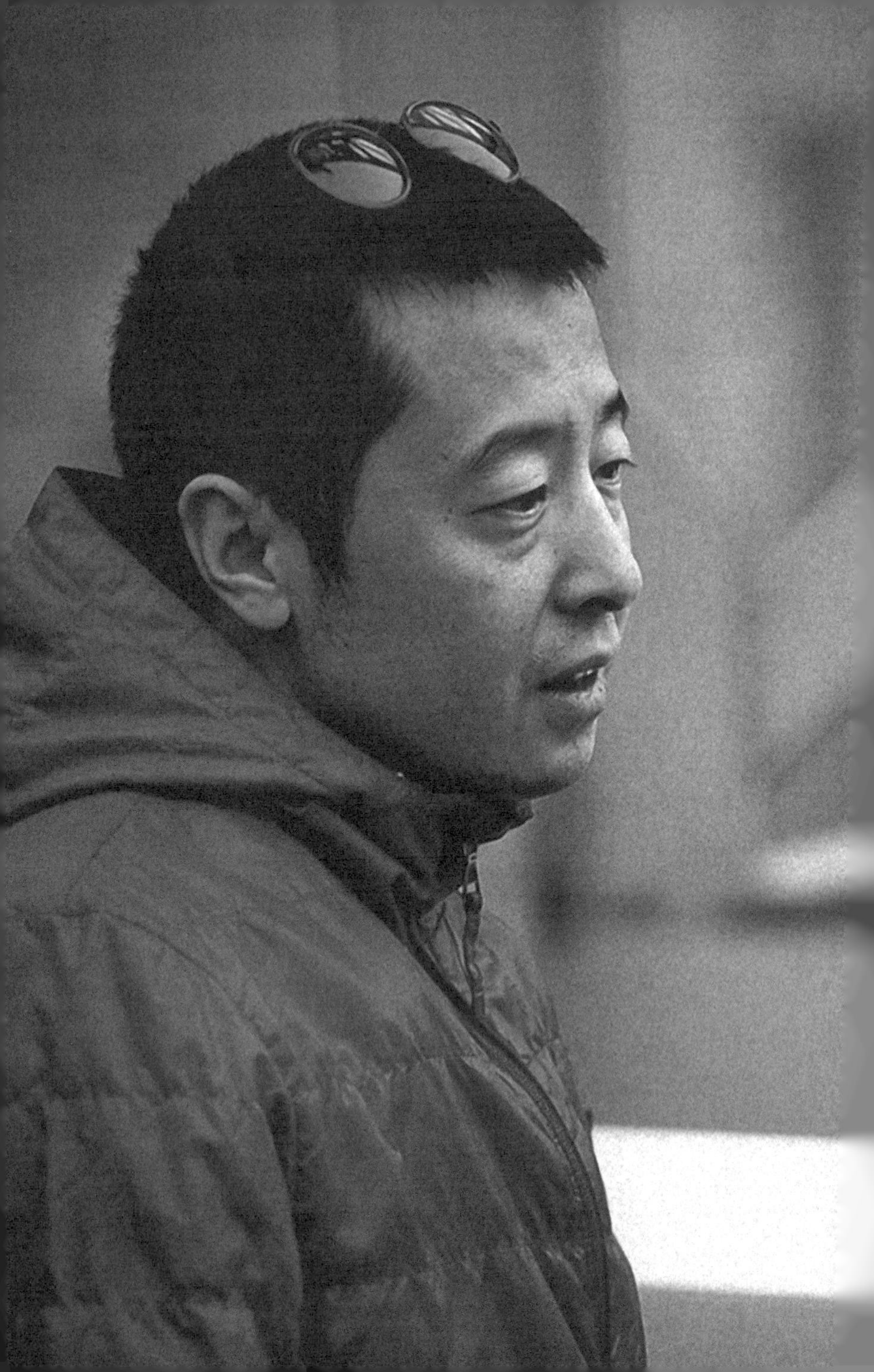

公共场所
2001

〈故事梗概〉

郊外的火车站,一个穿军大衣的男子独自徘徊。夜已经很深,几声汽笛声后,一辆火车为他们带来一个身份不明的女人和一袋沉重的面粉。矿区的公共汽车站中,黄昏近夜时分。一个老人设法拉好他上衣的拉链,一个没有赶上班车的女人在喘息中听到几声钟声。颤动的公共汽车上,一个少年无法控制的牙痛。一个有天花的男子上了一家公共汽车改造的餐厅。一个黑帮老大坐在轮椅上看走来走去的女人。歌在唱,舞仍然在跳,只是欢乐让人觉得有一些疲劳……

〈导演的话〉

带着DV摄影机,在公共场所中会见熟悉的陌生人。隔着人群长久地凝望,终于让我接触到了无可奈何的目光。这令我忽略掉了具体的人物、理由、语言,只留下了动作、声音和飘荡在尘土中的苦闷和绝望。

《公共场所》自述

去年我拿到了韩国全州电影节一个叫"三人三色"的计划。刚开始拿到这个计划以后,我自己也不太知道要拍什么。后来就突然想到大同。大同对我来说是一个传说中的城市。每一个山西人都说那儿特别乱,是一个恐怖的地方,我就想去那看看。而且当时有一个传说,对我特别有诱惑。就是传言大同要搬走,因为那里的煤矿已经采光了,矿工都下岗,然后正好是开发大西部,说要把所有矿工都迁到新疆去挖石油。传说里那里的每个人都在及时行乐,普通的餐馆都要提前三十分钟定好。大同跟我的家乡在一条对角线的两端,在人文的意义上,它和呼和浩特、张家口更加有亲近感,太原反而是一个太远的地方。这又是一个没落的城市,有文明古迹在证明它的古老。

我带着对一个城市的幻想去了那个地方。去了之后，我特别兴奋，因为它跟我想象的没有区别。那些传闻给我的点点滴滴和我去了看到的差不多，唯一不同的是那个谣言已经过去很久了。我就这样被这个城市吸引。刚开始我觉得这个城市特别性感，现在回想起来可能是因为能感觉到那个空间里的人都特别兴奋，充满了欲望，在一个封闭的空间里面生机勃勃。

我的焦点没有一开始就落在公共空间。开始我甚至想去做访问，因为我有一个朋友在那儿开桑拿，很多人晚上就在那里过夜，我想去访问这些不回家的人。后来放弃掉了，因为我觉得不需要人家告诉我什么，我也不需要跟他说什么，放弃所有的语言，看他的状态就足够了。这也是这个片子没有字幕的原因：你没有必要听清人物在说什么，他的声音是环境的一部分，他说什么不重要，重要的是他的样子。

后来慢慢地深入拍下去之后，我找到了一种气氛。我特别喜欢安东尼奥尼说的一句话，他说你进入一个空间里面，要先沉浸十分钟，听这个空间跟你诉说，然后你跟它对话。这几乎是一直以来我创作的一个信条，我只有站在真的实景空间里面，才能知道如何拍这场戏，我的分镜头差不多也是这样形成的，它对我的帮助真是特别大。在空间里面，你能找到一种东西，感觉到它，然后信赖它。

我拍了很多空间。火车站、汽车站、候车厅、舞厅、卡拉OK、台球厅、旱冰场、茶楼……后期剪辑的时候，因为篇幅的限制，好多东西不得不去掉，我在这些空间里面找到了一个节奏，一种秩序,就是许多场所都和旅途有关,我选择了最符合这条线的东西。

空间气氛本身是一个重要的方向,另一方面最重要的就是空间里面的联系。在这些空间里面,我觉得很有意思的是,过去空间和现在空间往往是叠加的。比如说一辆公共汽车,废弃以后就改造成了一个餐馆;一个汽车站的候车室,卖票的前厅可以打台球,一道布帘的后面又成为舞厅,它变成了三个场所,同时承担了三种功能。就像现代艺术里面同一个画面的叠加,空间叠加之后我看到的是一个纵深复杂的社会现实。

这个电影就这样不停地在抽象,有一些情节性戏剧性的,我都全部把它拿掉了,一直到最后,就剩下那些状态,那些细节,我希望最后这个电影能吸引大家的就是那些面孔,那些人物。

我是第一次用DV拍片。实践DV的过程和我想象的有些不一样。我本来想象可以拍下特别鲜活的景象,但事实上我发现最可贵的是,它竟然能够拍下抽象的东西。就好像人们都在按照某种秩序沿着一条河流在走,DV的优势是你可以踏进去,但你同样也可以与它保持客观的距离,跟着它的节奏,沿着它的脉搏,一直注视着它,往下走,进行一种理性的观察。

我们有很小的一个工作组,摄影师,录音师,制片,还有一辆车,早上起来就开着转,看到什么拍什么,非常放松,毫无准备地、探险式地、漫游式地去拍摄,我想DV给我们的自由就是这种自由。电影是一种工业,拍电影是一个非常有计划性的工作,一个导演独立制片的方法也是为了尽量减少工业带来的捆绑和束缚。那种束缚不单是制片人的压力,电影审查的控制,电影制作方法本身也是一种规范，DV带给人一种摆脱工业的快感。在拍公共汽车站的时候，当地的向导先带我们去煤矿拍了一个工人俱乐部。出来以后，就是电影里那个地方，正好有一些人在等车。太阳已经开始下来，一下就有被击中的感觉。我就拍这个地方，一直拍，一直拍，拍了很多东西。当我拍那个老头儿的时候，我已经很满意了，他很有尊严，我一直很耐心地拍他，当我的镜头跟着他上了车的时候，突然有一个女人就闯入了，我的录音师说我那一刻都发抖了。我注视她的时候，她的背景是非常平板的工人宿舍区，那时候我特别有一种宗教感，就一直跟着拍；然后又有一个男人突然进入了，他们什么关系，不知道，最后两个人都走掉了。整个过程里面，我觉得每分钟，都是上帝的赐予。

这也是这种制作方法给你的。我可以耗一下午，就在那儿一直拍。但如果是胶片，就不太可能拍到这些东西。你要考虑片比，差不多就走掉了。但现在我可以非常任性地拍摄，因为你任性下去的成本很低。

但DV也有很多技术上的局限。我用的是SONY-PD150的机器，我最不能接受的是它的焦点问题，它没有刻度，很容易跑，时刻得特别小心。另外外景的时候，在强光之下，色彩很糟糕，景深也不好，如果遇到一些发亮的线，特别是金属的横线，因为波形不同，它会有一些闪动，画面就不太稳定。

我以前写过一篇文章叫《业余电影时代即将再次到来》。这篇文章发表以后，大家都谈这个问题，但谈论的过程中我觉得有一些误解。我所谈的业余电影是一种业余精神，和这种精神相对应的是一种陈腐的电影创作方法，特别是电影制度。但对作品应该有非常高的要求。DV能够获得影像绝对是一个革命性、颠覆性的进步，但另一方面，一个作者，并不能因为拍摄的权力容易获得，就变得非常轻率，就不去珍惜它。

我1995年拍过一个纪录片《那一天，在北京》，但是没有剪。在拍了两部剧情片以后再来拍纪录片，我发现我找到了一个方法。因为当你拿起机器去拍的时候，这个工作本身强迫你去见识那些没有机会见识的空间、人和事。我想一个导演慢慢地会有不自信，不是不自信拍不好，而是描述一个人一件事的时候，你会怀疑：人家是这样想的吗？他的价值观，他想问题、处理事情的方法真的是这样的吗？我如果一直在那个环境里，我完全能设身处地地写小武，写文工团，但是隔得久了，我会不能确定，因为与他们的生活已经是隔膜的。

但是纪录片能够让一个导演摆脱这样的状态。当我觉得我自己的生活越来越多地被改变，求知欲越来越淡薄，生活的资源越来越狭小，纪录片的拍摄让我的生命经验又重新活跃起来，就像血管堵了很长时间，现在这些血液又开始流动。因为我又能够设身处地为自己的角色去寻找依据，我又回到了生活的场景里，并从那里接到了地气。

原载《艺术世界》杂志（2001年12月）

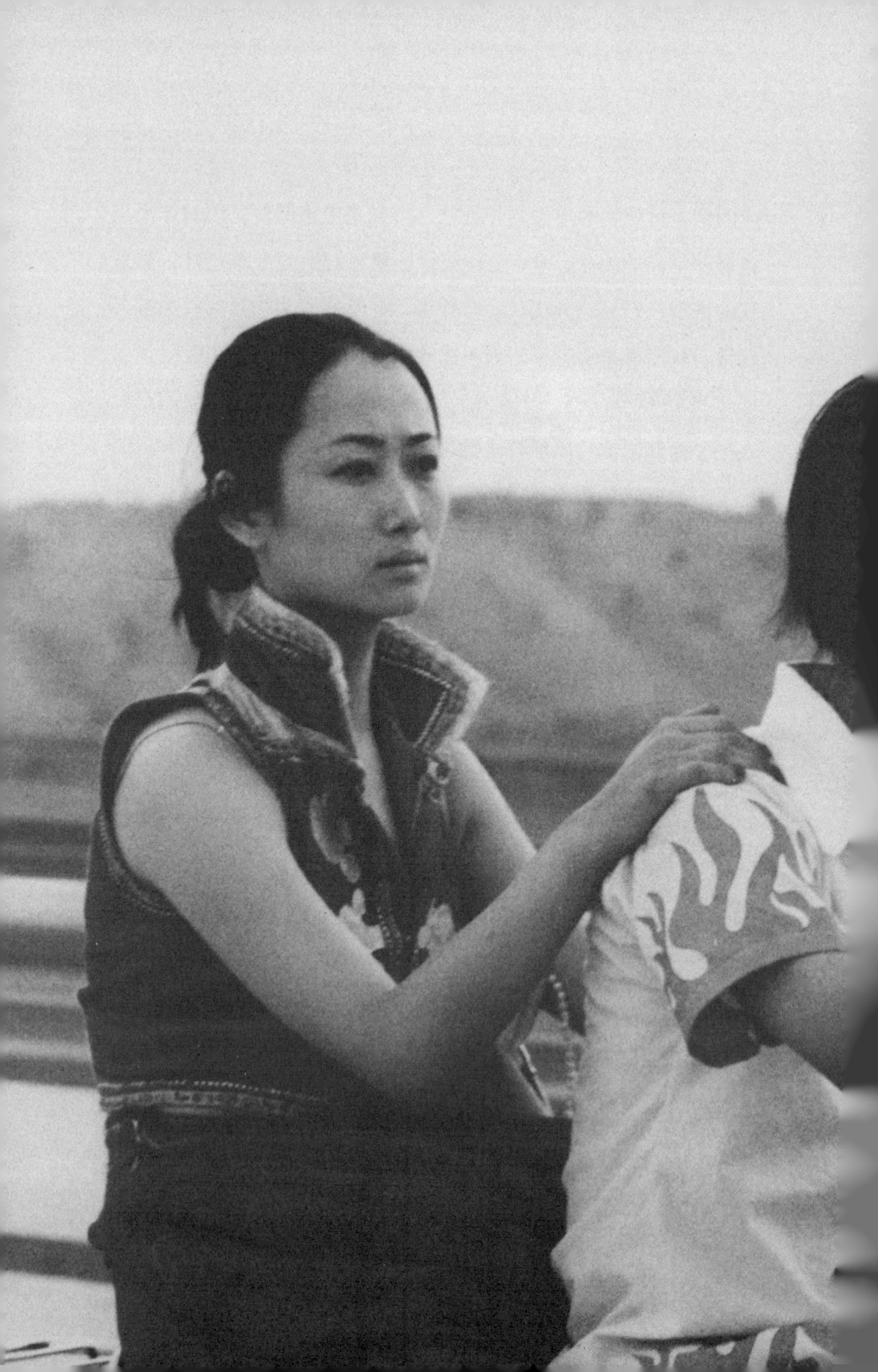

任逍遥
2002

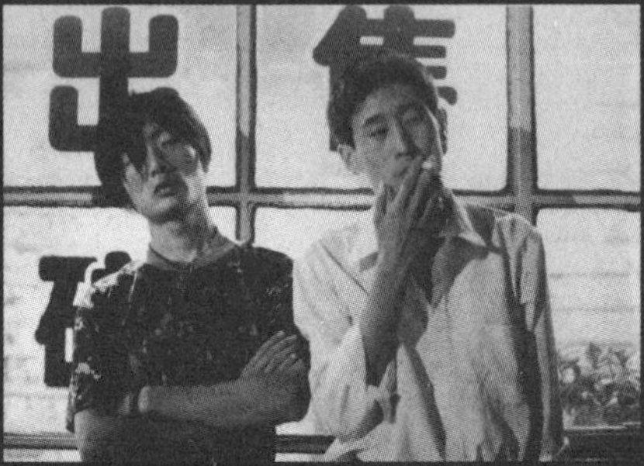
出售

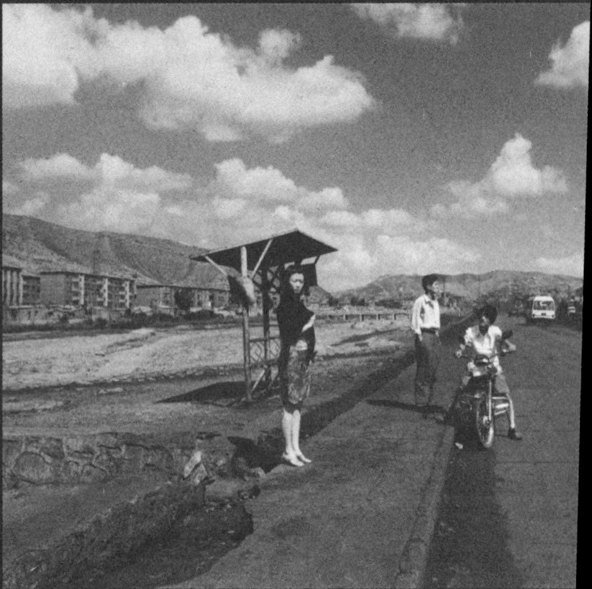

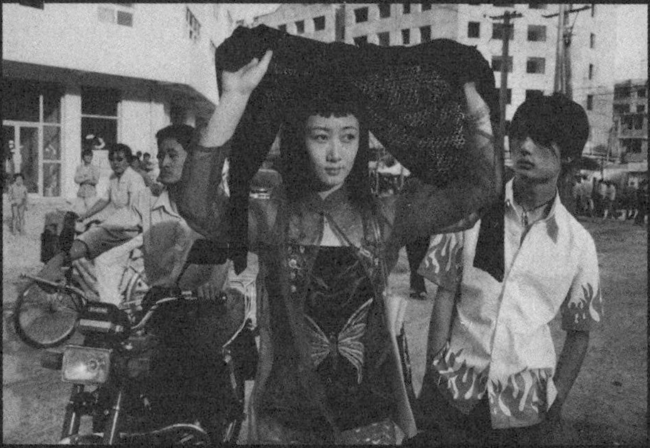

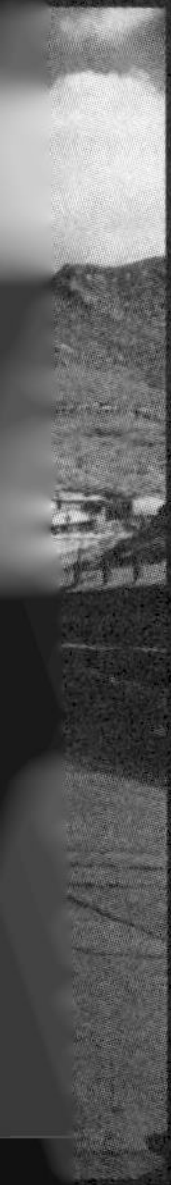

〈故事梗概〉

斌斌一个人站在汽车站的候车室里发呆,他不是旅客,从来没想过要离开这个城市。小济抽着烟坐在售票处前的长椅上看报纸,他不看新闻,只想找份工作。

他们是朋友,不爱说话,但都喜欢游荡。

这个城市叫大同,正在流行一首叫《任逍遥》的歌。大同在北京的西北,距大海很远,离蒙古很近。"任逍遥"是一句古话,巧巧觉得"任逍遥"的意思就是"你想干啥就干啥"。她的外号叫"白腿",是市里出了名的野模特。

这一年,他们的话越来越少,但分明有一种莫名的兴奋正在悄悄突破沉默。

这一天,城市的上空突然传来一声巨响,他们分不清这是远处的雷声,还是梦中的排浪。

这一年,是2001年。他们,只有十九岁。

〈导演的话〉

站在大同街头,看冷漠的少年的脸。这灰色的工业城市因全球化的到来越发显得性感。人们拼命地快乐,但分明有一股淡淡的火药气味随KTV的歌声在暗夜中弥漫。

这城市到处是破产的国有工厂,这里只生产绝望,我看到那些少年早已握紧了铁拳。他们是失业工人的孩子,他们的心里没有明天。

带着摄影机与这个城市耐心交谈,慢慢才明白狂欢是因为彻底的绝望。于是我开始像他们一样莫名地兴奋。

知道吗?暴力是他们最后的浪漫。

我比孙悟空头疼

上初三的时候，我的一个结拜兄弟要当兵走。我去送他，他坐在大轿车里一言不发。我想安慰他，便说，这下好了，你自由了。说完此话，他还是一脸苦相，便有些烦他。在我的概念里，只要不上学，不做功课，不被老师烦，便是最大的幸福。而能离家远走，不被父母管教，那更是天大的喜事。我由衷地羡慕他，所以不太理解我那兄弟为何总是沉默不语，并且低着头不拿眼睛看我们。车快开的时候，我实在不想再看他那一脸哭相，便说，你是不是怕我们看你远走高飞，心里不平衡，假装不高兴来安慰我们？

我那兄弟抬起头来，缓缓地说：自由个球，老子是去服兵役！

我随口答道：看你的哭相，倒像是去服劳役。

我那兄弟不紧不慢地答道：球，兵役，劳役，还不都是个役！

我一下无话可说，他的话让我非常吃惊。我这兄弟平时连评书都不爱听，就关心自己养的那几只兔子，这一要去当兵，话从嘴里出来也像换了个人。他的话如一道闪电，照亮了我的世界。这时候，我还是个少年，刚刚过了变声期，从来不懂得思辨，对生活中的一切深信不疑。但我的兄弟突然具有了这样的能力，他的一句话，让我吃惊，更让我在瞬间超越了我的年龄，我到今天感谢他都如感谢圣人，他在无意间启迪了我的思维，让我终生受用，虽然直到今天他对此仍一无所知。

我想应该是巨大的生活变化，让一个从来不善于思考的养兔少年去思考自由的真相。他对当兵问题的看法超越了他形而下的处境，超越了社会层面的价值判定，超越了1984年文化层面的宽容程度，而直指问题的本质。他说出来，如此抽象又如此人道，如此让我触目惊心又如此让我心旷神怡。

我兄弟的思考启迪了我的思考。送他离去，回家的路上想，是不是这个世界真的没有自由，逃出家庭还有学校，逃出学校或许还有别的什么，法则之外还有法则。我一下子好像明白了《西游记》所要表达的意思，孙悟空一个跟头能飞十万八千里，看起来纵横时空，自由自在，但到头来还不是逃不脱如来佛的手掌心。这相当让孙悟空头疼，紧箍咒就是无法挣脱法则的物化表现。吴承恩在我眼里成了悲情的明朝人，《西游记》是一个暗示。整个小说没有反抗，只有挣扎；没有自由，只有法则。我觉得《西游记》是中国古典小说里靠我最近的一部，当然这只是我个人的感受。

自由问题是让人类长久悲观的原因之一，悲观是产生艺术的气氛。悲观让我们务实，善良；悲观让我们充满了创造性。而讲述不自由的感觉一定是艺术存在的理由，因为不自由不是一时一地的感受，绝不特指任何一种意识形态。不自由是人的原感受，就像生老病死一样。艺术在一定程度上反映我们对自由问题的知觉，逃不出法则是否意味着我们就要放弃有限的自由？或者说我们如何能获得相对自由的空间，在我看来悲观会给我们一种务实的精神，是我们接近自由的方法。

1990年，我高中毕业没有考上大学，不想再读书，想去上班自己挣钱。我想自己要是在经济上独立了，不依靠家庭便会有些自由。我父亲非常反对，他因为家庭出身不好没上成大学便想我去圆他的梦。这大概是家庭给我的不自由，我并不想出人头地，打打麻将、会会朋友、看看电视有什么不好？我不觉得一个人的生命比另一个的就高贵，我父亲说我意识不好，有消极情绪。问题是为什么我不能有消极情绪呢？我觉得杜尚和竹林七贤都很消极，杜尚能长年下棋，我为何不能打麻将？我又不妨碍别人。多少年后我拍出第一个电影《小武》也被有关人员认为作品消极，这让我一下想起我的父亲，两者之间一样是家长思维，不同的是我父亲真的爱我。

后来，我去了太原市，在山西大学办的一个美术考前班里学习。这是我和我爸相互妥协的结果。考美术院校不用考数学，避开了我的弱项。我则可以离家去太原市享受我的自由。

那时候我有一个同学在太原上了班，开始挣钱，经济上独立了。我很羡慕他，有一天我去找他，没想到他们整个科室的人下班后都没有走，陪着科长打扑克，科长不走谁也不走。好不容易散伙，我同学说天天陪科长打扑克都快烦死了。我突然觉得权力的可怕，我说他们打他们的，你就说有事离开不就完了吗？他说不能这样，要是老不陪科长玩，科长就会觉得我不是他的人了，那我怎么混？我知道他已经在一种游戏中，他有他的道理，但我从此对上班失去了兴趣。

在一种生活中全然不知自由的失去可谓不智，知道自由的失去而不挽留可谓无勇。这个世界的人智慧应该不缺，少的是勇敢。因为是否能够选择一种生活，事关自由；是否能够背叛一种生活，事关自由。是否能够开始，事关自由；是否能够结束，事关自由。自由要我们下决心，不患得患失，不怕疼痛。

小的时候看完《西游记》，我一个人站在院子里，面对着蓝天口里念念有词，希望那一句能恰巧是飞天的咒语，让我腾空而起，也来一个跟头十万八千里。这些年跟头倒是摔了不少，人却没飞起来。我常常想，我比孙悟空还要头疼，他能飞，能去天上，能回人间，我却不能。我要承受生命带给我的一切。太阳之下无新事，对太阳来讲事有些旧了，但对我来讲却是新的，所以还是拍电影吧，这是我接近自由的方式。

我悲观，但不孤独，在自由的问题上连孙悟空都和我们一样。

原载《卫视周刊》（2003年）

有酒方能意识流

拍完《小武》后,约我出来见面的人突然多了起来。我自不敢怠慢,也不想错过任何一个人。江湖上讲多一个朋友多一条路,像我这种拎一只箱子来北京找活路的人,突然得到别人的注意,总是心生感激。阅人胜于阅景,况且那时穷有时间,即使只是扯淡闲聊也乐于奉陪。

见面就要有地方,这对我是一个难题。那时我还没有办公室,家小,杂乱也不可待客。每次约会我都让对方定地方。客人又都客气,说要将就我。于是沉默一下,动一番脑筋,说出来的还是三个字:黄亭子。

直到今天我的活动范围还都在"新马太"一带,新是新街口,马是马甸,太是北太平庄。这些地方离电影学院近,上四年学习惯了,腿便自己往这边跑。黄亭子在电影学院北边一百米,是家酒吧,全称叫黄亭子五十号。因为隔街可见儿童电影制片厂,好找。下午客稀,也便于说话。

那时,不远处的北航大排档正是黄金时代。入夜时分,三教九流蜂拥而至。烟熏火燎中有孜然的香味,就着红焖羊肉可以看见械斗。那边新疆大叔用维汉双语招徕四川小姐,一低头身边这桌大学生不知为什么已经哭成一团。这里混乱、迷茫但充满生机,对我的口味。但黄亭子就是另外一回事了,每次从北航回学校路过这里,透过窗口看见里面灯光昏暗,便觉无味。山西家穷,从小父母就节约用电,十五瓦的灯泡暗淡太久,让我日后酷爱光明。也是青春不解风情,那时心中充满宏大叙事,自觉很难融入烛光灯影。

第一次进黄亭子是1997年年初,我在香港碰见摄影师余力为,两人打算日后合力拍戏。我剧本还没写,他已经来了北京。接他电话时,他在黄亭子里等。进了黄亭子,他的桌上已经有了几个空酒瓶。我点上一支都宝,这烟别名"点儿背"。但一切如此幸运,这次见面让我们决定一起去山西看看,这便有了日后的《小武》。

小余能喝,成了黄亭子的常客,我便常来,与老板成了好友,时间长了有人戏称黄亭子是我的办公室。老板简宁是诗人,开酒吧也开诗会,常在午夜时分强迫小陈和他下象棋。小陈是调酒师,见我进来总喊贾哥,并让莉莉倒茶。莉莉是服务员,简宁的远亲,爱看电视,常梳一头小辫,把自己打扮成民国戏中的女子。这样我在北京又多了一个去处,即使无人相随,来了黄亭子也总能找到人聊天儿。像我这样的人不少,有一个英国人叫戴维,在化工学院做外教,他总是准时晚上十二点来酒吧,要一杯扎啤,仰着脖子一边看足球一边和小陈聊他伦敦乡下的事。这些思乡的面孔在午夜时交错,彼此没有太多交情,所以能讲一些真实的话题。

我还是习惯下午在黄亭子见人:约朋友举杯叙旧,找仇家拍桌子翻脸,接受采访,说服制片,恳求帮助,找高人指点。酒喝不多话可不少,我的家乡汾阳产汾酒,常有名人题词。猛然想起不知谁的一句诗:有酒方能意识流,大块文章乐未休。于是又多了一些心理活动。在推杯换盏时心里猛地一沉,知道正事未办,于是悲从心起。话突然少了,趴在桌子上看烛光跳动,耳边喧闹渐渐抽象,有《海上花》的意境。于是想起年华老去,自己也过上了混日子的生活。感觉生命轻浮肉身沉重。像一个老男人般突然古怪地离席,于回家的黑暗中恍惚看到童年往事。知道自己有些醉意,便对司机师傅说:有酒方能意识流。师傅见多了,不会有响应,知道天亮后此人便又会醒:向人赔笑,与人握手,全然不知自己曾如此局促,丑态百出。

到了下午,又在等人。客人迟迟不来,心境已然没有了先前的躁动,配合下午清闲的气氛,站起来向窗外望。外面的人们在白太阳下骑车奔忙,不知在追逐什么样的际遇。心感苍生如雀,竟然有些忧伤。突然进来一位中年女子,点一杯酒又让小陈放张信哲的歌,歌声未起,哭声先出。原来这酒吧也是可以哭的地方。

现在再去黄亭子,酒吧已经拆了,变成了土堆。这是一个比喻,一切皆可化尘而去。于是不得不抓紧电影,不为不朽,只为此中可以落泪。

原载《卫视周刊》(2003年)

无法禁止的影像

——从 1995 年开始的中国新电影

2001 年某一天,《北京晚报》刊登了一条新闻：在北京电影学院文学系办公室抓获了一名盗版 DVD 商人,此人定期来电影学院向师生推销 DVD,结果被颇有版权意识的学生告发。文学系也因为向盗版商提供场地而受到牵连。民间的说法更为生动,据说告发盗版商的不是学生,而是同操此业的盗版同行。这听起来像黑帮电影中的情节,尤其是发生在著名的北京电影学院更增加了其荒谬感。这名盗版商人充其量只能称为直销商,但他的发家史在电影学院学生的口传中更像一些青春励志片中的情节。1999 年中国刚开始流行 DVD 时,这名盗版商人从外省来到北京,每天背一个挎包到电影学院经营他的事业。半年后他买了一辆摩托车,得以在北京高校间奔跑;2000 年换成了一辆二手吉普,到抓获他时，人们发现他刚刚买了一辆崭新的桑塔纳轿车。

这故事从经济和法律的角度理解当然表明在中国存在着严重的知识产权问题，但从文化的角度看，更应理解为在中国存在着巨大的电影需求。虽然中国在最高产的时候曾经每年拍摄过两百五十部左右的官方电影，但来自其他文化的作品，那些感动和影响过人类的电影经典却与我们长久隔离。在盗版DVD流行之前，很难想象一个普通市民能够看到戈达尔的《筋疲力尽》，或者塔可夫斯基的《镜子》这样的作品。甚至像《教父》、《出租车司机》这样广受欢迎的美国电影也难谋其面。人们对电影相当陌生，也无法分享一百多年来人类通过电影积累起来的文化经验。

很容易理解1979年中国实行改革开放政策之前，影像在中国的缺失。对中国稍有了解的人，都知道那个阶段文化处于极端的禁锢之中。除了所谓的革命的文艺，再也没有其他文化存在的空隙。但要理解"文化大革命"结束之后，特别是上个世纪80年代以来电影在中国所受到的限制则需要一些周折。人们都知道，随着整个国家政治的解冻，逐渐形成了思想自由的浪潮。大量西方现代文学、音乐、美术作品被翻译介绍到了中国。1989年前后，甚至出现了全国性的哲学热潮，尼采、萨特、弗洛伊德等人的著作一版再版，文化部门开始有组织地翻译历年诺贝尔文学奖获奖作品。邓小平访美后，美国乡村音乐出现在电台广播中，很多刚刚穿上牛仔裤的人在悠闲地哼唱着《乘着喷气式飞机离开》。

并不是电影界没有革新的呼声。1979年，拍摄过《沙鸥》的女导演张暖忻和她的丈夫、作家李陀联合发表了《论电影语言的现代化》一文，在介绍巴赞的美学思想的同时，提出要学习西方电影，改变中国电影陈旧的语言形态。这篇文章在当时引发了极大的理论热潮，对电影的思考成为80年代中国现代化思潮的重要组成部分。而像"意识流"、"异化"这样的文学和哲学概念，也在很大程度上是借助关于西方电影的讨论在中国获得传播的。阿仑·雷乃的《去年在马里昂巴德》、安东尼奥尼的《红色沙漠》成为中国知识分子了解现代西方艺术的入门课，戈达尔、跳切、左岸、法斯宾德这样的名词越来越多地出现在他们的文章中。

这几乎应该成为一个开始，让《四百下》、《卡比利亚之夜》这样的电影可以像《百年孤独》、《变形记》这样的小说一样，自由地走进中国人的精神生活中来。出人意料的是，文化管理部门面对整个社会强大的思想解放浪潮，依然坚决地对来自国外的电影实施了严密控制。只有为数极少的电影从业人员和精英知识分子被允许在一些不对公众公开的放映中观看这些影片，这样的放映叫"内部放映"，这样的影片叫"内部参考片"。"文化大革命"很长的时间内，全国只有八部被称为"样板戏"的京剧舞台艺术片被允许公映。这八部电影都描述党和军队的英雄故事，是在教育为数八亿之众的中国人民。"内部参考片"这个名字使观看这种电影具有了某种学术或工作的色彩，也在为公众做出解释，告诉人们这些电影为什么只能"内部"观看。当80年代初期公众特别是知识分子巨大的电影需求给文化部门造成压力的时候，为了缓解这种压力，有关方面开始沿用放映"内部参考片"的方法，一方面扩大特权分子的范围，一方面又将观众紧紧地控制在一个有限的范围之内。

这样，有幸观看"内部参考片"的观众，从为数不会超过千人的官员和政治明星进一步扩大到了精英知识阶层。北京和上海两地的文化单位被获准不定期地举行"内部放映"，目的在于满足部分专业人员的学术需要。票以发送的方式送出，无需付钱。但问题是即使能够享用某种特权的人群扩大了，特权仍然是特权，比如北京、上海之外的城市就几乎不会为知识分子安排同样的放映，而除少数所谓专业人士，普通市民更被拒绝在电影院之外。但放映会上的热闹气氛还是会从媒体中传出，知识分子津津乐道于《猎鹿人》或者《克莱默夫妇》，斯特里普和达斯汀·霍夫曼的名字开始进入国人耳中。这一方面为社会涂上了文化开放的油彩，另一方面又遮蔽了真实的情况。

这牵扯出一个问题，为什么对文学、音乐采取了相对宽松的政策，而唯独对电影控制得严丝合缝呢？原来列宁说过：在一切艺术中，电影对我们来说是最重要的。被认为能够超越语言障碍的电影具有更强的影响力，甚至文盲也可以通过影像了解到不同的思想。所以80年代以来，人们可以在书店中随便买到普鲁斯特的《追忆似水年华》，却不允许公映任何一部戈达尔的电影。管理者坚信列宁的教导，于是便有了被禁止的影像。

这种状况直到1995年以后才逐渐开始改变，但谁也没有想到能够打破电影控制的是那些来自广东、福建沿海的盗版VCD。这些沿海地区的渔民曾经用木船为国人带回了索尼牌录音机和港台地区的流行音乐，十五年后他们又用同样的方法，从香港、台湾偷偷带回了电影。VCD流行之前，因为家用录像机和VHS录像带的价格一直居高不下，因而在家庭中观看电影并不普遍。但到了1995年，中国南方城市突然出现了十几家VCD播放器的生产厂家，在他们彼此的残酷竞争下，VCD产品迅速降价，从开始的三千多元人民币下滑至八百元左右。大部分城镇居民开始有能力购买这样的电子产品，一时间，安装"家庭影院"成了人们时髦的生活。一台电视、一台VCD机、一台功放和两个音箱就可以成为一个简单的系统，使一个中学老师或者出租车司机可以在自己的家中举行私人的放映活动。当时正好计算机也在进入人们的生活，在PC机上安装VCD驱动器也变得异常流行。

起初，通过渔船从港台走私回来的电影数量惊人但类型杂乱，往往在一堆拍摄于70年代的香港功夫片中会发现《公民凯恩》、《战舰波将金号》这样的电影，但总的来说，还是以香港商业片为主，吴宇森的杰作《英雄本色》、《喋血双雄》，徐克监制的《黄飞鸿》，成龙的功夫喜剧都受到了人们的欢迎。随后，美国电影潮涌而来，盗版商一方面跟踪着好莱坞的最新动态，另一方面又为人们安排美国电影的回顾。比如《真实的谎言》刚在美国公映，一星期后北京便看到了盗版，这种几乎与好莱坞同步发行的VCD几乎全是"枪版"，也就是拿着摄像机在电影院中对着银幕直接拍摄下来，然后迅速翻版，这种影片中往往还能听到观众的笑声或者咳嗽，甚至突然会有一个中途退场的观众从前景一晃而过。《教父》、《出租车司机》、《毕业生》这样的电影陆续被盗版，开始有人注意到知识分子的口味，街道上出现了专门经营欧洲电影的盗版小店。MK2电影公司非常不幸，这类影片中首先被盗版的是基耶斯洛夫斯基的《蓝》，朱丽叶·比诺什却因此拥有了百万的影迷。

即使是一部拍摄于1910年的影片，对绝大多数的中国人来说都是新的。那些传说中的电影，那些曾经只知道他们只言片语的导演，那些一直以来以剧照的形式出现在画报上的演员一下来到普通人的中间，这引起的电影的热情是无法扑灭的。盗版商人有了遍布中国城乡的网络，在基层可以毫不夸张地说只要有邮局、有加油站的地方就同样有盗版零售商存在。对远离影像的中国人来说，盗版事实上还给了他们自由观影的权利。因而当不合理的电影隔离政策被不合法的盗版行为攻破时，我们陷入了一种尴尬的悖论。

大多数盗版电影的消费者都认为盗版行为本身是不道德的，但没有人认为自己买盗版制品有罪。人们正沉浸在权利回归和观看盗版电影所带来的双重喜悦之中。1999年，同样廉价的国产DVD播放器投放市场，人们开始更新设备，观看音画质量更好的DVD制品。似乎也是为了回应这种技术的升级，盗版商们开始提供比VCD时代更为精彩的电影。费里尼、安东尼奥尼、塔可夫斯基、戈达尔、罗麦尔、黑泽明、侯孝贤，几乎所有电影史最重要的作品都有了翻版。

1997年，中国第一家民间电影社团"101办公室"在上海成立，这表明年轻人已不再满足于私人观影，而欲建立一个可供自由表达的交流平台。"101"约有两百名固定会员，其中有教师、工人、公务员、学生等等，发起人徐鸢原为上海海关职员，建立社团后辞去了工作。他们选择虹口文化馆作为活动场所，定期举行放映活动，放映结束后马上会有集体讨论电影的时间，而讨论的内容又会刊登在他们自己编印的民间期刊上。1999年后，类似的观影组织大量出现，在广州有以媒体记者、视觉工作者为核心组成的"南方电影论坛"，南京有"后窗看电影"，武汉成立了"武汉观影"，济南有"平民电影"，北京有"实践社"、"现象工作室"，沈阳有"自由电影"，长春则叫"长春电影学习小组"。如果我们翻开中国地图，会发现这些社团所在的城市遍及中国大陆。

更令人吃惊的是，大部分社团成立不久，便将自己的活动扩展到了更为公开的公共层面。在北京，"实践社"以清华大学附近的盒子酒吧为放映场所，定期举行诸如费里尼、布努埃尔作品展之类的专题性放映。原来只是会员内部才知道的活动安排，很快出现在《北京青年周刊》、《精品购物指南》这些畅销报刊的版面上。不久，几乎所有电影社团都在网络上建立了自己的BBS，他们借助网络寻求话语空间的突破。最著名的网络电影论坛是与南京"后窗看电影"同名的BBS，实践社的"黄亭子影线"点击率也相当之高。

当我们打开www.xici.net，很容易找到这些社团的网页，在他们的BBS上，关于电影的讨论已经从刚开始对西方电影的评论转移到了对中国电影现实问题的思考。90年代以来拍摄的，却一直没有公映的中国独立电影开始受到关注，而张元的《儿子》、王小帅的《冬春的日子》、何建军的《邮差》、娄烨的《周末情人》、这些尘封太久的电影也开始出现在各个电影社团的节目表中。当这些曾被禁止的影像在酒吧喧闹的环境中通过投影机投射在人们眼睛中时,我们不能不说,这是一些无法禁止的影像。

张元、王小帅等第一批独立电影导演是以一种体制背叛者的形象开始工作的。1989年,这些导演刚刚从北京电影学院毕业。巨大的社会动荡过后,一大批中国知识分子采取了与体制疏离的生活方法。这种心情在《北京杂种》的愤怒和《冬春的日子》的孤独中都有所表露。影片脱离制片厂体制的制作方法和他们所表达的情绪都与现行电影体制相对抗,于是这些电影理所当然地被官方禁止。而由此为开端的独立电影运动,在很长的一段时间内并未能被大众所了解。因而当这些电影社团的组织者从这些导演手中借来VHS录像带,去酒吧开始放映时,独立电影的概念才开始被越来越多的年轻人所理解。

这时候更多的来自中国电影体制之外的年轻人已经做好了拍摄独立电影的准备。就像阅读可以激发出一个人写作的欲望一样,从1995年开始的自由观影,也让更多的人获得了拍摄电影的兴趣。他们中有的是学生,有的是工人、公司职员,也有作家或者诗人,非专业的背景对他们所形成的技术上的限制并不是很大,因为此时已是一个充满活力的DV时代。

DV在中国所改变的是一个民族的文化习惯。在此之前,中国人并没有用活动影像表达自我的传统,甚至很少有人拍照,文学阅读和文字写作才是我们擅长的表达方式,视觉的经验非常匮乏。1949年以后,政府规定只有官方的电影制片厂才有权拍电影,电影事实上成为了被垄断的艺术。与电影疏远的时间太久，让我们甚至忘记了用电影表达原本也是我们的权利。中国人开始试着透过取景器看这个世界，DV带给人们的不仅是一种新的表达方式，更是一种权利的回归。1995年后大多数做实验影像的人都选择了叛离电影审查制度的道路。以民间的姿态，独立的立场，中国人开始在体制之外创造一个崭新的电影世界，并尝试逐渐自主地安排自己的影像生活。

很多手握DV的导演，都选择纪录片作为创作的开始，这种局面相当令人激动，因为在中国电影百年的历史中，一直缺乏两个传统，一个是纪录电影的传统，另一个是实验电影的传统。而由DV所引发的民间独立影像运动弥补了中国电影这一缺陷，这些导演所分布区域也比以往更为广阔。这之前，大多数导演都生活在文化活动比较集中的北京和上海，而现在即使远在四川、贵州也开始出现了拍摄电影的热潮。其中著名的创作者，有北京的杨天乙、杜海滨、王兵，沈阳的英未未，贵州的胡庶，江西的王芬。

1996年，当时还在解放军总政治部话剧团当演员的杨天乙开始拍摄她的第一部纪录片《老头》。这部纪录片的拍摄相当偶然，在杨天乙所住的小区里，经常能看到一排老头在晒太阳。她为此景所动，开始用手中的DV记录他们的生活。此后两年不间断的拍摄中，她捕捉到了这些老人在渐渐流逝的时光中对生命的眷恋和崇敬，也见证了生命的死亡和人生的别离。

杜海滨曾经就读于北京电影学院摄影系，2000年春节，他回到故乡陕西宝鸡，于铁路沿线遇到了一群流浪的少年，拍摄了

《铁路沿线》。他随他们游荡，让摄影机穿越贫困的表象，进入到这些少年的青春与梦想当中。

王兵的《铁西区》可以称为鸿篇巨制，作者从历时两年拍摄的三百个小时的素材中剪接出了三个相对独立、在空间上又彼此相连的部分。铁西区是东北城市沈阳的一个工业区，如今国有工厂面临倒闭，整个城区萧条无望。中国工人现实的处境在东北寒冷的天气中显得更为严峻。将要拆去的艳粉街，工人疗养院中用塑料袋捞虾米的老人，面对电视发呆的家庭，以及依然奔驰在铁西区的火车，共同构成了一幅计划经济失败的图景。

女导演英未未家在沈阳，不知她对铁西区是否熟悉。她有学习中文的背景，作品《盒子》记录同居在单元房中的两名同性恋女性，在不断的倾谈中彼此伤害，彼此关怀。纪录片开始打开陌生的私人空间，如同进入封闭的盒子。同为女性导演的王芬，于2000年在她的老家江西进贤，将摄影机对准了自己的父母，记录了一个家庭背后的秘密，那些不断重复的抱怨和无法逃脱的家庭责任。此片的名字为《不快乐的不止一个》，有种决绝的坚强味道。这两部作品有一些日本"私小说"的感觉，可以看到中国电影意识形态色彩越来越淡的征兆。

胡庶在官方电视台工作，但他独立在贵州拍摄了《我不要你管》。在贵阳，他跟踪几个"三陪小姐"的感情生活，看她们与人相爱，也看她们面对背叛。爱的渴望让她们的青春在这座宁静的边城中显得过于忧伤，令人不禁想起沈从文的那些浸透生命意识的散淡文字，也会让人联想到拍摄于1947年的中国经典电影

《小城之春》。有趣的是另外一位导演仲华，他在退伍的第二年又设法回到自己曾经服役的部队，私人拍摄了记录现役军人生活的作品《今年冬天》。这些与主流体制关系密切的导演与主流文化的自觉疏远，是这几年来中国文化中非常普遍的事情。纪录片将中国电影的美学场景扩大到全国各地，也将中国电影的时间指标拨回到当下，面对真实的生命状态讲述中国人正在经历的生命体验，纪录片改变着一直以来影响着中国电影的"戏剧传统"。

开始有人拍摄实验性的作品，毕业于广州美院的曹斐和居住上海的杨福东是此类电影的代表。曹斐最早的作品《链》颇有《一条安达鲁狗》的味道，断裂的影片碎片中偶尔会有模拟的手术过程。器械、器官和不明来历的血液，那些婚纱、塑料花似乎能表达一种女性的忧虑。杨福东的作品《嘿，天亮了》让人想起孔飞力的著作《叫魂》中的蛊惑气氛，想起了手持大刀在空旷的南方街道上出没的游魂，有种中国式的不安。今年，杨福东在卡塞尔双年展推出他长达九十分钟的黑白片《陌生天堂》。片子中一个诗人突然怀疑自己有病，在各种各样的体检过后，诗人的心情好起来，这时这座被称为天堂的南方城市杭州，也度过了它的梅雨季节。另外一些实验性的作品应该更准确地称为视像艺术，很多作品也会以装置的形式在美术馆展出。

当然还有更多的人在拍剧情片，南京作家朱文是最先用DV拍摄剧情片的导演。在此之前，他的小说在青年读者中已经获得了极大的声誉。他帮助张元完成过《过年回家》的剧本，也是章明《巫山云雨》的编剧。2001年冬天，他用十几天的时间在海滨城市北戴河完成了《海鲜》的拍摄。影片讲述一个想自杀的妓女和一个不让她死的警察的故事。警察将权力运用于性,而妓女用枪结束了警察的生命后决定好好地活着。"海鲜"在现代汉语里有生猛的含义,这部电影是对中国粗暴现实的一种粗暴描绘。上海也开始有人从事独立制作,青年导演陈裕苏和畅销小说作家棉棉合作了《我们害怕》,描绘这座已经恢复了资本主义气息的城市中青年人的生活。

今年夏天,这个城市中真的有一个青年来到我在北京的办公室。他是上海大学的学生,策划在校园里搞一系列的放映。他们计划放映《小武》,想跟我要一盘像质清晰的录像带。我从柜子中找了一盘给他,他收好后又递给我份合同问我可不可以签名。这是一份授权书,表明《小武》中国内地的版权拥有者贾樟柯同意在该活动中放映此片。这是我在中国第一次看到有人懂得面对版权的问题。我愉快地签好了自己的名字,尽管上面写着他们为此所付的费用是人民币零元。

中国在飞速发展,一切都会很快。对我们来说,重要的是握紧摄影机,握紧我们的权利。

原载法国《电影手册》

世界就在榻榻米上

12月12日，小津安二郎的生日也是祭日，生与死被安排到同一天，上天仿佛要为他的生命涂抹浓重的东方色彩，一如佛教所说的轮回，一如小津电影中的宿命。这一个圆圈的时间是六十年，小津在他刚满六十岁的那一天去世，正好一个甲子，刚满一辈子。

生与死如此传奇，小津的电影却深深浸透在日常生活中。这个终生未婚的导演，却用一生的时间重复一个题材——家庭。在拍摄家长里短、婚丧嫁娶之余，小津始终讲述着一个主题——家庭关系的崩溃。小津找到了他观察日本人生活的最佳角度，家庭是东方人构筑社会关系的基础。在小津的五十三部长片里，崩溃中的日本家庭都是影片所要表现的主要部分。不要走太远，原来日本就在榻榻米上，世界也在榻榻米上。在这样的电影之旅中，小津用他连绵不断的讲述，用他掘井一般不移脚步的形式努力，创造了黑泽明所讲的日本电影之美，直到成为所谓东方电影美学的典范，让侯孝贤回味，让维姆·文德斯顶礼膜拜，让一代又一代的导演获得精神力量。

1903年12月12日，小津安二郎出生在东京深川一户中等之家，父亲是做肥料生意的商人。十岁的时候小津随母亲搬到父亲遥远的故乡，在乡下接受教育。而他的父亲却留在东京做生意，可以说在小津十岁到二十岁的成长中，父亲一直是缺席的。在母亲的袒护下他可以为所欲为，小津称自己的母亲为"理想的母亲"。但当他到了创作的成熟期又将父亲的形象理想化，如《晚春》、《东京物语》等。

拍摄于1949年的《晚春》是我最喜欢的小津电影，故事讲述一个已经过了婚龄的老姑娘和年迈的父亲一起住在镰仓。她没有婚姻的打算，觉得能照顾孤苦的父亲，和他相依为命就好。父亲觉得自己耽误了女儿的青春，考虑要续弦。女儿知道父亲要再婚就决定嫁人离家。女儿出嫁后，家里只留下了根本没有打算要续弦的父亲。从这部电影开始，小津的作品表现出一种平衡的灵韵，极少的人物构成，简洁有力的场面调度，使小津的电影具有了某种抽象色彩，极度具体又极度抽象，这是小津电影的奇迹。

公认的，最能完整表现小津电影美学的作品是拍摄于1953年的《东京物语》，故事讲一对住在外地的年迈夫妇，到东京看望各自成家的儿女。孩子们太忙，没有时间招待老人，就想了一个办法，将两位老人送到热海玩，表面上是在尽孝，实际上是打发老人。而真正对老人好的，却是在守寡的二儿媳。老母去世后，孩子们回来奔丧像在完成任务，匆匆来匆匆去，只留下孤独的老父。小津在《东京物语》获得"《电影旬报》十大佳片"第二名后说："我试图通过孩子的变化，来描绘日本家庭制度的崩溃。"接着他说："这是我最通俗的一部作品。"这当然是小津的自谦之词。小津的影片扎根世俗生活，始终表现人的普遍经验。

1921年小津高中毕业后在乡下当了一年小学代教，然后回到东京。他的叔叔介绍他和松竹公司的经理认识，这样小津很快进了著名的松竹电影公司工作，一干就是四十五年。小津是典型的片厂培养的导演，他从搬器材的摄影小工干起，一年后就升为助理导演，又过了一年升为导演。这中间有他付出的努力，也可见他的编导才华。小津的处女作是1927年根据美国电影改编的一部古装戏《忏悔之剑》，事实上他并没有看过该片，只是在电影杂志上读到了这一故事。今天这部黑白默片的底片、拷贝和剧本都已不在，我们无法了解影片的具体情况，总之小津从此踏上了导演之路。

不可想象，小津在1928年拍了五部电影，1929年拍了六部电影，1930年拍了七部电影。这比法斯宾德还要"猛"很多。这些早期的影片大部分是喜剧，他在喜剧中融入了现实的社会背景，开辟了一条日本式的现实主义道路。从1929年的《突贯小僧》（《小顽童》）开始，小津已经找到了他日后一贯的主题——家庭，以及家庭的社会性延续，如学校、单位、公司等。从1930年开始，小津的电影语言越来越简朴，他放弃了当时默片惯用的技巧性剪接，如溶、淡等，在商业性的创作中逐渐形成自己的电影方法。

1932年，小津拍出了他的第一部杰作《我出生了，但……》，这部九十一分钟的黑白默片表现一个工薪阶层家庭中的两个八九岁的男孩，发现他们敬爱的父亲竟然在老板面前点头哈腰，但在学校里，老板的儿子在哥俩面前连鬼都不如。哥俩绝食抗议，但最终觉得老板好像真的很牛。这部影片结合了小津电影美学的各个要素，通过小孩子的视点阅读了日本社会森严的阶级结构。在两个小孩儿纯真失去的时候，电影不再是单纯的喜剧。小津自己说：一开始我要拍的是儿童片，却拍成了成年人的电影；本来要拍一部欢快的小品，却拍得越来越沉重。这部影片获得了当年"《电影旬报》十大佳片"的第一名。

1936年，小津拍摄了他的第一部有声片《独生子》；1958年小津拍摄了他的第一部彩色片《彼岸花》。他是那种见证了电影技术成长的导演，在漫长的电影生涯中不会被技术征服，也不会被技术淘汰。他始终专注于自我电影世界的建立，他创造了一种电影，用以表达他对世人的看法。

小津电影的高贵品格在于他从不夸张和扭曲人物的处境，而扭曲和夸张人物的处境直到今天都是大多数电影的通病。和他的日本同胞相比，他既不像老年的木下惠介那样对家庭抱有浪漫的幻想，也不像成濑巳喜男那样对家庭毫无保留地批判。小津始终保持着一种克制的观察而非简单的情绪性批判。小津的立场是审慎客观的，因此会有人不喜欢他的作品，说他太温和，太中产阶级。尽管日常生活中的日本,并不是一个真正克制、真正宁静的民族,但这些美学品格依然是小津的诚实理想。小津的电影没有流于极端,他的人物始终保持着简单和真实的人性。

在他的整个导演生涯中,都热衷于使用一种镜头:一个人坐在榻榻米上的高度所摄得的镜头。不论在室内或室外,小津的摄影机总是离地高约三尺,很少移动。但他电影中很少的移动却突然间穿过他在此之前营造好的静止世界,产生一种神秘不安的气息。这些都是小津招牌式的镜语,和其后他的中国追随者侯孝贤一样,两位大师的电影语言都来自他们的人生哲学。静止中的观察,实际上是一种倾听的态度,是一种尊重物件的态度。画框也是小津最重视的形式依托,他在拍片之前,都要用铅笔画出每一个分镜的草图。小津的机位几乎都与场面保持垂直的关系,角度压得很低,这些都显示小津想获得一种绘画意义上的平衡感。

小津给他的电影方法以严格的自我限定,一种极简的模式。他绝不变化,坚定地重复着自己的主题和电影方法。这形成了小津电影的外观,成为人类学意义上的写作,成为日本民族的记忆,成为日本文化重要的组成部分。而他的克制,在形式上的自我限定,却也是大多数东方人的生活态度,于是有了小津电影之美,有了东方电影之美。

小津的电影方法不煽情,而是敏锐地捕捉感情。他限制他的视野,但能看得更多;他局限他的世界,以便超越。比起普通的电影,小津电影中的"故事"要少得多。而所谓故事,看起来往往只是一些闲情散景。小津的五十三部影片中有二十五部是著名编剧野田高悟和小津合作的,《早春》之后的八部作品都是在野田乡下的寓所里,在两人一起散步、喝酒、争论中完成的。小津的电影世界,他给你极少,又给你极多。

1963年12月12日,小津安二郎因癌症而死。他在去世多年后才获得了国际性的声誉,他当然不会在乎这些,他的墓碑上无名无姓,只刻有一个大大的"无"字,他早参透了人生。

1999年我第一次到日本,我的监制市山尚三带我去镰仓丹觉寺看小津的墓。我们点了香,进了酒,送上花。鞠躬的时候闻到淡淡的香味,我相信空中缭绕的一定是所谓小津的精神。

原载《环球银幕》(2003年第12期)

听说电影的春天就要到了

2002年,田壮壮导演重拍了费穆的电影经典《小城之春》,这重新引起了人们对国产电影的热情,我买票入场,在青年宫影院坐好,才想起自己已经一年没有在国内的电影院看电影了。

新拍的《小城之春》并没有像一般的重拍电影那样,为了显示导演对这一题材新的理解而对原著肆意修改。令人吃惊的是,整部影片浸透着田壮壮对原著的真诚敬意,这相当让人感动。如果去了解电影史,我们会发现我们的电影传统有过太多断裂,现在有一个人用自己的工作向隐没于历史深处、已经倍感模糊的传统致敬,这需要多大的文化责任感?联想起他对我们这些年轻导演的帮助,会觉得事实上他已经承担了一种责任;上要面对传统,下要提携新人,这角色是家族里最劳苦的一员。

陈凯歌和张艺谋也各自推出了新作。《和你在一起》和《英雄》两部电影都意在振兴中国的主流电影工业，这工业当真让我们担忧。《和你在一起》是对这工业的一次深情的人工呼吸，《英雄》则是对垂死病人重重的电击。陈凯歌和张艺谋救护员的角色看起来还称职，但令人吃惊的是，两位导演因为角色的转化而开始否定自己原来所代表的价值。陈凯歌说拍艺术电影是自私的行为，张艺谋则热情认同好莱坞的价值。这多少让我失望，《黄土地》、《秋菊打官司》过早地成为一种祭奠。开始有年轻导演有志于类型电影的拍摄，陆川电影学院毕业时论文的题目是《体制中的作者》，他的《寻枪》可以看到他在这方面的理想。《寻枪》充满了导演的责任心，这一点难能可贵。

这一年，王兵推出了长达九个小时的纪录片《铁西区》，这部史诗式的独立影像，描绘了计划经济失败后一个城区的感伤面貌。这部纪录片是中国电影几年来的重要收获，而这种收获也越来越只能在独立制作中获得了。北到哈尔滨，朝鲜族导演金尚哲拍摄了《咱这儿真冷》，南到广州，甘小二拍摄了《山清水秀》。陈裕苏于灯红酒绿中拍摄了《目的地，上海》。原来独立电影作者多集中在北京的格局逐渐打破，从南到北，独立电影的观念越来越深入人心。也许我们真的已经到了一个影像的时代。

跟过去所不同的是，今天连电影工作者之外的人也开始知道电影审查制度的问题。报纸上讨论电影的分级制度，为什么改变一个人所共知的不合理的体制会有如此之难，它已经危害到了电影产业的发展和我们的文化。现在我们可以大声讨论这个问题了，这或许就是进步。前些天，有朋友打电话谈起黄健中的《米》有可能解禁，聊了半天突然沉默，然后他说："听说电影的春天就要到了。"

我不知道该不该相信这话筒里听来的春的消息。

（本文为2003年第3届华语传媒大奖特刊前言）

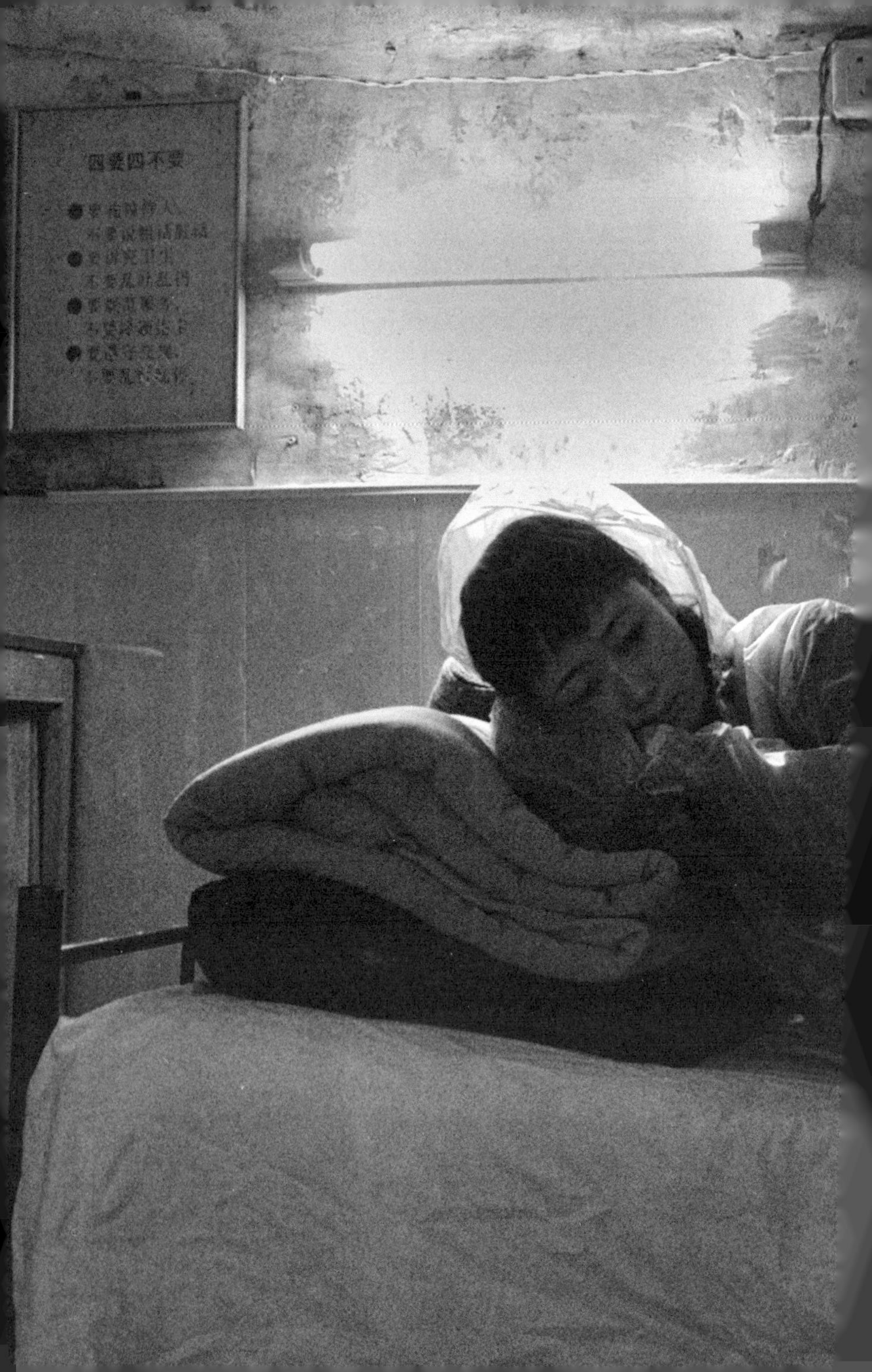
四要四不要

世界

2004

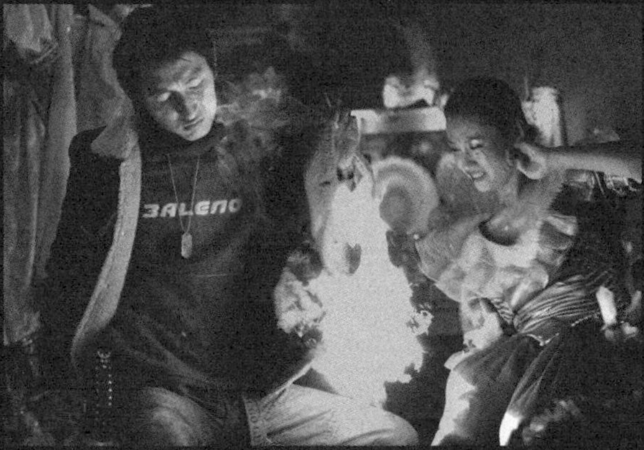

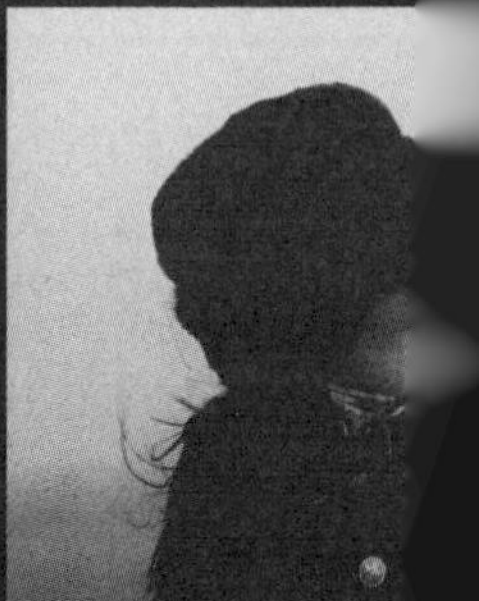

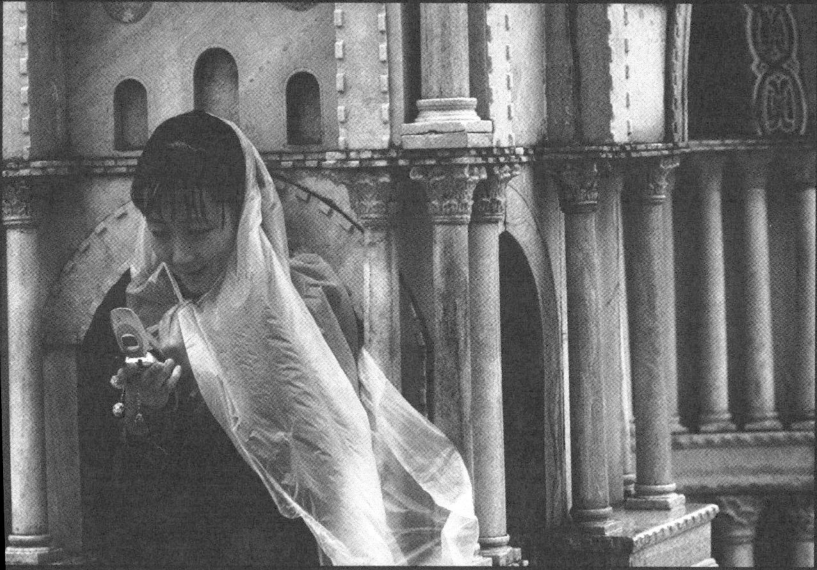

〈故事梗概〉

赵小桃坐在单轨列车上打电话，她说她要去印度。她以前的男朋友突然来找她，他说他要去乌兰巴托。

赵小桃说的印度是世界公园的微缩景点，她在公园里跳舞，为游人表演。她以前的男朋友要去的乌兰巴托是蒙古的首都，在北京往北的远方。

他们相见，吃饭。小饭馆弥漫的烟雾正好掩饰他们告别的忧伤。

赵小桃又坐在单轨列车上打电话，她说她想见他。他是她现在的男朋友，叫成太生。他正在埃菲尔铁塔上执勤，是世界公园的保安队长。

他们都住在公园里，一起工作，吃饭，游荡，争吵。

他们都来自外地，在这座城市里幻想，相爱，猜忌，和解。

这是2003年的北京。城市压倒一切的噪音，让一些人兴奋，让另一些人沉默。

这座公园布满了仿建世界名胜的微缩景观，从金字塔到曼哈顿只需十秒。在人造的假景中，生活渐渐向他们展现真实：一日长于一年，世界就是角落。

〈导演的话〉

1. 村

拍完《任逍遥》后，我又回到我的家乡——山西省汾阳县的一个很小的村落——去看望我的表弟。我的表弟仍然在这个村子唯一的煤矿工作，但不同的是他比以前变得更加孤独。因为大部分和他一样年纪的年轻人都已经离开农村，去了大的都市或者经济比较发达的南方打工。整个村子走得只剩下了老人、孩子和残疾人。这里土地荒芜，街上罕有人迹。我的表弟向我打听北京的生活。我想他一定是挂念那些去了城市的朋友。这让我想起北京街头的拥挤和喧闹，想起每天都迎面而来的无数张初来城市的面孔，我觉得我应该拍一部关于北京的电影。因为我很难用言语向我的表弟解释城市的一切。

2. 县城即景

A. 一过十点钟，汾阳县城一片黑暗。为了省电费，夜晚只开马路左侧的路灯。

B. 网吧里倒很热闹，光着膀子搂着马子的小伙子敲几下键盘喝两口啤酒，网吧也兼卖刀削面，后院有客房，盘了传统的土炕以供从虚拟世界归来的人休息。

C. 文化馆的旱冰场上，一个少年孤傲地滑行，他的手里拿了一听可口可乐，他能在高速的滑行中从容地喝可乐，可乐是他形象工程里重要的道具，他以此与人群区分。

3. 北京

约朋友在东四十条桥西北角的江南饭店吃饭，当我赶到的时候我的朋友在一片拆迁过后的瓦砾前等我。江南饭店连带它周围卖保险柜、卖福利彩票的店面都没有了。几天前还车水马龙，眼前却一片荒凉。我越来越觉得，超现实成为了北京的现实。

这座城市几年间变成了一个大的工地，一座大的超级市场，一座大的停车场。一方面是各种各样的秀场歌舞升平，一方面是数以万计的人失去工作；一方面是高楼大厦拔地而起，一方面是血肉之躯应声倒下。那些来自外地的民工，用牺牲自己健康和生命的方法点亮夜晚城市的霓虹。而清晨的街道上又挤满了初来城市的人潮。这座城市日夜不分，季节不明，我们得到了"快"，失去了"慢"。

4.世界公园

1993年,我陪父母在京旅游,我清晰地记得那天我们从北京拥堵的二环、三环喧嚣而出,行车经过荒凉的郊区旷野,来到"世界公园"。

挂历里才能看到的异域建筑出现在了眼前,穿越于埃及金字塔和美国白宫之间,途中经过莫斯科红场。耳边印度舞女喧闹的铃铛声和日本音乐的娴静交映成辉。广告板上写着"不出北京,走遍世界"。人们对外面世界热忱的好奇心就这么被简单地满足了。

作为人造的景观,"世界公园"一方面说明人们了解世界的巨大热情,另一方面又表明一种误读。当人们面对这些精心描绘的风景名胜时,世界离他们更加遥远。我想生活在其中的那些人物,表面上可以在毫无疆界的世界中自由行走,实际上处于一种巨大的封闭之中。埃菲尔铁塔,曼哈顿,富士山,金字塔……人们能复制一种建筑,但不能复制一种生活,一种社会制度,或者文化传统。生活其中的人们仍然要面对自己的问题。从这个角度讲,享受全球化的成果,并不能解决历史造就的时差。后现代的景观也无法遮掩我们尚存太多启蒙时期的问题。

5.世界

我想拍一部故事片就叫《世界》。

我越来越觉得一日长于一年,世界就是角落。

乌兰巴托的夜（《世界》插曲）

贾樟柯 / 左小祖咒 作词

穿越旷野的风啊

慢些走

我用沉默告诉你

我醉了酒

飘向远方的云啊

慢些走

我用奔跑告诉你

我不回头

乌兰巴托的夜啊

那么静 那么静

连风都不知道我 不知道
乌兰巴托的夜啊
那么静 那么静
连云都不知道我 不知道

游荡异乡的人啊
在哪里
我的肚子开始痛
你可知道
穿越火焰的鸟儿啊
不要走
你知今夜疯掉的啊
不止一个人

乌兰巴托的夜啊
那么静 那么静
连风都不知道我 不知道
乌兰巴托的夜啊
那么静 那么静
连云都不知道我 不知道

写给山形电影节

我少年的时候总喜欢站在马路上看人，那些往来奔走的我不认识的人，总能给我一种莫名其妙的温暖的感觉。有时候我突然会想：他们是否也跟我过着相同的生活，他们的房间，他们吃的食物，他们桌子上的物品，他们的亲人，他们的烦恼，是否跟我一样。我非常恐惧自己失去对其他人的好奇，拍纪录片可以帮我消除这种恐惧。

人往往容易失去对人的亲近感，我们的世界里其实只有寥寥数人，纪录片可以拓展我们的生活，消除我们的孤独感。更重要的是每当我拍纪录片的时候，我觉得在我身体里快要消失的正义、勇敢，这样的精神又回到了我的体内。这让我觉得每个生命都充满了尊严，也包括我自己。

电影是一种记忆的方法,纪录片帮我们留下曾经活着的痕迹,这是我们和遗忘对抗的方法之一。

(此文为作者2005年担任日本山形纪录片电影节国际评委时为大会场刊所写)

我们要看到我们基因里的缺陷(演讲)

大家好,很高兴又回到学校。今年是中国电影一百年,我参加了很多的活动,每次都有很复杂的感情。一百年当然是有纪念性的节日,每一个热爱中国电影的人都一定非常关心中国的电影,另外在这个纪念日之前我们可能太多忽视了我们的电影传统。很多二三十年代的电影其实非常寂寞,它们躺在片库里。有可能大家买了DVD放在橱柜里,也很少接触它们。

我1993年到电影学院学电影理论,实际上到今天我也很难很自信地讲,我对中国百年电影有多少了解。从默片时代到今天,中国百年的电影里有很多珍贵的经验,其实是我们不太了解,或者非常陌生的。

打个比方,我们今天做这样一个纪念活动,往往像一个不怎么孝顺的孩子，平时不关心自己的父母，到父亲要过六十大寿了，唱一台大戏，让所有人觉得我们还爱这个父亲，等寿辰过了之后我们又忘了。我们不能这样。也许今天就是一个新的开始，让我们看重、让我们珍视自己一百年的珍贵的电影传统。我们要尝试去了解它，经常做这样的交流，经常做这样的放映。

对电影来说无所谓新电影和旧电影，每一部你没有看过的就是新电影。一部二三十年代的电影，可能已经存在了八十年，但是实际上如果你没有看过的话，对你来说它就是一部新电影。这也是为什么我们要在今天做这么一个隆重的集会，大家坐在一起，利用一个下午讨论电影的一个非常重要的理由。

另一方面，百年电影有非常多的可能性。我觉得除了当代电影之外，20年代默片时期寻找电影语言的精神，给了我做导演的引导。

因为那个时候的电影还在童年时期，电影的技术发展没有那么完备，所以电影的可能性会很多。每一个导演都在没有传统、没有经验的时间段里寻找电影的语言方法。其实今天中国电影发生的所有问题，或者是我们面临的很多重新认识的十字路口，都可以在我们旧的中国电影里面找到启发，找到答案。虽然我觉得学习西方电影，或者说学习当代电影当然非常重要，但电影工作者背后的传统也是非常重要的。

我在认识电影的整个过程里，袁牧之导演的《马路天使》给了我极大启发。通过这部电影我看到了华语电影在1949年后，到1989年之间，我们所面临的一个遗憾。这个遗憾是我们所谓的革命文艺的传统变成了主流，1949年之前的中国电影，特别是三四十年代中国电影高度发展的传统被中断了。《马路天使》也在被中断的作品行列之中。当然，伴随中断的还有很多的误读。我们一直在官方的语言系统中，认为这部电影是所谓的"左翼电影"。《马路天使》当然是左翼电影，但是不能掩盖它作为电影而在艺术上取得的非常高的成就。它取得的这个成就是在1949年之后，逐渐被消灭、逐渐被淡忘、逐渐被遗忘的传统，就是对市井生活的熟悉和活泼的表现。这部影片从它的人物设置上，就可以看出作者的创作方向。赵丹扮演的吹鼓手和歌女结成了非常重要的人际关系。正因为有了这样的人际关系，所有故事的发生、事件的展开都在日常生活里，在我们非常熟悉的空间里，是对我们个人的经验、对日常生活非常尊敬的传统的开始。

我们往往会提到小津的电影里，或者我们看到侯孝贤的电影有这样的传统。其实《马路天使》早就有了这样的传统开拓。它把非常鲜活的市井生活用非常熟练的场面调度呈现出来，重要的是袁牧之用他非常天才的导演方法，用他集导演和编剧为一体的高度的原创性，把市井的结构和生活有序展开。比如我们看影片一开始，有一组纪录片的段落，是上海滩方方面面记录的情况。在人物走完之后，首先就是吹鼓班行进的场面。在街道上，赵丹扮演的吹鼓手在行进的人群里。袁牧之很熟练地把街道的空间和市井里的邻里街坊的关系非常完整非常有序地进行了出场交代。从路边卖报纸的报贩，到茶楼周璇扮演的歌女，再到周璇站在二楼和赵丹打招呼，马上转场到酒楼。酒楼是周璇唱歌卖艺的场景。

虽然是很简单的开始,但展现了街坊邻里和茶楼酒肆这样一个我们再熟悉不过的日常空间,接下来在非常活泼的场面调度里面,把生活的情趣和日常的细节非常有序地交代了出来。

但这个传统到了1949年之后,因为我们个人生活的情趣和权利逐渐被集体生活取代,在大银幕上渐渐远离了这些东西。包括整个中国社会不再是像以前那样以街道和社区为结构,而是以大院和单位为结构,人都在以集体为结构的新的结构方法之中。一部分中国人的生活离开了熟悉的街道,离开了熟悉的茶楼酒肆,离开了市井生活。

但是,大多数中国人即使在"文革"十年,或者是其后的阶段里,仍然是生活在街坊邻里的关系里。只是因为个人的私人生活,在整齐划一和高度集中的体制里,渐渐被认为没有意义,被认为是消极的,因此在电影里我们所熟悉的市井生活逐渐远离。而且,在这个过程里面我们忽视了我们自己生活的权利,我们忽视了对我们自身生存经验的重视。这种关系的失落,使中国的电影创作逐渐地变成了通俗剧加传奇剧的混合。因为通俗性能迅速地感染大众,甚至是影响没有太多文化教育背景的基础人群,因此电影的通俗性得到强调。但在推进通俗性的过程中,却完全是用传奇性这样一种高度戏剧化甚至脸谱化的戏剧模式推进,演绎悲欢离合、生死离愁。

像1949年之后很重要的一些文艺作品,比如《平原游击队》、《铁道游击队》都是革命文艺混杂了传奇、混杂了高度的戏剧性的作品。因为有了这样的价值取向,它们也被大众所接受,于是新的电影方式随之出现。我们不熟悉去拍摄个人在生活里受到的压力和生活的影响，我们甚至不熟悉去面对这些压力和影响。

这样一个传统的中断直到今天仍给了很多要拍个人生活的年轻导演非常大的挑战，甚至有些人会认为这部分生活和这部分场景是不应该进入电影的，是没有价值进入电影的。他们会说，"一部电影，花这么多钱就讲你自己的个人感受，是不是有问题？"但其实我们反过来想，写一本小说，写一首诗，没有一种感受是不能进入写作当中的，哪怕是再个人、再私人的感受。

逐渐地，在中国电影的创作里个人感受甚至是生理感受逐渐消失，换来的是思潮意识。包括1989年以来创作了非常多的辉煌电影，很大一部分也是潮流的产物，是集体思考的产物。面对中国的历史，面对中国个人的生活，从个人角度发出自己的感慨，或者是一声叹息、甚至是呐喊的作品都非常模糊，非常不熟悉。这一部分经验，我觉得混杂了非常复杂的文化现实情况。这个文化现实情况里面包括我们怎么看待中国文化的传统。因为我们生活在这么大面积的中国大陆地区上，我们背后所有中国重要的历史都发生在这个土地上，所有的文物、所有的文献、所有的机构都存在在这个土地上。我们往往会容易地认为，我们所继承的，或者我们所拥有的文化资源是不可动摇的正统的华语文化的背景。直到今天，包括我自己会觉得越来越不了解我们的传统，越来越觉得这个传统虽然遍布在所有的华人地区，但有一部分的精神和传统只在香港地区和台湾地区还存在。

我觉得到今天，在这样一个新的年代里面，我们去考察的不应当单是电影吧，而是应该从电影出发去观察整个中国文化，从而获得全面的经验。我觉得应该突破正统华语文化背景的幻觉，去开拓我们自己的思路，全面地了解和学习这个文化。

我觉得在内地的影片中，比如在《绝响》里，我们可以感受到类似《马路天使》这样一种影片气质的回归，也可能在早期的80年代《北京，你早》这样的影片里我们可能隐约找见这样的气质。但对这种人际关系的尊敬，在香港娱乐片里却比比皆是，比如《新不了情》。你可以看出，他们熟练的、灵活的创作能力是我们所欠缺的。可能在香港电影里面，保留了三四十年代非常珍贵的中国电影的传统。如果我们观看了那段历史，我们能够了解到这个源头应该是抗战开始之后，有大量的上海的电影工作者，他们离开上海去香港开拓另外一个华语电影的生产基地。一直延续到1949年之后，一直延续到今天，包括武侠片的传统，也一直在香港电影文化里延续下来。

作为大陆的电影工作者和文化工作者，我们面对这个气息、这个文脉时，可能还要去寻找。我们需要珍视其他地区华语电影的可贵之处，或者是华语文化的一种传统。比如王家卫导演所拍摄的《花样年华》，其实那个电影里透露出来的不单是王家卫个人的电影理解，还有他对中国电影理解的角度。因为他在上海出生，在上海家庭里长大，在他的文化背景里，他对中国的传统文化是有理解的。包括他对旗袍的理解，里面形成的新的流行元素有传承的源头在其中，不是无中生有。你很难想象一个完全经过变革、经过文化断裂的华语导演有这样一个情怀做这样一种影片。

事实上我们的感情非常粗糙。其实一些电影概念，我们今天听起来也是需要仔细琢磨，比如"大气"，为什么大气就是一个好的标准？比如"有力量"，为什么有力量就是一个好的标准？我们所有的美学价值判断的标准是"大"、是"有力量"这样的方向。那么软、私人、灰色、个人，好像是这个美学系统里负面的东西，是错误的东西。其实面对文艺创作，当一个电影拍摄的时候，我觉得所有的美学气质都是需要的。可能中国电影工作者，尤其是大陆电影工作者面对过去一百年的历史，我们要看到我们基因里的缺陷。这个缺陷是值得我们去多想多思考的。

本文为2005年12月17日
《新京报》"中国电影百年论坛"的演讲

我的电影基因

我七八岁的时候,父亲常跟我们讲起他去看拍电影的事情。那时候"文革"刚刚结束,单位上会多,好在经过长久的压抑,如今百废待兴,人们脸上也开始复苏了笑容。父亲从学校回家再晚,全家人也要围聚在一起聊天吃饭,偶尔遇上停电,也不点蜡烛,借着炉火的亮光,在大面积的黑暗中感受温暖的气氛。这样的时刻,父亲总不厌其烦地描述拍电影的细节。那时候他还是汾阳中学的一名学生,听说长春电影制片厂在城外的峪道河村拍电影,便与同学跋山涉水前往观看。他们站在摄制组外围,看一群人把三脚架挪来挪去,选择合适的位置,有一群山民打扮的人在摄影机面前开山造渠。望着眼前的景象,起初有的同学以为找错了地方,是地质队在搞测量,很快他们发现这些开山造渠的人都听一个人的指挥，总在重复同一个动作，父亲明白那人就是导演，拍电影的事实确定无疑。于是这群少年欢呼雀跃，然后静默地站在山谷间看拍电影。直到夕阳西下，这群拍电影的人收拾器材准备收工，我父亲他们才不得不惆怅地离去。但他似乎得到了拍电影的秘密，父亲的脸上有炉火的闪动，他说：拍电影是要打光的。

我一直觉得我的故乡山西汾阳有着独特的光线，或许因为地处黄土高原，每天下午都有浓烈的阳光，在没有遮拦的直射下，将山川小城包裹在温暖的颜色中。人在其中，心里也便升起几分诗情画意。这里四季分明，非常适合拍电影。父亲在现场看到的那部影片是由山西作家马烽编剧、导演苏里执导的电影《我们村里的年轻人》，讲山西一群有志青年劈山引水、建造水电站的故事。因为汾阳是山药蛋派作家马烽的半个故乡，也是新中国成立后他下乡体验生活的定点县，所以导演选景在这里拍摄。或许他们不知道，他们忙碌拍摄的工作现场，会让旁边静默观看的年轻人激动不已；而我父亲一遍一遍给我讲述这段经历的时候，他一定也没有想到，他已经为他的儿子种下了电影的基因。文化的传承和影响真是件不可思议的事情，1997年，当我在汾阳拍摄我的第一部影片《小武》的时候，溯源而去，突然觉得选择导演作为自己的职业一定跟父亲这段经历有关。

原载《成都商报》(2006年8月10日)

花火怒放,录像机不转

1999年,我的第二部电影《站台》快要开拍的时候,我用DV拍了些外景和演员的资料并转成家用录像带准备寄给北野武那边看。恰逢釜山电影节将要开幕,我去做评委,于是便相约釜山见。世界各地的影展几乎都会有一个录像室,为错过某部影片或有业务需要的来宾提供录像视频服务。我和监制市山尚三、北野武的经纪人森昌行等几人去了影展的录像室准备看我拍的资料。服务的女生千篇一律的客气,但录像机却不好使,先是一台机器罢工,无论如何也不转动,换一台倒是听话,可是不能读PAL制的带子。于是打电话联系,不停地有各种体态的韩国男子进进出出,有的满头大汗,有的对着录像机大喊大叫,有的极理性,慢条斯理,沉默地来,沉默地走,最后服务的女生含笑弯腰，轻声说抱歉。我们望着房间里十几台品牌杂乱、新旧程度不一的录像机无奈离去。

是年正逢釜山影展气势压过东京影展，在国际影坛声誉鹊起之时，影展出手阔绰，来宾如云，人人专车接送并入住五星级酒店。但影展的硬件却不见更新，和主办者要办"东方戛纳"的理想相去甚远。闭幕式上，获奖者上台照样满天花火，抬头望天看着瞬间的灿烂，我心想，放礼花的钱可以买多少台录像机呀！但这礼花的盛况会变成报纸的头条，电视转播定然不会光顾昏暗的录像室。一边花火怒放，一边录像机不转，这让我对影展心生疏远。

最近韩国同行为配额制上街示威，饱满的电影之情夹杂着保护民族文化的责任感让人尊敬。但强烈的保护意识之下多了些文化上的不自信，以配额制限制好莱坞电影终究是以一种霸权限制另一种霸权，两者都让人不舒服。"电影是特殊的产品，需要保护！"这一说辞颇为煽情，但用破坏自由贸易原则的代价带来的保护也很难谈得上有合法性。法国从政府到电影工作者都有保护法国电影的自觉意识，他们的做法之一是对发行好莱坞电影的公司征收重税，然后将其补贴在法国本土电影中。另外，法国电视台所获的广告收入中有固定比例的资金也要投入到电影产业中。这种办法显然更好一些，提高本国电影的竞争力不应该用限制他国电影的方法实现，即使它是好莱坞电影。

去年英国影评人汤尼·雷恩在美国《电影评论》杂志发表了一篇关于韩国电影的长文，他在评论金基德的《空房间》时说：对于一个没有看过蔡明亮电影《爱情万岁》的观众来说，该片还有一点看头,但这部电影只不过是一句用怪音发出的陈词滥调。

我同意他的看法,请别言必称韩国。

原载《南都周刊》(2006 年 3 月 13 日)

这一年总算就要过去

今年冬天来得早，10月已经一片萧条的景象。以前喜欢冬天，看鲜花败去，杨柳无色，总觉得于光秃秃中可洞悉世界本质，灰乎乎的色彩倒也有种坚强味道。但今冬却怕了寒冷，中午落入房间的阳光也少了往年力量，远处锅炉房偶尔传来的铁器碰撞远没了以前的空灵感觉。

这是空虚的一年，我让自己停止了工作，整整一年没有拍一寸画格。事实上我突然失去了倾诉的对象，生活变得茫然，电影变得无力，少年时有过的颓废感又袭上心头。而此刻，作秀多于做事，拍片也不过为媒体多了一些话题。我喜欢一句歌词，歌中唱道：有谁会在意我们的生活？如果困难变成了景观，讲述误以为诉苦，我应当停下来，离自己和作品远些，离北京远些。

去了五台山，山中残雪披挂。大自然不理会观众的情绪，自在地按着她的逻辑摆布阴晴雨雪，这是她的高贵，她的节奏是缓慢的四季，大自然不会为取悦看客而改变什么。你只能将自己的心情投射其中，而不可要求她顺应你的习惯。像看布列松的电影，自然如山，你可以从中取悦，但它绝不取悦于你。很愉快这拜佛的路上有了电影的联想，想想北京正在往枯草上喷洒绿色，黛螺顶上海一样的蓝色显得更为真实。登高呼喊，空谷尚有回音，这是自然对我的教育。

回了太原，拨通以前朋友的电话，听到好几年没有听到的声音，又想起一句歌词：曾经年少爱追梦，一心只想往前飞。这些因我追求功名而被疏远了的兄弟，曾经与我朝夕相处。原来时间也无力将我们疏远。三五杯后，酒气驱散陌生，呼喊我的小名，讲这些年间不足为外人道的事情。他们告诉我应该要个孩子，他们在为我的老年担忧，我有些想哭，只有在老友前我才可以也是一个弱者。他们不关心电影，电影跟他们没有关系；他们担心我的生活，我与他们有关。这种温暖对我来说不能常常感受，当导演要冒充强者，假装不担心明天。酒后的狂野像平静生活里冒出的花火，呕吐后说出一句话：我爱江湖。

继续向西，去了榆林。长途车上邻座的老乡非常沉默。天快黑时他突然开口，问我今天是几号。我告诉他已到岁末，他长叹一声，说：这一年总算就要过去。我不知到他的生活里具体出了什么问题，让他如此期待时间过去，但我分明已经明白了他的不容易。这像我的电影，没有来龙去脉，只有浮现在生活表面的蛛丝马迹。

这一次是生活教育了我，让我重新相信电影。

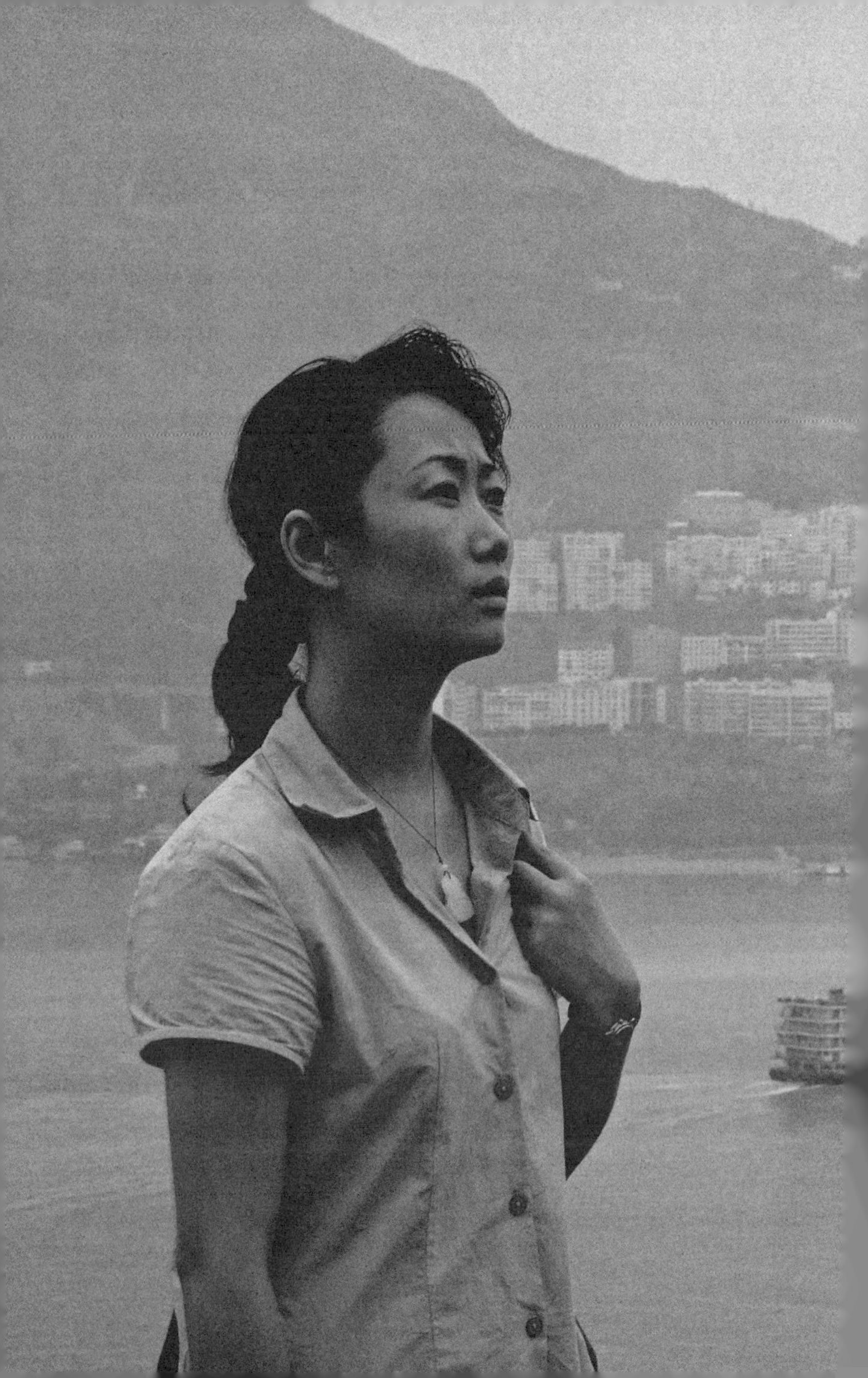

三峡好人

2006

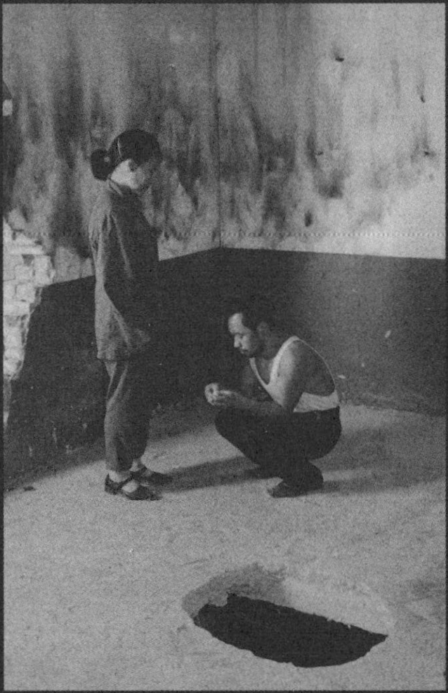

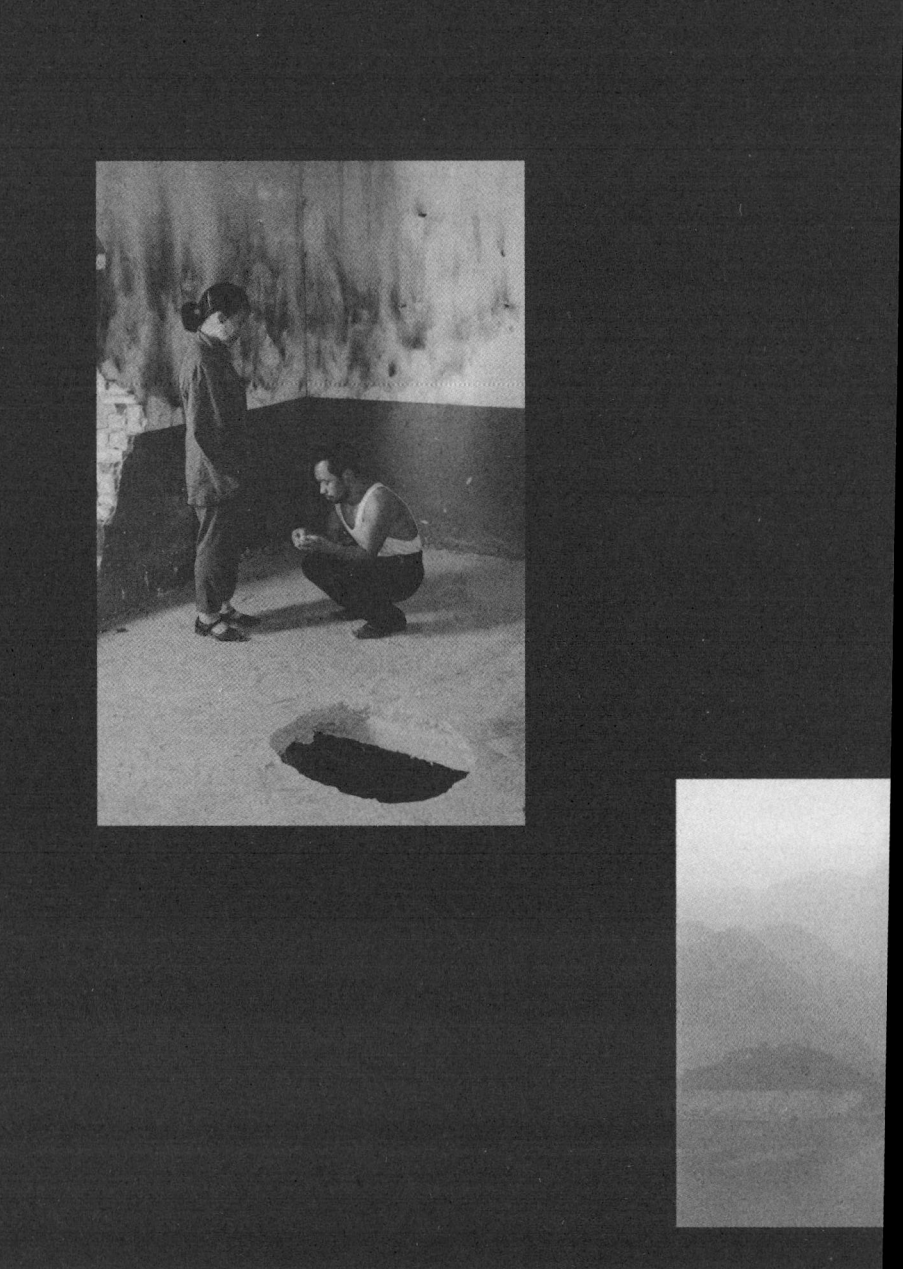

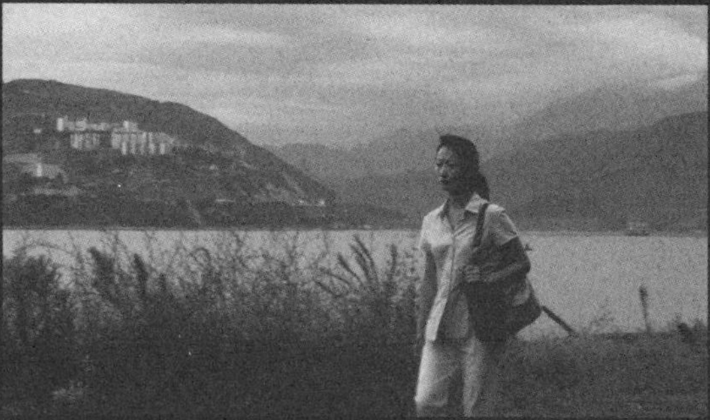

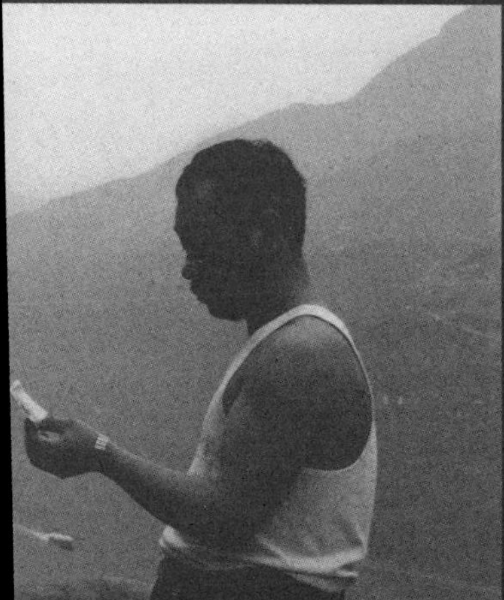

〈故事梗概〉

煤矿工人韩三明从汾阳来到奉节，寻找他十六年未见的前妻。两人在长江边相会，彼此相望，决定重婚。

女护士沈红从太原来到奉节，寻找她两年未归的丈夫，他们在三峡大坝前相拥相抱，一支舞后黯然分手，决定离婚。

老县城已经淹没，新县城还未盖好，一些该拿起的要拿起，一些该舍弃的要舍弃。

〈导演的话〉

有一天闯入一间无人的房间，看到主人桌子上布满尘土的物品，似乎突然发现了静物的秘密，那些长年不变的摆设，桌子上布满灰尘的器物，窗台上的酒瓶，墙上的饰物都突然具有了一种忧伤的诗意。静物代表一种被我们忽略的现实，虽然它深深地留有时间的痕迹，但它依旧沉默，保守着生活的秘密。

这部电影拍摄于古老的奉节县城，这里因为三峡水利工程的进行而发生着巨大的动荡：世世代代居住在这里的无数家庭被迁往外地，两千年历史的旧县城将在两年之内拆掉并将永远沉没于水底。

带着摄影机闯入这座即将消失的城市，看拆毁、爆炸、坍塌，在喧嚣的噪音和飞舞的尘土中，我慢慢感觉到即使在如此绝望的地方，生命本身都会绽放灿烂的颜色。

镜头前一批又一批劳动者来来去去，他们如静物般沉默无语的表情让我肃然起敬。

2006年的暗影与光明

1. 影院之前

2006年深秋,我又一个人去了大同。午夜到达的时候,天冷得像要下雪。站台上的往来旅客水一般漫出,又水一般流走,我故意放慢步伐,待人散后独享这自找的孤独。

我没有通知朋友来接站,一出火车站便叫了出租车向一小饭馆奔去。这城市似乎已经入睡,两排路灯只开了靠西的一侧,东边的大片黑暗,只待明早太阳出来收拾。下了车,一绿色门窗的小馆果然开灯。推门进去,众朋友正推杯换盏。果然如我所料,他们并无别的去处,日日在此把酒寻欢,不相约,也能聚首。

酒后不想睡觉,一时不知去处。三辆出租,载了十二个兄弟去茶楼打牌。穿中式对襟衫的服务员拿来几副新牌,我下注小赌,靠了高中时代的修养，竟还赢了些钱。突然停电，屋里霎时安静，十二支香烟燃烧着小城的寂寞，红色的烟头闪烁，有种伤心味道。

马路上，远处只有中国石化加油站和风中不倒的桑拿还亮着灯。今夜又有一双陌生的手，会安抚我们入睡。暖气开足的按摩房中，我瞪大双眼，在此温暖而无声之处，我才敢招呼脆弱的自己出来，也没有了眼泪，就如他们说的一样，我已经变成了老江湖。

老江湖们于中午醒来，都穿了纸质的短裤背心出来，聚在大厅里吃羊汤面。在小格子的更衣间，众人的手机铃声此起彼伏，各人应付老婆都有一套。待大家如参加团拜会般出现在桑拿门前，彼此目光相问：去哪儿？

2. 影院之中

我们没有去处，分乘几辆出租车向矿区出发闲耍。大同的十几家煤矿沿一条公路散落，煤矿也用数字编号，一矿、二矿、三矿，远处矿区青灰色的破败楼群中，有一东欧风格的建筑屹立，显得骄傲而怀才不遇。近前观看，原来是一矿区电影院，入口处褪色的五角星还有旧时理想主义的味道，只是所有的门窗都用砖头堵了，显示着现时的寂寞。

步入阴暗的大厅，空空荡荡，没有一个座椅，倒是模仿人民大会堂的屋顶装修，露出了往日的繁华。如今，这影院变成了存放水泥的仓库，我在一堆废物中奇迹般找到一截35mm电影片头，在光底下展开，隐隐约约一行字：血总是热的。

这电影名字让我想起杨在葆的改革者形象，也想起了昨日电影院人山人海的繁华，但现在这张银幕被扯下来已多年，广袤的大地上，电影院已经如前朝的庙堂，在冬眠中等待被拆掉或在更远的未来变为古迹。我们一行游民一路行走，一路寻访影院、俱乐部的踪影，一座一座影院在塞外的风沙中屹立，它们有的玻璃尽烂，像满身的伤口，有的沉默无声，诧异于如今的物是人非。只是我突然想到这十几年来当代中国人的面孔，我们的乐与哀愁，甚至悲欢离合，从来没有在此地于银幕上演出。而不远处的工人宿舍区中的人们，谁会想到他们的心灵和需要。

电影应该是破费两个铜板，穷人也能享受得起的乐趣，如西西里岛的老人，也可以和着烟草的味道，陶醉于费里尼的超现实。今天有人扯下他们的银幕，然后又在言语上绑架他们，言必称"普通观众"，而且总以人民的名义。在遥远的都会，那些拿五十块钱看电影的普通观众，于塞外看来，也不怎么普通！

3. 电影

天又黑了，我们兄弟一班再次推杯换盏，又要重复同样的程序，度过同样的寂寞和空虚。

这是我们的精神现状，是我们这些电影拍摄的背景和理由。翻开 2006 年华语电影的篇目，不多不少，不好不坏，只是明白我们民族的精神现状，需要更多的电影，需要感受更多的暗影与光明。

此文为《华语电影 2006》序言

迷茫记

1999年1月13号,我被电影局喊去谈话,那一年我二十九岁,刚从学校毕业,没怎么进过国家机关的门槛。心里打鼓,一路东走西绕,终于在东四某条胡同看到国家广电总局的白底黑字牌子。正在端详,意欲前往,突然从门里流水般漫出七八个中年人,其中一人脸熟,我立马侧身靠墙定睛观看,原来是某第五代大师。看他和一儒雅官员称兄道弟,勾肩搭背,一旁众人附和,在低屋飞梁之下,八字门厅之前,配合着胡同里明清以来的幽雅,恍惚一派古意。这让我迷茫,原本想象中神仙般不食人间烟火的大师,在官府衙邸竟也如此游刃有余,一如自家门前。

人群如大师吉普车下的烟尘般散去,在胡同的寂静中我倒怪罪起自己的没有见识,那官府中人也非青面獠牙般恶相,那官就有书卷气,像老了以后的赵文瑄。

进了门去,才知此乃深宅大院,看门人一声断喝,断了我情趣,平添几分紧张。报了来意,得了差人指点,我穿廊过柱,近一门前,抬手敲门,出来的竟是老年赵文瑄。人生多此巧合,真是上天的安排,原来电话中约我的官就是他。说明来意,老赵并不着急与我理论,而是带我入院,言此乃宰相刘罗锅的故居,我想起李保田的喜剧样子,不禁笑了起来。

重又回屋入座,老赵赐茶,说他要出去一小会儿,让我一人在办公室等他,尽可随意。他走后,我的目光摇镜头般扫看一周,桌上有一复印文件入眼,那文件上似乎有我名字。我如蒋干盗书般兴奋,趁四下无人,拿起文件阅看,上面复印的竟是台湾《大成报》影剧版一篇关于我的电影《小武》的报道。这倒不让我惊奇,叹为观止的是在正文的旁边,有人手书几行小报告:请局领导关注此事,不能让这样的电影,影响我国正常的对外文化交流。

我阅后恨从心头起,恶向胆边生,待自己稳住情绪,才看到小报告后的署名:××。××正是刚才那位五代大师的文学策划。我不能相信,想我与你何干?都是同行,相煎何太急,做人要厚道,为何要说同行的坏话!迷茫啊,迷茫!我把文件复位,呆坐在椅子上。我听到了自己的一声长叹,泪从心底涌起,不为我自己,而为打小报告者。我想起罗曼·罗兰的话:今天我对他们只有无限的同情和怜悯!这时候,我在道德上倒也感觉占了上风。

老赵谈笑风生进来,说:知道为何请你来?我说:我知。老赵拿一文件宣判:从今天起,停止贾樟柯拍摄影视剧的权利。我和他都沉默，老赵把告密信从桌子上拿起，重重地墩了墩，叹道：我们也不想处理你，可是你的同行、你的前辈，人家告你啊。

我如梦游般离了办公室，手拿处理我的文档，一个人在阴阳分明的胡同中走。人心如此玄妙，复杂得让人难懂，在迷茫中我想：留着这份迷茫，也会是一种镇定。

原载《SOHO小报》(2007年5月9日)

相信什么就拍什么（对谈）

侯孝贤、贾樟柯

　　侯孝贤，台湾新电影最重要的代表人物。自1980年开始从事导演工作，1989年执导的《悲情城市》获四十届威尼斯国际电影节金狮奖，1993年执导的《戏梦人生》获戛纳电影节评委会奖。侯孝贤在对生命、土地、历史和记忆宽广温厚的观照中实践并实现了电影那份"声光灿烂的荣誉感"。

生活经验和电影经验

侯孝贤　《三峡好人》跟纪录片《东》是不一样的？
贾樟柯　不一样。本来是先拍《东》，拍了十来天，又想拍故事片。

侯孝贤 是因为接触到那地方，才开始有动力？

贾樟柯 对。因为拍纪录片的过程里，每天晚上睡觉都有好多剧情的想象。那地方、那空间、人的样子，都跟我们北方不一样，生存的压力也不一样。在北京或者山西，人的家里再穷也会有一些家电，有一些箱子、柜子、家具，三峡那里的很多人家是家徒四壁，基本上什么都没有。

侯孝贤 我想象中也是这样，先接触，之后开始有想法。我在《小武》里看到你对演员、对题材的处理有个直觉，那是你累积出来的。但《小武》受到重视后，你想一股脑把想过的东西全呈现出来，就把人放到一边，专注到空间、形式上去，反而太用力、太着迹了。不过到《三峡好人》又是活生生的人，是现实情境下的直接反应，这反应呈现了当初拍《小武》的能量。你变了，回到从前了。

贾樟柯 从《小武》到《三峡》之间拍了三部片，我是有种负担感。

《小武》里面，我特别关心人的生理性带来的感动，之后，基本上考虑人在历史、在人际关系里的位置，人的魅力少了一些。

到三峡之后，阳光暴晒着我们，对天气的直接反应都能帮我把丢失的东西找回来。特别去了拆迁的废墟，看到那里的人用手一块砖、一块砖拆，让那城市消失掉，镜头里的人感染了我，我在城市里耗掉的野性、血性，回去一碰，又粘着了。好像在创作上粘了一个穴，原来死的穴道又奔腾起来。

侯孝贤 所以创作光自己想象不够，还需要现实。

我的情况跟你不一样。《海上花》之后，我等于是等人出题我来应。应题的意思就是，你不知道你现在想拍什么，也无所谓拍什么，但你有技术在身、累积了非常多的东西，所以人家给个题目，你就剪裁这个题目。从创作上来讲，这阶段也蛮有趣的。

生命印记，请出来就有力量

贾樟柯　在我学习电影的过程里，《风柜来的人》给我很大的启发。1995年我在电影学院看完那部片之后整个人傻掉，因为我觉得亲切，不知道为什么像拍我老家的朋友一样，但它是讲台湾青年的故事。

后来我明白一个东西，就是个人生命的印记、经验，把它讲述出来就有力量。我们这个文化里，特别我这一代，一出生就已经是"文革"，当时国内的艺术基本上就是传奇加通俗，这是革命文艺的基本要素。通俗是为了传递给最底层的人政治信息，传奇是为了没有日常生活、没有个人，只留一个大的寓言。像《白毛女》这种故事，讲一个女的在山神庙里过了三十年，头发白了，最后共产党把她救出来……中间一点日常生活、世俗生活都没有，跟个人的生命感受没有关系。

但是看完《风柜来的人》之后，我觉得亲切、熟悉。后来看《悲情城市》，虽然"二·二八"那事件我一点不明白，看的时候还是能吸进去，就像看书法一样。您的电影方法、叙事语言，我是有学习、传承的。

侯孝贤　创作基本上跟你最早接触的东西有关,你的创作就从那里来。像我受文学影响很大,因为开始有自觉的时候,看的是陈映真的书。《将军族》、《铃铛花》、《山路》,讲的是白色恐怖时候,受国民党压制的人的状态,所以我对历史才产生一种角度、一种态度。

但这时期对我来讲,过了。过了之后,我有兴趣的还是人本身。拍完《海上花》之后,我想回到现代,《千禧曼波》、《咖啡时光》,到最近拍法国片《红气球》都是这样。

调节类型传统与抒情言志

侯孝贤　近来我开始了解到,拍片除了兴趣之外,还有现实。现实就是世界电影的走向,这走向以戏剧性为主。但中国人讲究的不是说故事的 form,是抒情言志的 form,是意境,所以我们追求的美学跟现实上一般人能接受的东西不同。

贾樟柯　在大陆也有这个问题。从文明戏过来,中国人看电影的习惯就是看戏,电影是戏。一般普通人看电影,戏剧性的要求特别高,戏剧的质量他不管,只要是戏剧他就喜欢,情节破绽百出他也无所谓,只要是戏剧他就欢心。其他气质的电影很难跟这个传统对抗。

侯孝贤　西方的电影传承自戏剧、舞台,这个传统太强大,影像叙事的方式非常自由。但有了声音之后,电影回归戏剧。连编剧都找舞台编剧人才,重心完全在戏剧性上。这种情势下,你可以说，我要坚持属于我的叙事方式，这方式在古代的《诗经》里，在明志不在故事，但这要让现代人理解很难，因为他们已受西方戏剧影响太多。

现在是这种趋势，没办法改变。不过，假使你理解这个form，还是能在这里找到空间，去调节戏剧传统与抒情言志的比例，这空间基本上就是东西融合了。

去掉不必要的鸿沟

贾樟柯 我觉得电影这个材料也不断受到新发明的影响，比如说 DVD、电子游戏、卫星电视。像我看台湾的电视，觉得丰富多彩，有各种案件、政治人物的冲突，整个社会已经那样戏剧化了，你怎么做电影呢？好像没必要看电影了。但我看一些导演也能找到方法把自己的意见结合到类型电影里，把自己的东西用类型来包装。毕竟类型元素有很多是很受欢迎的。

侯孝贤 真正好的类型还是从真实出发的，最终要回到真实。

贾樟柯 我记得上次在北京，您谈到一个东西我印象很深刻，就是"用最简单的方法，讲最多的东西"。我自己的理解，所谓最简单的方法，就是去掉跟普通大众之间不必要的鸿沟。

侯孝贤 对，就是"直接面对"。叙事的焦点一下就抓到，变成一种节奏感，反映你对事物观察的吸收跟反思。不过，我感觉简单而深刻很困难。简单，所以人人看得懂，但同时又立意深刻，这不容易。

贾樟柯　简单就是形式上的直接吧。比如我们看1940年代末意大利新现实主义导演的作品，它们跟观众的关系就很密切，观众都很喜欢看，像《偷自行车的人》这样一部片，就证明观众接受的东西跟深刻内涵是不矛盾的。费里尼的《大路》也有容易被普通大众接受的部分。

但总体来说，我们对电影主题和形式的考虑，有太多迷雾在里面。必须重新找到一个直接、简单的方法。

还原最初的简单心态

贾樟柯　您怎么看台湾新导演的作品？

侯孝贤　他们从小看很多电影，所以一拍电影就迷失在电影里，变成拍"电影中的电影"，确切的生活和感受反而不是知道太多，不清楚自己的位置。其实也不全是位置的问题，就是不够强悍，随时会在形式、内容上受到影像传统影响。要是够强悍，相信什么就该拍什么。

贾樟柯　这是一个普遍的问题。

我开始工作的时候差不多是第五代导演开始转型的时候，在中国有很多争论。那时在大陆，电影的文化价值被贬得一无是处，基本上就在强调工业的重要性，特别是投资多少、产出多少。我觉得悲哀，因为一部电影放映以后，人们不谈那电影本身要传达的东西，都围绕着谈跟产业有关的问题。

所以我觉得做导演"有个体"很重要，要一个强大的自己，不被其他东西影响。电影最初就是杂耍，杂耍就要有游戏感，从事这工作得有快感，不为太多背后的东西，还原最初的简单心态。

这说起来简单，做起来难，像您刚说的，我也从《小武》到《三峡好人》才又重新找回这种感觉。

原载台湾《诚品好读》(2006年12月)

这是我们一整代人的懦弱（演讲）

大家好！感谢大家抽空来看《三峡好人》，刚才我也在观众席里面，我本来想看十分钟然后离开去休息，结果一直看到了最后，好像过了才三四个月。这个电影五月份的时候还在拍，过了三个月好像那儿的一切我已经遗忘了，再看的时候非常陌生，但同时又非常熟悉，因为我在那儿差不多用一年的时间和我的同事们工作，所以人是善于遗忘的族群。我们太容易遗忘了，所以我们需要电影。

我是第一次去三峡，特别感谢刘小东。之前我本来想拍一个纪录片，拍他的绘画世界，因为我从1990年看他第一个个展，特别喜欢他的画。他总是能够在日常生活里面发现我们察觉不到的诗意，那个诗意是我们每天生活其中的。这个计划一直搁浅，一直推后，去年9月有一天小东在说要到三峡画十一个工人，我就追随着他拍纪录片《东》。

在三峡，如果我们仅仅作为一个游客，我们仍然能看到青山绿水，不老的山和灵动的水，但是如果我们上岸，走过那些街道，走进街坊邻居里面，进入这些家庭，我们会发现在这些古老的山水里面有这些现代的人，但是他们家徒四壁。这个巨大的变动表现为一百万人的移民，包括两千多年的城市瞬间拆掉，在这样一个快速转变里面，所有的压力、责任，所有那些要用冗长的岁月支持下去的生活都是他们在承受。我们这些游客拿着摄影机、照相机看山、看水、看那些房子，好像与我们无关，但是当我们坐下来想的时候，这么巨大的变化可能在我们内心深处也有。或许我们每天忙碌地挤地铁，或者夜晚从办公室出来凌晨三点坐着车一个人回家的时候，那种无助感和孤独感是一样的。我始终认为在中国社会里面每一个人都没有太大的区别，因为我们都承受着所有的变化。这变化带给我们充裕的物质，我们今天去到任何一个超市里面，你会觉得这个时代物质那样充裕，但是我们同时也承受着这个时代带给我们的压力。那些改变了的时空，那些我们睡不醒觉、每天日夜不分的生活，是每一个人都有的，不仅是三峡的人民。

所以进入那个地区的时候，我觉得一下子有一个潮湿的感觉，站在街道上看那个码头，船来船往，各种各样的人在那儿交会，中国人那么辛苦，那时候就有拍电影的欲望。一开始拍纪录片，拍小东的工作，逐渐地进入模特的世界里面。有一天我拍一个老者的时候,就是电影里面拿出十块钱给三明看夔门的演员,拍他的时候,他一边抽他的烟,一边非常狡黠地笑了一下。在他的微笑里有他自己的自尊和对电影的不接受,好像说你们这些游客,你们知道多少生活呢?那个夜晚在宾馆里面我一个人睡不着觉,我觉得或许这是纪录片的局限,每个人都有保护自己的一种自然的心态。

这时候我就开始有一个蓬勃的故事片的想象,我想象他们会面临什么样的生活,什么样的压力,很快地就形成了《三峡好人》这样一个剧情。在做的时候我跟副导演一起商量,我说我们要做一个这样的电影,因为我们是外来人,我们不可能像生活在当地的真的经受巨变的人民了解这个地方,我们以一个外来者的角度写这个地区,这个地区是个江湖,那条江流淌了几千年,那么多的人来人往,应该有很强的江湖感在里面。

直到今天谁又不是生活在江湖里面,或者你是报社的记者你有报社的江湖,或者你是房地产的老板你有房地产的江湖,你要遵守那个规则,你要打拼,你要在险恶的生活里生存下去,就像电影里面一块五就可以住店,和那店老板一样,他要用这样的打拼为生活做铺垫,想到这些的时候我很快去写剧本。

在街道上走的时候就碰到唱歌的小孩子,他拉着我的手说,你们是不是要住店,我说我们不住店,他问我你是不是要吃饭,我说我们吃过了,他很失望,你们要不要坐车,我说你们家究竟是做什么生意的?他就一笑。望着十四岁少年的背影,这就是主动的生命的态度。后来我找到他,问你最喜欢什么?他说喜欢唱歌，他就给我唱了《老鼠爱大米》，唱了《两只蝴蝶》，我问你会唱邓丽君的歌吗？后来教他也教不会，他只会唱《老鼠爱大米》，所以用在电影里面，他像一个天使一样。

在任何一个情况里面，人都在试着保持尊严，保持活下去的主动的能力，想到这些的时候，逐渐地人物在内心里面开始形成，包括男女主角。我马上想到了我的表弟，我二姨的孩子，他曾经在《站台》里演过签订生死合同的矿工，在《世界》里演过一个背着黑色提包、来处理二姑娘后事的亲戚，这次我觉得他应该变成这个电影的主角。我们两兄弟少年的时候非常亲密。他十八九岁以后离开了家，到了煤矿工作，逐渐就疏远了，但是我知道他内心涌动着所有的感情。每次回家的时候我们话非常少，非常疏远，非常陌生，就这样看着偶尔笑一下。想到这部电影的时候，我就想到他的面孔。我每次看到他的面孔，不说什么，但我就知道，我为什么要一直拍这样的电影，为什么十年的时间里我不愿意把摄影机从这样的面孔前挪走。

我们太容易生活在自己的一个范围里面了，就以为我们的世界就是这个世界，其实我们只要走出去一步，或者看看我们的亲人，就会发现根本不是。我觉得我们应该去拍，不能那么容易将真实世界忘记。

我表弟后来来到剧组，我觉得演得非常好。一开始的时候，我特别担心他跟很多四川的演员搭戏搭不上来，怕语言有问题。他说，哥，你不用担心，我听得懂，我们矿上有很多陕西、四川的工人，所以陕西话、四川话全部能听得懂。他沟通得确实很好，跟其他当地的演员。特别是拍到他跟他的前妻在江边聚会的时候那场戏。他的前妻问他一个问题，十六年了，你为什么这个时候到奉节找我了？我写的对白是，春天的时候，煤矿出了事情我被压在底下了，在底下的时候我想，如果能够活着出来我一定要看看你们，看看孩子。这个方案拍得很好，第一条过了。他拉着我说，能不能再拍，我不愿意把这些话说出来。为什么把这个理由讲出来呢？因为他说在矿里面什么样的情况谁都了解，如果讲出来，感觉就小了，如果我不说出来感觉就大了。

他说得非常好，生活里面那么多的事情何必说那么清楚呢。就好像这部电影其实有很多前因后果，没必要讲那么清楚。因为都是我们这个时代的人，面对这个时代的故事，如果我们有一个情怀，我们能够去理解。如果我们能从自己的一个狭小的世界里面去观望别人的生活，我们就能够理解。

或许我们曾经有过这样的生活，但我们假装忘记。当我们一个人的时候，如果我们有一种勇气、我们有一种能力去面对的时候，我们能够理解。有时候我们不能面对这样的生活，或者面对这样的电影，这是我们一整代人的懦弱。

但是我觉得，就好像奉节的人，他们把找工作叫作讨活路一样，我们应该有更大的勇气迎接我们所有的一切，找工作当然是讨一个活路。他们不麻木，他们乐观。我觉得在我拍摄电影的时候体内又开始有一种血性逐渐地感染了自己，燃烧了自己，就会觉得我们有勇气去面对自己。

接着又想到了另外一个女主角赵涛，跟我合作过几次的女演员,演一个没有婚姻生活的女性,拍到她跟丈夫做决定的前一夜。原来剧本就写她是一个人,打瞌睡、迷迷糊糊不知道在做什么。我就用一个纪录片的方式,让演员坐那儿,演员拍了一个多小时,真的很困,很烦躁,慢慢入睡。拍完之后我准备收工,赵涛讲,导演你看墙上有一个电扇,分手这样一个巨大的决定其实没有那么容易下,内心那种躁动不安、那种反反复复,是不是可以让我通过吹电扇来把四川的潮湿闷热、把内心的焦灼演出来。我们就拍她吹电扇,她像在舞蹈一样,拍完之后我觉得是一个普通人的舞蹈,是一个凡人的舞蹈。任何一个街上匆匆走过的女性,她们都有她们的美丽,我觉得也通过演员的创造拍到了这种美丽。

之后就是在电影里面来来往往、分分合合的人,阴晴不定的天气。一直拍一直拍,拍完之后当我们再从奉节回到北京的时候,我们整个摄制组都不适应北京的生活。那么高的人群密度,那么匆忙的生活,那样的一个快节奏,好像把特别多的美好、特别多的人情、特别多的回忆都放在了那个土地上。

今天这个电影完成了,我们把它拿出来,然后我们选择在这几天,7号点映,14号放映。这个电影和观众见面的时间只有7号到14号,因为之后电影院没有太多空间留给"好人"。我们就跳好七天的舞蹈,让"好人"跟有这种情怀的人见面。其实这不是理性的选择,因为我想看看在这个崇拜黄金的时代,谁还关心好人。(长时间热烈的掌声)

在今天来北大的路上,车窗外又是那些面孔,在暮色里匆匆忙忙上下班，我的心里面又有一种潮湿的感觉，这时候不仅是伤感，我觉得我自己还有一个梦，这个梦还没有磨灭。谢谢大家。(掌声)

此文为2006年12月4日在北京大学百年讲堂的演讲

大片中弥漫细菌破坏社会价值（对谈）

徐百柯、贾樟柯

徐百柯，《中国青年报》"冰点周刊"记者、编辑。著有《民国那些人》。

谁来捍卫电影？

徐百柯 最近你的发言明显多了，而且时有尖锐之语。而你原来给大家的印象比较低调，比较温和。是这样吗？

贾樟柯 对，话越来越多了。我们作为导演，共同面对的中国电影环境变得千疮百孔，问题特别多。其中最大的问题是，中国真正有价值的电影，完全被所谓商业电影的神话所笼罩，完全没有机会被公众所认识。很多人说，贾樟柯的话现在这么多，不就是发行一部片子吗，至于这样吗？我觉得这完全是一种误解。实际上机会对我来说还是非常多的，包括商业上的机会，包括我们的销售。不管票房好或坏，我的电影还是有机会在银幕上跟观众见面的。并不是说我自己的生存环境有多么恶劣，而是我看到一大批刚拍电影的年轻导演，他们的生存环境太恶劣了。这个恶劣，一是说银幕上没有任何一个空间接纳他们，再一个，有一部分电影甚至完全被排斥到了电影工业之外。

徐百柯 什么原因呢？

贾樟柯 有很多优秀电影，比如说它是用 DV 拍的，技术审查规定 DV 拍的不能够进影院，就连十六毫米胶片拍的也不允许进影院，必须是三十五毫米胶片或者是很昂贵的高清拍摄的才能进入院线系统。

这样的技术门槛实际上完全没有必要。大家都明白，现在拍电影选择什么材料，导演应该是自由的。这种材料拍完以后，影院接受不接受，应该是一个正常的市场检验行为，而现在却是行政行为，很不公平。它把很多导演拦在了电影工业之外，他们没有机会进入中国电影的这个系统里面，只能永远被边缘化。

面对这种情况的存在，我们呼吁了很久，但得不到任何响应。而很多在电影行业里有影响力和发言权的名导演，却没人站出来说话，眼睁睁看着那么多年轻导演得不到任何空间，不得不走影展路线，然后反过来又骂年轻导演拍电影只是为走影展。我觉得这是非常不公平的。

我刚开始拍独立电影的时候，媒体还在文化上非常认同这种创作，也愿意用媒体的资源来为这些电影做一些文字上的介绍。但到了这一两年，特别是大片盛行之后，整个价值观完全被它们改造之后，我们要在媒体上寻找几行关于年轻导演以及他们作品的文字介绍，已经很难得了。

整个社会给刚拍电影或者想拍电影的年轻导演的机会越来越少。这种状况我观察了将近两年时间，到去年年底的时候，我觉得必须讲，必须说出来。

我感到痛心的是，许多比我有话语权的导演，从来不做这种事情。中国电影的分级制度为什么还出台不了？所谓技术审查的弊端，为什么就没人在更大的场合讲出来？那些大导演比我有发言权多了，也有影响力多了，他们有政协委员之类的头衔，有发言管道，却从来不推动这些事情。我之前还一直幻想着，觉得应该有更有能力的人来担负起这个责任，但我很失望。我并没有把自己当成一个什么人物，或有多大影响力。所以，我的方法就是乱嚷嚷一气。

大片里弥漫的"细菌"

徐百柯 我本人很喜欢你的电影。但是坦率地讲，我没有去影院看《三峡好人》，而是买的碟。我倒是为《满城尽带黄金甲》贡献了几十块钱的票房。据我所知，很多人喜欢你的电影，但都是买了碟在家细细欣赏，而不是去影院。

贾樟柯 你想说为什么会这样，是吧？

徐百柯 是啊！这似乎成了一种普遍状况，出了影院就开骂大片，而内心真正喜欢的影片，却没去影院贡献票房。

贾樟柯 今天我们面临的情况是，所谓高投入高产出，电影唯利是图的观念，已经非常深入人心，它形成一种新的话语影响，一种大片神话的话语影响。

说到商业大片，首先我强调我并不是反对商业，也不是反对商业电影，相反我非常呼唤中国的商业电影。我批评商业大片，并不是说它"大"。电影作为一个生意，只要能融到资本，投入多少都没关系，收入多高都没问题。问题在于它的操作模式里面，具有一种法西斯性，它破坏了我们内心最神圣的价值。这个才是我要批评的东西。

今天商业大片在中国的操作，是以破坏我们需要遵守的那些社会基本原则来达到的，比如说平等的原则，包括它对院线时空的垄断，它跟行政权力的结合，它对公共资源的占用。中央电视台从一套开始，新闻联播都在播出这样的新闻，说某某要上片了。这种调动公共资源的能力甚至到了——一出机场所有的广告牌都是它，一打开电视所有的频道都是它，一翻开报纸所有的版面都是它。当全社会都帮这部电影运作的时候，它已经不是一部电影，它已变成一个公共事件，随之而来，它的法西斯细菌就开始弥漫。这并不是耸人听闻，这是从社会学角度而言。

对于大多数受众来说，就像开会一样，明知道今天开会就是喝茶水、织毛衣、嗑瓜子，内容都猜到了，但还得去，因为不能不去。大片的操作模式就很像是开会，于是形成大家看了骂、骂了看,但明年还一样。

电影的运作,如果是以破坏平等和民主的原则去做的话,这是最叫我痛心的地方。此外,在大片运作过程中,它所散布的那种价值观,同样危害极大。这种价值观包括娱乐至上,包括诋毁电影承载思想的功能等等。

我记得大家在批评《十面埋伏》的剧本漏洞时,张艺谋导演就说,这就是娱乐嘛!大家进影院哈哈一笑就行了。包括批评《英雄》时,他也说:"啊,为什么要那么多哲学?"问题在于《英雄》它不是没有哲学,而是处处有哲学,但它是我们非常厌恶、很想抵制的那种哲学。可当面对批评时,他说我没有要哲学啊!你处处在谈"天下"的概念,那不是哲学吗?你怎么能用娱乐来回应呢?这样的偷换概念,说明你已经没有心情来面对一个严肃的文化话题。这是很糟糕的。

大片的制造者们始终强调观众的选择、市场的选择。但问题是,市场的选择背后是行政权力。至于观众的选择,其实观众是非常容易被主流价值观所影响的。有多少观众真正具有独立判断?我觉得文化的作用就是带给大众一种思考的习惯,从而使这个国家人们的内心构成朝着一个健康的方向发展。

大片里面娱乐至上的观点、金钱至上的观点、否定和诋毁思想承载的观点,深刻地影响着大众。然后,他们会替大众说一句话:大众很累,非常痛苦,需要娱乐,你们这样做是不道德的,为什么还要让他们看贾樟柯这种电影,还要讲生活里面不幸福的事?

徐百柯 我可以告诉你我一个同事的表述:贾樟柯拍的电影

太真实了，真实得就和生活一样。可生活本身已经够灰头土脸的了，为什么我们进影院还要看那些灰暗的生活呢？电影不就是梦吗？

贾樟柯 如果我们在这个问题上还有疑问的话，那基本上是取消了文化的作用、艺术的作用。为什么人类文化的主体、艺术的主体是悲剧？为什么人类需要悲剧？这些基本的问题，还需要我回答吗？我特别喜欢刘恒的一句话，他在谈到鲁迅时说，鲁迅文章里面无边的黑暗，照亮了我们的黑暗。

艺术的功能就在于，它告诉我们，有些既成的事实是错的。我们之所以通过影片，继续面对那些我们不愉快的既成事实，是因为我们要改变，我们要变得更幸福、更自由。就像我在威尼斯所讲的，直到今天，电影都是我寻找自由的一种方法，也是中国人寻找自由的一种方法。而无限的娱乐背后是什么呢？说白了，娱乐是无害的，这个社会鼓励娱乐，我们的体制也鼓励娱乐。

徐百柯 你多次提到过，目前你手里不缺好的剧本。而国产大片最被人诟病的恰恰就是，投入那么多钱，竟连一个完整的故事都讲不好。编剧们贫乏到只能借助《雷雨》甚至《哈姆雷特》的故事框架展开情节。你怎么看这个问题？

贾樟柯 现在中国的电影里面，编剧的工作基本上就是落实导演的品位和欲求。编剧除了编剧技巧之外，还要看导演想表达的东西。一个货真价实的观念也好，一种对生活的独特发现也好，或者寻找到一个观察生活的新角度也好，我觉得缺少这些的话，技巧再好也是贫乏的。

商业逻辑的俘虏

徐百柯 这种"大片"格局是怎么形成的呢?

贾樟柯 我翻了一下前几年的数据和记录,我觉得是从几位大导演尝试改变的时候出手不慎开始的。他们开始转型的时候,并没有以一种更开阔的艺术视野去面对自己的转型,几乎都是以否定自己原来坚持的价值、否定艺术电影的价值,以一种断裂的方式,进入新的类型里面的。当时他们在创作上,在艺术电影的创作上,都处于瓶颈阶段,都处于需要自我超越和自我更新的阶段。但他们没有精力和意志力去超越自己的瓶颈,他们转型去做商业电影。而那个时候,恰恰是一帮年轻导演在国际舞台最活跃的时候。

徐百柯 为什么他们无一例外都被商业逻辑所俘虏?

贾樟柯 就我的研究和观察,我觉得他们几位始终是时代潮流的产物,他们没有更新为一种现代艺术家的心理结构。比如说从《黄土地》开始,到《红高粱》,这两部影片,这两位导演,他们的创作都是时代潮流的产物。

徐百柯 据我所知,你很推崇《黄土地》?

贾樟柯 对,我非常喜欢。但这里头我们不是谈具体个人或是评价具体的作品,而是把它放到社会史的角度去考察它背后的文化因缘。那么你会看到,实际上《黄土地》是融入整个寻根文学,以及上世纪 80 年代那个大的思潮里面,它是那个大的思潮在电影上的实践。一路过来,到《红高粱》的时候,1987 年前后,改革经过很多波折，那个时候，改革过程中的强者意识、英雄意识、精英意识非常强。《红高粱》中所展现出来的所谓酒神精神，跟整个社会思潮的要求非常符合。

回过头去看，他们的作品，无一例外，都是从当代文学作品中改编过来的。这也暗合了这样一种观察，就是说，他们通过文学的牵引，来形成他们的讲述，这种讲述背后，是时代潮流。他们几位导演所透露出来的独立思想力、独立判断力，都是有限的。

到了上世纪90年代以后，中国突然迎来一个思想多元、价值多元的时代。在这样一个时代里面，我觉得，他们的创作开始迷失了。他们找不到一个外在的主流价值来依托，因为主流价值本身被分裂成许多矛盾的、悖论的东西。这时候，有一个主流价值出现了，就是商业。商业变成英雄。整个社会都在进行经济运动，经济生活成了中国人唯一的、最重要的生活，从国家到个人。经济的活动一统天下，而文化的活动、思想的活动完全被边缘化了。

在这样的情况下，制作商业电影、高投入高产出的电影，就变得师出有名。从出发点上它有了很好的借口，这个借口就是中国需要建立电影工业，它有一个工业的合理性，很理直气壮。

于是张艺谋、张伟平他们，摇身一变成为抵御好莱坞的英雄。他们说，如果我们不拍电影，不拍商业大片，好莱坞会长驱直入，中国电影就死掉了。我觉得这是一个蛊惑人心的说法。难道你不拍电影中国电影就死掉了吗？

因为商业上的成功，于是他们的功利心也膨胀到了无限大。可问题在于，当他们进行商业操作的时候，并不是真正意义上市场的成功，从一开始他们就跟行政资源完全结合在了一起。如果没有行政资源的帮忙，我相信，他们不可能形成这样大的垄断，而使中国银幕单调到了我觉得跟"文革"差不多的状况。"文革"还有八个样板戏，还有一些小文工团的演出，而现在一年只剩下两三部华语大片了。

这种集中资源、集中地获得利益，给中国电影的生态造成了严重破坏，大量年轻导演的影片根本无法进入影院。

徐百柯　即使进了影院，实际效果也并不理想。我看到一份统计，王超的《江城夏日》在南京的全部票房只有402元。

贾樟柯　难道这就是事实吗？因为他们控制和掌握了所有的资源，然后回过头来说，哦，你看你们赚不了钱。这里面有很多过往的事例我们可以去看，比如说，《英雄》上片的时候，有关部门规定，任何一部好莱坞电影都不能在同一档期上映。这是赤裸裸的行政权力帮忙。

徐百柯　相当于说，院线还是"公家的"，行政权力可以直接干预院线的商业安排？

贾樟柯　对，他们的利益是一体的嘛！所谓"利益一体"，就是导演要实现他的商业价值，制片人要收回他的成本，要盈利，有关部门要创造票房数字，影院要有实惠。所以，他们的目标空前一致，空前团结。

徐百柯　你觉得这几位导演这样的转变是必然的吗？

贾樟柯　我觉得有必然性。作为一个导演，他们没有自己的心灵，没有独立的自我，所以他们在多元时代里无法表达自我。

原来那些让我们感到欣喜的电影，并不是独立思考的产物，并不能完全表达这个导演的思想和能力，他是借助了中国那时候蓬勃的文化浪潮，依托了当时的哲学思考、文学思考和美学思考。所以你会发现到《英雄》的时候，一个我们钦佩的导演，一旦不依托文学进入商业电影时，他身体里的文化基因就会死灰复燃。他们感受过权威，在影片里我们可以看到，他们对权力是有向往的，对权力是屈从的。所以你会发现一个拍过《秋菊打官司》的导演，在《英雄》里反过来却会为权力辩护。

每个人文化基因都难免有缺陷。我想强调的是，你应该明白并去克服这种缺陷，你应该去接受新的文化，来克服自己文化上的局限性。而不应该当批评到来的时候，尤其是年轻导演的批评到来的时候，把它看作"说同行的坏话"。他把正常的探讨上升到了说我"不地道"，这种讨论已经完全不对位了，所以我不再响应。

张伟平给我回应的五点，我看完也不想再回应。我把他当做一个制片人、一个电影人，但他的响应里面，首先把自己当做一个富人。他说我有"仇富"心态。那么当然，我这些电影上的问题，就没有必要跟一个富人分享了。我们可以谈谈高尔夫，谈谈品牌，我跟他谈电影干吗呀？我对他的响应非常失望。

徐百柯　你有没有一种尴尬，因为你的很多发言，是被放在娱乐版上进行表述和报道的？

贾樟柯　所以我今天专门与"冰点"谈，离开娱乐，在另一个平台用另一种语调来进行讨论。可能受众面积会缩小，但这个讨论不在于有多少人会关注。这个社会有许多既成事实是残酷的，就好像谈到文化价值，《黄土地》当时的观众有十万人吗？我怀疑，可能都不到。但它对中国电影、中国文化产生的影响非常大。

徐百柯　《三峡好人》在北大首映时，你说过一句："我很好奇，我想看看在这样一个崇拜黄金的时代，有谁还关心好人。"这种表达是你清醒姿态下的一种尴尬呢，还是真的困惑？

贾樟柯　我真的有困惑。如果没有《三峡好人》和《满城尽带黄金甲》同时放映，没有这种碰撞，我觉得我对这个环境的认识还是不够彻底。所谓"黄金"和"好人"，我谈的不是这两部电影，而是一个大的文化概念。当全民唯一的生活是经济生活时，这样一种氛围里面，文化生活究竟有多大的空间？经济生活对文化的侵蚀究竟到了何种地步？关于这一点，理性判断和感性认识是不可能同步的。理性上我早就有了结论，但是感性地接受我确实是通过这次发行。所以我才会话越说越多，越说越激烈。

徐百柯　与《满城尽带黄金甲》同一天上映是由于你的坚持，说服了制片人。你是不是把这作为检验你的理性判断的一次机会？

贾樟柯　我开玩笑说是"行为艺术"。就是说，它不是一个商业的决定，如果是一个商业决定，我们不可能愚蠢到这种程度。比如说我们换一个档期，很可能《三峡好人》的收益比今天会好。但既然从一开始大家想做一个文化工作，我觉得就应该做到底。我们想告诉人们，这个时代还有人并不唯利是图，并不是完全从经济来考虑电影工作的。这样的发行，是这部电影艺术上的一个延续。在今天大家都追逐利益的时候,作为一个文化的痕迹,我们想留下来。

徐百柯 你怎么评价这次《三峡好人》的发行?

贾樟柯 我觉得很成功,达到了我们所有的目的。我们希望提出的观点,通过发行过程都讲出来了,不管公众能接受多少,不管它有什么效果。另一方面,观看的人数,元旦前我们的票房是两百多万元,这个数字已经超过去年《世界》的一百二十万元。

徐百柯 也就是说,《三峡好人》的发行,可以不理解为一次经济行为,而是一次文化行为?

贾樟柯 但我也要指出,采用这种方法不是常规,只是偶尔为之。正常的、健康的发行,还是应该使制作的钱有一个很好的回报。这一次是针对"中国大片"这样一个怪胎,不得不采用这样一种特殊的方法来进行一次抵制。不,不是抵制,是阻击。抵制还软了一点儿。

徐百柯 你把这种行为称为"殉情"。但如果你没有海外发行的底气,能这么率性地殉情吗?

贾樟柯 我不知道。不能回避这个东西。如果海外发行不好,或者说还没有收回成本,那么我也不会这样做。因为我也不是什么超人,非要粉身碎骨。

徐百柯 谈谈《三峡好人》的放映情况吧。

贾樟柯 院线放映时,他们首先就预设了这部电影没有观众,所以在排片上,就会给你一个上午9点30分、下午1点这样的场次,来证明你没有观众,然后下片。当然院线的唯利,这是不用讨论的。但是这里面也有一个公共操作层面的不合理性。你像在法国，更商业的社会，但只要它接受这部电影，承诺上映，最起码会在头一个星期给你满负荷地排片，从上午9点到晚上10点，一天五场或六场，在一星期的检验过程里，去判断究竟有没有观众。这是一个正常的检验时间，这个风险是你影院应该承担的风险，既然你接纳了这部电影。

在中国不是这样。他已经认定你没有市场，然后给你一个更没有市场的时间，然后马上告诉你，你没有市场，下片。这里面，商业操作里的公平性就完全没有了。从做生意的角度说，这也是非常霸道的方法。

张艺谋导演曾经很生气地说，"马有马道，驴有驴道"，你不要和我们这种电影抢院线，你应该去建立你的艺术院线。他说的有道理，因为确实是应该有不同的院线来分流不同的电影。但是他说的没有人情，中国有艺术院线吗？我们现在面对的只有一种院线，这个院线从本质上来说是一种公共资源。在今天中国还需要十年、二十年建立艺术院线的实际情况下，你怎么能让我们这些电影去等十年、二十年呢？也就是说，从心理上，他们认为这条院线本来就是他们的，我们是无理取闹。这是多霸道的一种想法！

徐百柯 王朔说，不能让后人看今天的电影就是一帮古人在打架。

贾樟柯 他说得很幽默，实际上谈到一个记忆的问题。电影应该是一种记忆的方式。处在一个全民娱乐的时代，那些花边消息充斥的娱乐元素，可能是记忆的一部分，但它们很多年后不会构成最重要的记忆。这个时代最重要的记忆,可能是今天特别受到冷落的一些艺术作品所承担的。一个良性的社会,应该帮助、鼓励、尊重这样的工作,而不是取笑它,不是像张伟平这样讥笑这份工作。他们发的通稿里面,写着"一部收入只有二十万元可忽略不计的影片,挑战一部两亿元票房的影片"。这些字里行间所形成的对艺术价值的讥笑,是这个时代的一种病态。这种影响很可怕。我曾经亲耳听到电影学院导演系的硕士生说"别跟我谈艺术",甚至以谈艺术为耻,我觉得这很悲哀。现在,似乎越这么说,越显得前卫和时髦。很不幸,这种价值观正在弥漫。

不得不谈的话题

徐百柯 "大片"为自己寻找的合法性之一,是提出要建立中国独立的电影工业,这是一个伪命题吗?

贾樟柯 是应该建立,这个命题不伪。可是,那些人的工作是伪工作。真的工作,首先应从根儿上来说,要建立一个年轻人容易进入到电影工业里来的管道,把那些障碍都拆掉。让电影远离行政权力,真正变成一种市场的运作,不能像现在这样,有关部门自己跳出来帮助一些大片营销。

要建立合理的电影结构。大片再大也无所谓,但是你要有足够的空间留给中型投资、小型投资的电影。合理的应该是金字塔结构,不能中间是悬空的。这样才能有大量的从业人员在这个工业里存活,有真正大量的电影工作者来历练中国电影的制作水平。

你看那几部大片，它们的制作基本上都是在国外完成的，什么澳洲洗印，好莱坞后期制作，跟中国电影的基础工业没什么关系。包括演员的遴选，基本上都是韩、日及中国港台地区的演员，加上一两个年轻新选出来的。所以他们整天叫嚷着要拯救中国电影，实际上对中国电影工业没做任何贡献。唯一有关系的是，货真价实从这块土地上拿钱走。

徐百柯　你本人抗拒拍一部大投资、大制作的电影吗？

贾樟柯　我一直就不太喜欢这种提法。因为实际上，我们不应该为投资而拍电影。比如我准备在上海拍的一部1927年革命背景的电影，就肯定是大投资，因为需要钱去完成这个制作。但不能说，哎呀，我要拍个大投资的，可拍什么无关紧要。这不就反过来了吗？我觉得大投资不应该是个话题，关键是看你想拍什么。它不能变成一种类型，好像有一类电影，叫作大投资，这就本末倒置了。

徐百柯　目前中国的电影氛围里，你认为还有哪些东西是需要纠正的？

贾樟柯　我觉得需要谈到电影分级制度。《满城尽带黄金甲》在美国都被划为青少年不宜观看的影片，为什么跑到我们这儿就可以甚至是鼓励青少年去看呢？问题就在于，一个规定，它总是因人而异的。

徐百柯　作为导演，你用电影来描述、记录、思考和表达这个时代。你怎么看待这个时代？

贾樟柯　我觉得有些地方出了些问题。比如说，青年文化的沦丧，反叛文化的沦丧，完全被商业的价值观所击溃。青年文化本该是包含了反叛意识的，对既成事实不安的、反叛的、敏感的文化，比如上世纪80年代末的摇滚乐、诗歌，我觉得当时年轻人对这些东西有一种天然的向往和认同。这种认同给这个社会的进步带来很多机遇。那是一个活泼的文化。但今天的年轻人基本上只认同于商业文化，这个是很可惜的。今天中国的商业文化，不仅包括大片，它实际上形成了对一代年轻人的影响和改造。说得严重一点儿，像细菌一样。

今天中国人的生活的确处在这样一个历史阶段，可以实现物质的成功，这个开放了很多。在这个过程中，物质的获得变成每个人生活里唯一的价值。好像你不去攫取资源，迅速地获得财富的话，有可能将来连医疗、养老都保证不了。所以整个社会全扑过去了。

徐百柯　你认为有没有可能不经过这样一个阶段？

贾樟柯　有可能的。那就是我们要在经济生活里面注入更多的人文关怀。今天的社会风气鼓励的是掠夺，所以你才会看到电影这种掠夺，比任何行业更赤裸裸。我觉得做房地产的人，都没有谁敢站出来，说我投了多少钱，我要盈利多少钱。盈利本身对他们来说还是隐藏着的、不愿意透露的商业秘密。没有一个行业像电影这样，把我要赚多少钱告诉你，从而变成赚钱的一种手段，并最终被塑造成一个商业英雄，获得人们的垂青。

徐百柯　很奇怪，这种模式活生生就在我们眼前，并且不断被复制，不断获得成功。

贾樟柯 所以回到最近发生的事情。整个这个讨论的过程，并不只是针对《满城尽带黄金甲》和《三峡好人》，也不仅仅针对中国电影，而是针对中国人的文化生活，中国人的经济生活，甚至中国人的政治生活。所以它是一个不得不谈的话题。

原载《中国青年报·冰点》(2007年1月10日)

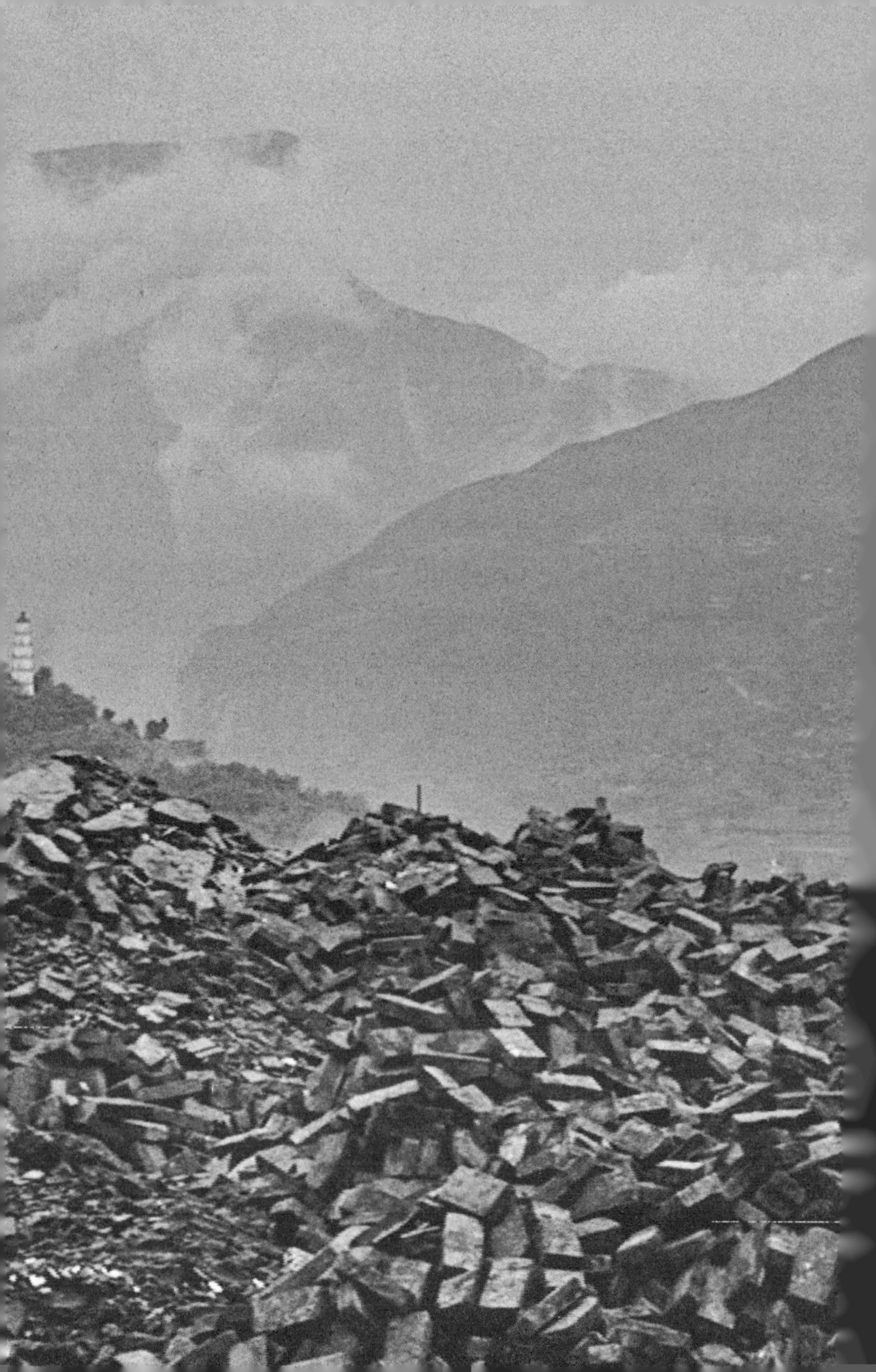

东

2006

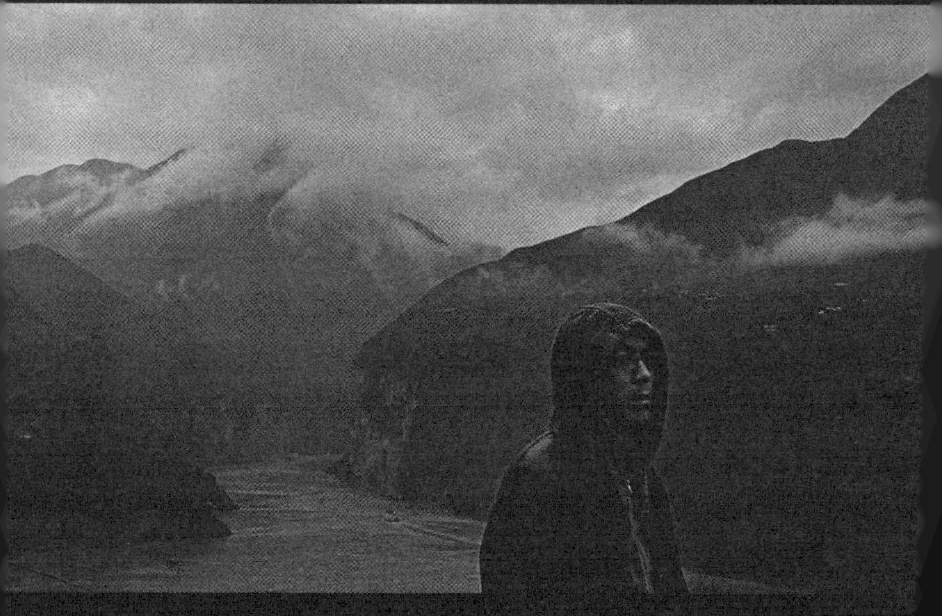

东
DONG
第63届威尼斯国际电影节地平线单元竞赛片
63rd Mostra Internazionale d'
Arte Cinematografica - Orizzonti
出品人：淡勃 周强
贾樟柯作品
By Jia Zhang-Ke
Executive Producer:
Chow Keung Dan Bo

〈故事梗概〉

2005年，中国奉节。

画家刘小东前往三峡地区创作油画《温床》，十一名拆迁工人成为他写生的模特，这座有两千年历史的城市因三峡工程的建设而即将消逝，画家也在与模特的相处中被现实征服。

2006年，泰国曼谷。

《温床》的第二部分在曼谷进行，刘小东请来十一位热带女性为她们写生，炎热的城市让女人们昏昏欲睡，唯有地上的水果鲜艳依旧。画家因体力的付出而渐感劳累，女人们却睁开眼合唱一曲欢快的歌。

两个城市都有河流经过，奔腾向前绝不回头。

〈导演的话〉

带着摄影机跟随画家刘小东进入正在拆迁的奉节县城和炎热中的曼谷，分别面对十二个男人和十二个女人。两个城市相隔万里，但人的状况大抵相似。在漫不经心的拍摄中，我看到了亚洲的表情。

马丁·斯科塞斯——我的"长辈"

1996年第一次去香港的时候,我还在北京电影学院念书,并不知道香港有许多外国导演和演员的译名,跟大陆的差距很大。比如我们叫戈达尔,他们叫高达,我们叫特吕弗,他们叫楚浮。那时在香港独立短片展和余力为刚认识,闲来无事便一起喝茶吃饭,昏天黑地大谈艺术。我们谈了许多各自心仪的导演,他突然对我讲了差不多半个小时对"马田"电影的看法,因为谈得抽象,没有涉指任何一部具体的作品,我听了半天不明就里,便问他马田是谁?原来他说的"马田"是拍《出租车司机》的导演马丁·斯科塞斯,他们翻译成"马田",我一直以为是国内哪个姓马的导演,后来我们大笑,这也算是迷失在翻译中。

在我学习电影的过程里面,马田的一部电影《喜剧之王》在导演技术上对我有很大帮助,那个电影应该是多机拍摄,能在整个切换过程里面,学到一种新的分镜的方法。以前我喜欢场面调度,在现场通过观察空间、想象人物的行为路线来进行场面的调动,以此解释剧情。《喜剧之王》则以人物的动作为分切支点,一个动作多个角度拍摄,多个角度拍摄的动作剪辑在一起,形成了很好的视觉效果。

1996年的时候电影的资讯还很少,人们对大师心怀尊敬并有神秘之感,马丁·斯科塞斯对学电影的学生来说,好像一颗璀璨的星星,高高在上无法靠近。

2002年我带着《任逍遥》参加戛纳电影节。马丁·斯科塞斯是短片单元的评审主席。当时听说他也在那里,就觉得自己那样热爱的一个导演现在竟住在同一个小镇上,或许哪天在街上就可以看到。

有一天组委会请吃饭,突然外面大乱,就见一个矮个子的老人走了进来,很多人跟他寒暄,他的出场像一个总统。我没认出他是谁,他穿过人群寻找他自己的位置。这时我的日本制片在我旁边,突然用胳膊碰我,他说那是"马丁·斯科塞斯"。这时候马丁·斯科塞斯已经走到我们旁边了,我站起来,跟他握手,我说我是中国人,那个时候我发现,在无数的人走过来、无数的手伸向他的时候,他的焦点非常地沉稳,他跟每一个人握手,都会专注地看着对方的眼睛,他会照顾到每一个人。当他看着我的脸的时候,他说"中国""长城饭店",我用英语重复了一句"长城饭店",他解释他80年代去过北京,住在长城饭店,这是我们第一次见面。之后，他很快被人簇拥去做其他的事情了。

从戛纳电影节回来之后，一天我正在家里糊里糊涂地睡觉，突然收到了一个传真，拿起来一看，没有想到竟是老马写来的。他在传真里面讲："我在戛纳见过你，当时场面很乱。结束之后，我的助手告诉我，那个中国小伙子是拍《小武》的导演，我看过《小武》，非常喜欢这个电影，那个时候不知道你是谁，没有和你好好聊天。如果你到纽约的话，下面是我的联系方法，我们可以见一个面。"

机会很快来了，差不多8月份的时候，纽约影展向《任逍遥》发来邀请信，我从来没有去过纽约，就跟制片人周强决定去一趟纽约。周强在纽约上的大学，毕业快十年了没有回去过纽约，他也想去看看。当然我们这次纽约之行多了一个节目，我们可以去拜访马丁·斯科塞斯，要去跟他见面。我们给马丁·斯科塞斯发了一个传真说几月几号放《任逍遥》，会去纽约。很快他回信说，他正在忙《纽约黑帮》的剪辑工作，但他会协调一个时间，见一个面。到10月份，我和周强两个人拖着行李上了飞机。

电影节的活动在林肯中心，肯·琼斯来找我，他是林肯中心的节目策划，写了非常多关于东方电影的文章，是在美国推动亚洲电影非常重要的人物。我们认识是在1999年的旧金山的电影节，他那年当评委，不仅颁给《小武》最佳影片，还把《小武》的录像带给马丁·斯科塞斯，因为他还是马丁·斯科塞斯的助手，所以马丁·斯科塞斯能看到《小武》。他在不同学校交流讲学的时候经常介绍《小武》，包括推荐给斯皮尔伯格。其实在美国商业电影和艺术电影之间没有很多的壁垒，像斯皮尔伯格、马丁·斯科塞斯也是从实验电影过来的。

去他办公室所在的公寓,进了电梯之后,发现电梯里人很多,我和周强都没有说话。同去的还有他的助手肯·琼斯,琼斯个子很高,我仰头看他,他一直在笑我,我有些不知所以。一回头看到马丁·斯科塞斯就站在我的旁边,大家马上笑了起来。那时我觉得我有一些紧张,但这紧张很快在笑声中消失了。

进了他的办公室后,桌子上已经摆了很多点心,我觉得有一点像小时候去看长辈的感觉。大家坐好之后,沏了中国的茶,他说你吃一点,是特意为你们买的。那是些意大利的点心,这时你会觉得我们不是为电影而来,只是来探望一个长辈。他一直冲我们微笑,像看一个孩子,他自己不吃,我们吃了很多点心。我们从《小武》开始聊起,我以为他会从专业的角度进入来谈这个电影,但不是。他说你知道我为什么喜欢这部电影,我说可能我拍摄的人的阶层、人的那个处境,跟你最初拍电影的时候,喜欢拍摄的人一样。他说你只是说对了一半,你拍摄的这个人非常像我的叔叔。他说:"叔叔是在意大利街区工作的,有一年假期我跟他说我要挣钱,他说你第二天来办公室吧。结果他给了一张写着地址的纸,发了一把枪给我,说你给我去追债,把钱拿回来。"马丁说他当时拿着枪都哆嗦,幸亏没有去,如果去追债的话,可能美国就多了一个黑帮,少了一个导演。他说小武这个人好像他自己的叔叔,看到王宏伟在电影里面晃来晃去,就好像看了他的叔叔一样,特别亲切。

做导演太久了,很难变成一个普通的观众,但马丁没有。他跟你谈电影，没有谈调度怎么灵活、结构怎么样。他只说他的叔叔，只说他的往事，我觉得他可以全身心进入电影，又可以从电影出来，就像一个得道的老妖怪可以随意畅游。

谈话的中间突然有送快递的人进来，交给他一个邮包，打开之后是加州大学的学生寄给他的作业。我问他教书吗，他说不教书，我问他那为什么有学生来信，他说我这里是公开的，谁都可以寄作品来。我非常感动。我自己刚拍短片的时候多需要人帮助啊。他非常严肃地跟我说，你不要以为是我帮助他们，其实我帮不了他们什么，是他们在帮我。我每次看到这些学生的作品，就可以知道我有多老，我是上个世纪的人，他们做的是新的电影，他们教我知道什么是新的电影。此话一出屋里变得非常安静，每个人都被他的话感动。

短暂的沉默之后，他说他准备去剪接，要肯·琼斯陪我参观他的电影资料库，他有几百个电影拷贝的收藏，三十五、十六毫米的拷贝，LD、VCD、DVD、VHS录像带都有。横跨了很长时间，我看到布列松的、伯格曼和安东尼奥尼的拷贝，我问肯·琼斯：他看吗？他说：经常看。之后我们去他的放映室，助手说他会抽时间在这里看他喜欢的电影。我看到这些，心想将来一定要印一个《小武》的拷贝送给他。

他的工作环境，以及整个办公室的结构，会让人感觉他整个人都生活在电影中，这里不是一个抓经营的办公室，而是一个制作车间，是一个热爱电影的淘气孩子的玩具室。参观结束，马丁也准备好了他的剪辑工作，有一个老太太在那里和他一起工作。

他介绍她是从70年代拍短片一直合作到现在的剪辑师，一会儿又进来一个男的，有点像司机，马丁又介绍说，这是我一直合作的编剧，我们从《纯真年代》开始合作。他有自己的一个电影团队，都是老友，风雨几十年的搭档。他们不是简单的雇佣关系，他们是艺术上的合作者，是在艺术上可以互动的同事，同时又像是家庭成员，非常多的感情因素在里面。

我们在剪辑室里看他工作，他在剪辑开场打斗的场面，他突然停下来对我说："我昨天看了《战舰波将金号》，我有很多疑问，我要问爱森斯坦。"说完了后他继续他的工作。他工作的背景是整个电影历史，不但有当代电影，还有20年代的默片，你会觉得他工作的参照系是全人类完整的电影经验。我一直在看，看他怎么跟工作人员交谈，他们非常默契。差不多过了一个多小时，觉得占他时间太久了，就和他告别。大家一起走出办公室，在我上电梯的时候，他突然招手，我走近他，他跟我说了一句话："保持低成本。"然后转身回了办公室。

坐电梯下去的时候，大家谁都没有说话，每个人都在想他说的这句话。其实所谓保持低成本，他的意思是坚持一种理想，一种导演的自由，一种创作的方向。强调保持低成本，也是他正在面对的困境，当时他的那个电影投资一亿多元，投资公司要求他们将片长剪短，他们之间发生了一些争议。这句话是他对我的鼓励，也是对他自己创作困难的表达。突然间我的心里又多了一些对这个老人的怜惜。

原载《生活》第三期（2006年）

每个人都有贴近自己身体的艺术（对谈）

对谈：刘小东、贾樟柯
采写：邓馨、王楠

刘小东，著名画家，擅长用现实主义风格来表达对当下人的命运和生活状态的关注。80年代末起应邀参加很多国内外的重要展览，作品被中国美术馆、上海美术馆、美国旧金山现代美术馆、日本福冈美术馆、澳大利亚昆士兰美术馆等收藏。

2002年年底，刘小东去三峡旅游，看到正在搬迁的三峡县城，即萌发了创作的想法。2003年创作了第一幅关于三峡的油画作品《三峡大移民》（200cm×800cm），2004年他在《三峡大移民》的基础上，创作了《三峡新移民》（300cm×1000cm）；2005年下半年，刘小东和贾樟柯相约共赴三峡，分别创作了油画《温床》和以刘小东为主角的纪录片《东》，以及计划外的一部电影《三峡好人》。

人性之美

邓　馨　刘老师曾经去过几次三峡，这次去了哪里，与以往感受有什么不同？

刘小东　我们这次去了奉节县城，老县城也都快被淹没了。我两三年前走过的地方，现在已经认不出来了。

贾樟柯　奉节现在还剩大概四分之一吧。

邓　馨　三峡工程已经开动几年了，经历家园的变迁，那里的人过得怎样？

刘小东　那里的人们没什么变化。以前是什么生活状态，现在依然是那样子。中国人到哪儿都一样。不管我去西藏、去喀什，还是在三峡小县城，那里的人和这里的人也都一样。只是以我们的生活标准来看，他们的日子确实太苦了。

王　楠　可是您画面上的人物呈现出来的还是很平和、温馨、细腻，甚至有点"小满足"的精神气质。

刘小东　其实我喜欢在艰苦的环境中找乐观的、开心的人和事来画，不愿意找苦的。什么样的事物都有它美好的一方面吧。

邓　馨　这一点好像和贾老师有点不同，贾老师作品似乎总是透着一点苦涩味道的。这次是什么原因促成了你们的合作？

贾樟柯　拍这个片子首先不是因为三峡，而是小东要去画画，于是邀我去拍纪录片。本来我就好奇他工作状态是怎样的，他到那里是如何展开工作的，他是如何面对他画里的人的。我从来没有去过三峡，但是第一次看到他关于三峡的画的时候就特别喜欢。对那个地方也产生了兴趣，于是就与他一起去了。

邓 馨 能形容一下拍摄的背景吗？

贾樟柯 这个纪录片就是围绕他画画这一事件来表达对这个地方的感受吧。小东选择这个地方有他的理由，它正在消失，一切都是变化着的，今天这个人在，明天这个人可能就不在了，他可能就去世了，或者离开了。所有这些都在流动变化着。小东创作的时候基本上是在奔跑，比如说与光线比赛，他选择画画的地方的后面有一个楼，如果不快画阳光很快就被它遮挡住了。在工作现场的时候，我逐渐地进入所谓画家的世界里了。

邓 馨 无疑这次合作使您对他艺术和内心的理解又加深了一步。谈谈感受吧。

贾樟柯 最终他让我感动的不是他选择三峡这样一个巨变的地方，而是对生命本身、对人本身的爱。在小东那里，他所面对的，是同一个身份的人——搬迁工人。他表达的，是一种只可以在这个特定人群身上呈现的美感。你会感觉到他心里装满了对他画笔下人物的感情。这是这次三峡之行最令我感动的地方。以前我也拍过别的题材的纪录片，但是都没有对人这样爱过。我觉得这可能是受和他一起工作时心态的影响。于是我之后又拍摄了一个故事片，这完全是计划之外的，和以前的作品相比改变也很大。这也是在我拍他画画过程中萌发的一些感想吧——不管人在怎样的环境中,造物主给予人的身体本身是美丽的。

我也算一个美术的发烧友,我一直想发现他绘画世界里的"秘密"。现在回过头来看他的一些画,会发现他有一个延续不变的闪光点,那就是每一个画面里的人都有着只属于自己的生命之美。用"写实"啊、"现实主义"啊等等这些词都不能概括他作品的意义。他有着一个最直接的,对对象本身、对生命的爱在里面,非常自然,非常原始。在今天这样一个被包装得失去本色的社会里是非常难得的。我的纪录片叫《东》,用的是他名字里的一个字。也暗喻我们所处的一个位置,一种态度。

邓　馨　《东》的结构是怎样安排的?

贾樟柯　影片里面非常开放,暗藏了他"作画的现场"、"他自己的思考"、"他自己的交往"三大部分。

作品之外

邓　馨　为什么会选择三峡来作为画画的地点?

刘小东　我总是害怕——自己觉得好像成了点事儿,然后就变得娇气起来。所以我总是愿意往下面跑一跑,让自己变得不重要一点,不那么自以为是一点。艺术家只有跟当地的生活发生某种关联,创作出来的东西才可能更新鲜,更有力量。假如不去三峡,我也许会去其他类似的地方。在北京被很多人关注着,身为画家,自己感觉还有点用,展览、采访、出书……而当我面对三峡,面对那些即将被淹没的小县城时,你会感觉自己一点儿用都没有，虚荣的东西没有一点意义。这个时候你就会重新思考许多问题。当艺术总是被当成神圣的殿堂里面的精致品一样被供奉着，那人会变得空虚。而在三峡那里，艺术品还没有一个床垫值钱呢！还没有一个床垫对人家更有用呢！我们改变不了任何事情，对人家形成不了任何影响。我想把自己往低处降一降，不要把自己太当回事了。

王　楠　去三峡只画了一张《温床》？

刘小东　对。作品长十米，高两米六，我画了十一个农民光着膀子、穿着短裤坐在一个大床垫子上打牌，背景是长江和山。

邓　馨　《温床》画幅巨大，创作现场如何控制？

刘小东　它是由五张拼起来的，一幅一幅地画，不打小稿。画大写生有意思，和小的写生不一样。小的写生可以将当时那一刻完全记录下来，但是画大画是不同的，你画人的同时，风景已经过去了。我就像跑一样地在作画，和时间赛跑。我觉得写生是画画最快乐的方式。

邓　馨　纪录片《东》和油画《温床》实际上是一个完整的作品。就像三峡大移民这样宏大的背景和题材，也许是一个画面上不能完全表达出来的。

刘小东　画面承载的内容永远是有限的，其实我几次去三峡创作，表达的无一不是我对三峡人命运的关注和感受，而不仅仅是对现实的描绘和记录。当然通过影像的力量会使这个作品更加充实丰富起来。

对三峡的感受

邓　馨　这次的三峡之行给了你们什么具体的感受？

贾樟柯　非常自然就合作了。基础也就是所谓艺术观点，所谓对作品的感受。但是更多是对人类的亲近。为什么喜欢人？面对这些人应该用怎么样的方式去表现他们的生活状态。生活在三峡的人们，经济、生活条件都比较差。人们依靠那条江生活，搬迁后，以后的生活也许就没有着落了，但是具体到每一个人，却发现幸福又不能完全用钱来衡量。我们接触一些人，他们生活还是很主动，他们没有太多的忧郁、痛苦、彷徨，人家活得也好，挣一块钱高兴，挣两块钱也高兴，真的挺好。

我们整个摄制组回来以后，很多人都不像原来那样喜欢北京了，觉得这是一个有点虚妄的地方，以前觉得去酒吧玩挺好，现在觉得都没什么劲了，对可以支撑幸福感觉的物质的信心一下子减少了许多，所以很多人非常怀念在三峡时的感觉。找到最初始的快乐，这个过程最重要。比如将来这个片子发行如何，多少人喜欢它，能在多大范围里传播，我不会太在意。因为主要的快乐已经过去，就像生孩子，一个生命你很珍惜，你看着他自己长大很高兴，但是最初的爱情，生产过程是最怀念的。我回来以后，发现自己变得很稳健，觉得其实生活对你够好的了！

刘小东　我也有这样的感受。在三峡，个人是不能完全掌控自己的命运的。自己到了那边，通过画面，借景借人很自然地表达出了自己内心的那些感受，映射心理和命运的问题。

关于电影

王　楠　您曾经在贾导演的电影《世界》里面客串过一个角色，原来也有过参加电影拍摄的经历。看来您对电影确实十分感兴趣。

刘小东　我觉得从事影视艺术的人都比较有趣。他们的思路普遍很活跃，总是会有一些新奇而且生动的想法，所以我喜欢和他们在一起。但是真正去拍电影实在是太辛苦了。贾樟柯拍电影从早上5点一直拍到凌晨3点。他确实是太喜欢这个职业了，换了是我早就崩溃了。因为他要处理的不仅仅是艺术的问题，有太多的主意需要他来决断。

贾樟柯　这是一个系统的工作，需要一个团队合作完成，一个人独立完成不了。我要和很多人打交道，一直在做各种各样的决定。而画画就比较自由，时间与形式更多是自己可以控制的。

邓　馨　你们艺术作品有一个共性，就是都立足于平民老百姓的具体生活。

贾樟柯　我电影中的人，都是走在街上的人。和小东画里的人有相似的地方，都是最平凡的普通人。但是他们有他们的美，那是种人与生俱来的美。那美是可以感动许多人的。

邓　馨　我在贾导演的一个访谈中看到这样一段话："我一直反感那种油画般画面的电影，一张美丽的躯壳使电影失去本体之美。关于空间造型我想说的是，电影画面最重要的是物体质感和情境气氛,而不是绘画性。"认识这一点让我这个学过油画的人颇费一番周折。你可以解释下这段话的意义吗?

贾樟柯 因为中国电影有一段时间评价一个影片视觉造型好坏的标准之一是,拍得像不像油画,这是非常好笑的。并不是说我不喜欢油画,但是电影的画面处理和绘画的画面处理完全不一样。电影的画面是连续的,有叙事的顺序问题在里面。拍得像不像油画,这不是电影的评价标准。即使电影存在着油画之美,也不是真正油画的美学概念。就好像,中国电影里很难看到像弗洛伊德油画那样的人物形象,因为在大部分人眼里,那不是美的,虽然弗洛伊德是举世公认的绘画大师。

邓　馨 张艺谋导演最近的作品非常强调造型色彩绚烂夺目,视觉上的美感被着重地凸显了出来。对此评论界褒贬不一。您怎么看?

贾樟柯 就像风景画和肖像画相比较,本身很难比较出好坏,但是无论什么画都会有品质高低之分。好的品质的东西被接受、赞扬是理所当然的事情。这个时代也确实需要工业电影。我对精彩的工业电影和导演还是很尊重的。只是我的电影里更多一些的是我个人的习惯。我并不认为生活是很快的,它有很多慢的镜头,电影里要带有人的色彩,对世界的观察。

我觉得在商业电影里也应该有一些本土的味道。武侠电影其实它的本土色彩很强,但是现在的许多武侠电影却似乎将这个忽略掉了。电影中的人物可以是中国的,也可以换成外国的。这个一句话说不清楚,但是我觉得要有一些导演做这个事。大众趣味是一个很危险和诱导人的东西，而人们往往习惯认为大众的就是合理的。

邓　馨　那您做的电影纯粹是您个人的感受吗？

贾樟柯　不能说是我个人的，应该说是带有我个人的色彩。我一直觉得生活或者生命的本质里没有那么多事件，为什么一定要在电影中浓缩那么多事件？可能有的电影就是状态性的，那也是很有意思的。

其实电影太简单了，你是什么样的人就拍什么样的电影。拍电影的方法就是观察世界的方法。

关于幸福

王　楠　他的画有什么地方最吸引您？

贾樟柯　小东的画，这些年也在变，但是不管怎么变，都能找到人最有意思的状态。换句话说，他总能把握住时代里面最精神性的东西。这不是每个人都有能力把握住的。如果看他没有变，那就是他的角度、立场、趣味没有变，但他能随着时代找到新的东西。这是对人的生命力最有力量的把握。比如有一幅画，画的一个晨练的人在踢墙。这样一个事，我们每天都能遇到，日常的某些看似简单的时刻成为他绘画的描绘之后，会让你发现，原来那么有诗意。

邓　馨　画家应该是很有诗意是吧？

刘小东　我觉得画家应该是诗意的，从我个人来说，我是崇拜诗人的。在我心目中,诗是高境界的作品。诗人在我这里理解是不一定会写诗的,但他应该是思想广阔不受约束和确定的人。

贾樟柯 其实每个人都有诗意。可能用画画出来,用歌唱出来,用舞蹈跳出来……艺术没有诗意是很难想象的事情,最起码有诗意的时刻,比如太阳落山了,你突然有一种说不上的感觉,这就是一种诗意。每个人都能捕捉到。

我原来写诗,写得特烂;去画画,画得特烂;最后拍电影去了。每个人都有贴近身体的东西,有时候艺术不是你去选择的,而是血液里更接近什么。高中我猛写诗,我们印了三本诗集,后来写小说,再后来拍电影,我觉得还是电影和我最接近。

王 楠 在不同的时代您都会找到符合那个时代的精神性的东西,并在您的理解下完成一批作品,在这个时代您追求的是什么?您容易被什么吸引和感动?

刘小东 我会被很多事情感动。最近我特别喜欢发呆,很懒。有可能是前一段时间太累了。发一会儿呆再画一会儿,困了就睡一觉。这样心里会静下来。就像写书法的人,心情很乱的时候,写写字就静心了。

王 楠 您觉得怎样才是幸福的?

刘小东 如果待着也不觉得是虚度年华,那么我觉得现在对我来说,待着就是幸福的。即使踏踏实实地在家里看看电视剧,我觉得那都是一种幸福。现在杂事特别多,每天有两件事我就觉得很乱了。画变成了奢侈品是让我觉得焦虑的一个事儿,但是这又不是我来决定的。想想画画,它本质上是反物质的。可是现在我也是一边享受着物质,一边画画,这很矛盾,也让我有焦虑感。

　　回忆昨天都比今天快乐。当年穷,但是过得很高兴,用电炉子做饭的时候也觉得挺香、挺幸福的。现在有条件讲究了,反倒惹了不少麻烦。其实讲究品质是一个很恐怖的事。今天发生了一件事:我前一阵子买两把古董椅子,特意运到上海修理,然后再运回来,结果一打开箱子,椅子摔碎了。我很恼火。后来想想这件事自己悟出一个道理:不能太追求精致的生活品质了,当精致的生活里任何一个环节出现了哪怕一点儿小问题,心理都会承担不了。就因为你追求这个东西了,它碎了就伤害到你了。画画能解脱生活的烦恼,下午画了几笔画就把这事忘了。我也想追求点高品质的物质生活,但一追求却惹了不少麻烦。幸福的感觉不是简单地用钱能找到的。

原载《东方艺术》(第3期)2006年

找到人自身的美丽(对谈)

汤尼·雷恩、贾樟柯

汤尼·雷恩,英国著名影评人、电影节策展人及作家,因对东亚电影的深入研究和人脉关系,成为中、日、韩、泰等地影人通往西方世界的一道窗口。著有关于铃木清顺、王家卫和法斯宾德等导演的研究专著。

汤尼·雷恩(以下简称"汤尼") 是什么让您决心接受刘小东的建议前往三峡大坝地区?您以前去过那里吗?您到了之后,对当地有怎样的感受?

贾樟柯 在我拍摄这部电影之前,从来没有到过三峡地区,有关这里的一切,都是从媒体上了解到的。起先人们讨论要不要修建大坝,当大坝真的开始修建以后,人们开始谈论移民的问题,环保的问题，文物保护的问题，但这一切并不能阻止工程的进展，三峡库区那些拥有两千多年历史的城市在两年的时间里相继被拆掉。当旧的城市逐渐被淹没，几百万人口被迫移民，远走他乡之后，这里刹那间变得安静。

当一切变为既成事实，就连媒体对这里也失去了往日的热情。那些沉默的当地人独自承担这浩大工程带来的后果。当我带着摄影机来到这里的时候，长江边上旧县城的拆除已经接近尾声，但远处山上的新县城还未完工。这里的现实让我恍惚，望着拆除后的废墟和即将湮没的土地，再抬头看远处高耸云端的新城，真不知道是浩劫刚刚过去，还是希望刚刚开始。我毫不犹豫地答应了小东一起去三峡创作的邀请，我非常喜欢他的作品，能和他一起在同一个地区用不同的方法处理同一个题材是一件让人兴奋的事情。

汤尼 您同时拍了一部电影和一部纪录片，两者之间有怎样的联系？您希望这两部片子同时上映吗？

贾樟柯 我热情地建议观众能够同时观看这两部影片《东》和《三峡好人》。起初的计划只是拍摄纪录片《东》，但随着纪录片的拍摄，我开始对这里的生活充满了想象。这里的人们生活得非常主动，他们把找工作叫做"找活路"，他们坦然承认生活的困难，并因此爆发出生命的活力。任何生存的困难都掩盖不住生命本身的美丽。在拍纪录片《东》三峡部分的时候，看着取景器里那些匆忙来去为生活奔走的人们，突然开始想象他们走出画框后的生活，那些沉默的人，有太多压在心头不轻易向人言表的故事。于是，就开始同时拍摄故事片《三峡好人》。纪录片里面出现过的空间同样会出现在故事片里，而故事片里的角色也同样是纪录片里的人物。

汤　尼　刘小东画了两组画，一组画四川的男人们，一组画曼谷的女人们。您的电影《三峡好人》分为两部分，前半部分讲一个男人，后半部分讲一个女人。这是巧合吗？

贾樟柯　这完全是一个巧合，或许我们都受中国哲学的影响吧，在中国文化里，世界是由阴和阳构成的，男和女分别代表阳和阴，这也是东方艺术的美学基础。在拍摄《东》和《三峡好人》的时候，我突然重新关注到生理状态的人，那些拆迁工地布满汗水的男人身体，曼谷潮湿的空气中呢喃唱歌的女性，他们都让我重新认识到人自身的美丽，而之前我的电影比较关注社会关系中的人。我没有让三峡好人男和女的部分交叉，是因为我觉得以前人和人之间的交叉关系非常多，现在人越来越自我也越来越孤独，一个人很难接近另一个人的真实生活。

汤　尼　您是否追求中国的现代视觉艺术？您认为视觉艺术家和电影制作人所关注的东西是否有重叠之处？

贾樟柯　我一直希望中国电影能成为中国当代艺术的一部分，保持新鲜的创作活力。数码技术进入中国之后，使一部分中国电影能够挣脱工业体制的束缚，获得自由的创作空间。影像艺术和传统电影之间的界限逐渐变得模糊，甚至出现相互的重叠。我觉得每个时代，每种艺术都需要反叛者，尤其是在商业文化全面影响中国人的今天。这是我的第四部数码电影。

汤　尼　刘小东说他能够看出,在您的电影中,有部分驱动力来自性欲。您这样认为吗?

贾樟柯　或许我的电影是没有性场面的性电影吧。

汤　尼　对您而言,拍电影和拍纪录片有什么重要区别吗?

贾樟柯　对我来说,故事片更容易拍到存在于人际关系中的真实,纪录片中的人物刻意回避的生活正是故事片容易表达的内容。相反,我在纪录片中更喜欢关注人的状态,他们走路的姿势,寂寞风景中突然传来的声音,发现和表达那些生活中抽象的部分,是我拍纪录片的乐趣。当然拍纪录片也有区别于故事片的乐趣,在自由自在的拍摄中,更容易让我体会到电影最原始的魅力。

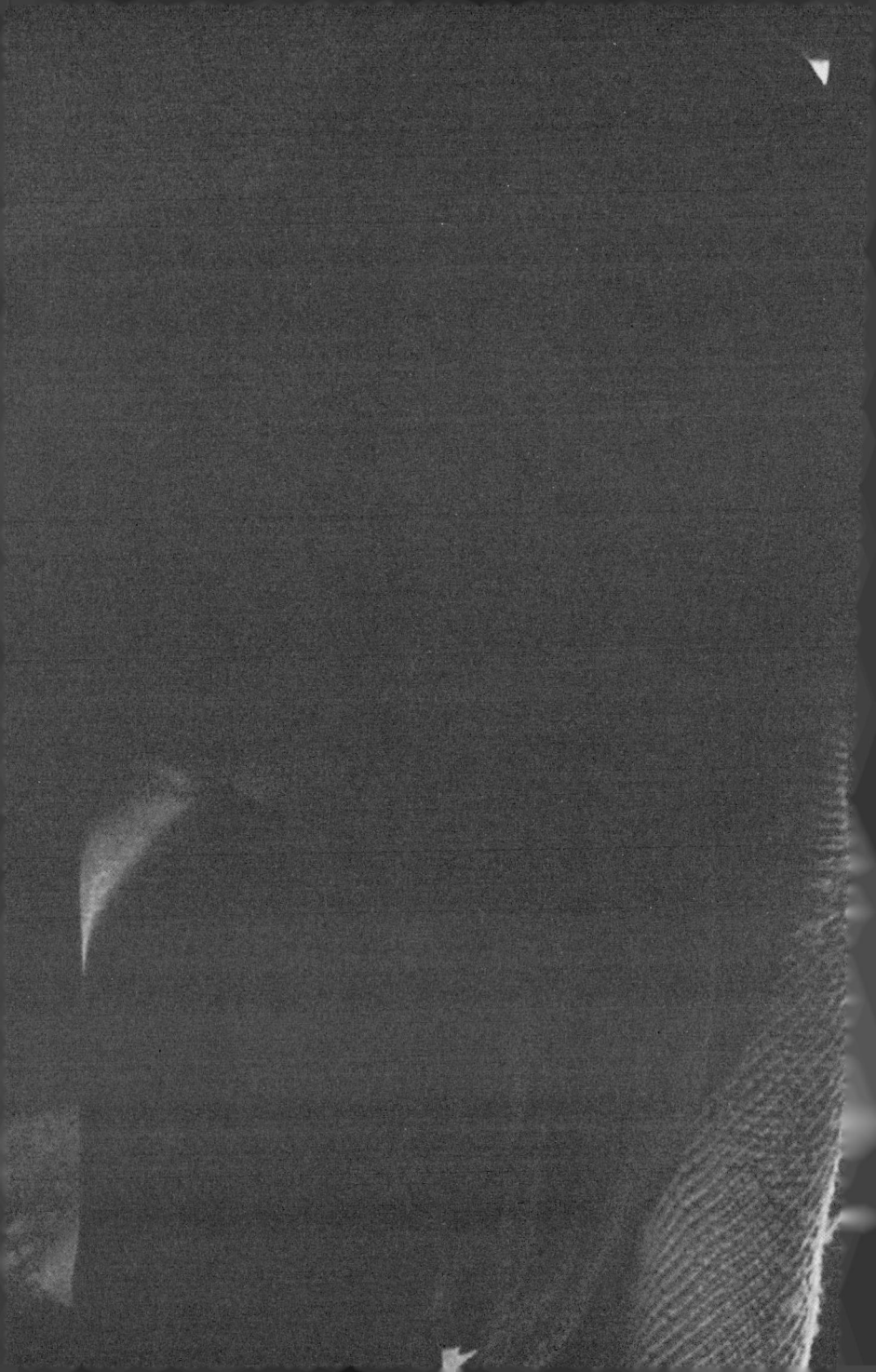

无用

2007

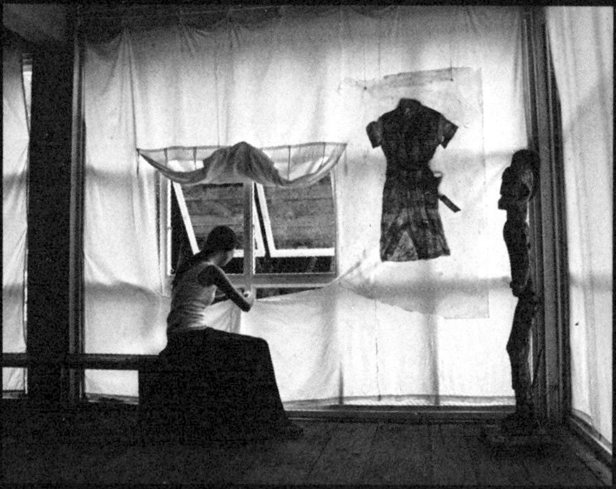

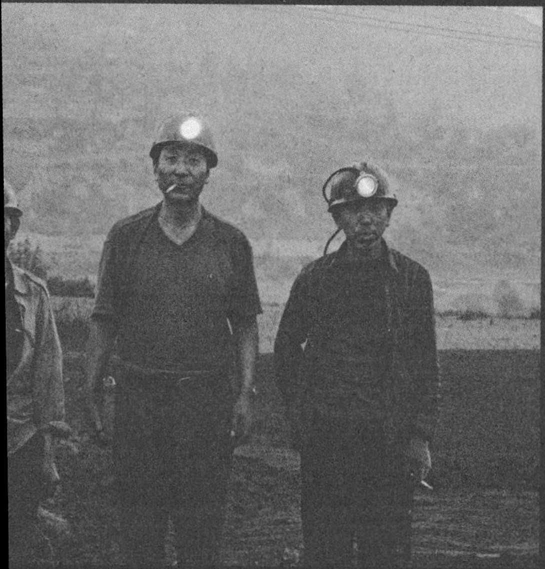

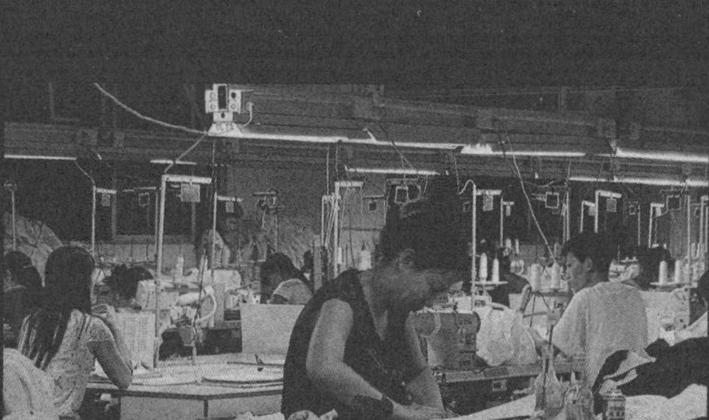

〈故事梗概〉

闷热的广州,电扇将铁丝上挂着的衣裙吹起,缝隙间露出服装女工的脸。在缝纫机巨大的轰鸣声中,日光灯下的工人显得无比安静。那些即待出厂的衣服不知将会被谁穿起,流水线旁每一张面孔的未来都不够清晰。

冬季的巴黎,广州服装设计师马可带着她新创立的中国品牌"无用"参加2007年巴黎冬季时装周。她把她的服装埋在土中,让自然与时间一起完成最后的效果。她喜欢手工制作所传递的情感,厌倦流水线的生产,变成一个不喜欢时装的时装设计师。

黄土满天的山西汾阳,遥远矿区的小裁剪店偶尔有矿工光顾。他们来缝缝补补,顺便聊几句家长里短。夜幕中的矿灯与手指间的烟头闪烁着同样的寂寞,手中的塑料袋装着刚缝补好的衣服也装着一丝温暖。

〈导演的话〉

沿着服装提供的线索,在不同的三个地区拍摄,可以发现同一个经济链条下不同人的现实存在。衣可以蔽体,衣可以传情,衣也可以载道。衣服,紧贴我们皮肤的这一层物,原来也有记忆。

当我们赤裸的时候,没有阶级区别(对谈)

汤尼·雷恩、贾樟柯

汤尼·雷恩(以下简称"汤尼") 请解释这个电影计划的起源。

贾樟柯 《无用》是我艺术家三部曲的第二部,在去年完成第一部、关于画家刘小东的《东》之后,我决定拍摄以女服装设计师马可为主要人物的纪录片《无用》。1989年之后,中国知识分子再次被边缘化,公众也逐渐失去了对精英知识分子的兴趣,关于中国社会的严肃思考变成了极其封闭的小圈子话题,中国人民全心全意进入了消费主义时代。与此同时,中国当代艺术奇迹般地保持了足够的活力,大多数艺术家都以各自的方式,保持了对中国社会持续的观察和长时间的思考。显然,他们比一般人对社会的认识更有洞察力,我一直想把这些艺术家的工作,他们具有前瞻性的思想通过电影介绍给公众。这样便有了拍摄艺术家三部曲的想法。

当时马可正在她位于珠海的工作室，为在2007年巴黎秋冬时装周上发布她名为"无用"的系列服装做准备。她的作品超出了我对服装的认识，并且我惊奇地发现，马可的"无用"，竟然能使我们从服装的角度去关照中国的现实，引发出对历史、记忆、消费主义、人际关系、行业兴衰等一系列问题的思考。也让我有机会以服装为主题，在对整个服装经济链条进行观察时，面对了不同的生命存在状态。

汤　尼　在某些方面，《无用》是对于你的故事片《世界》的回应，比如说，它把中国放到全球眼界里的方式。它似乎巩固了你作品的转变——从地方的、以山西为根据地、并把焦点放在个体或小群体的故事，转到更大的故事里，并带有很多角色和一个更宽广范围的参考。你是这样看吗？

贾樟柯　《世界》以后，我越来越喜欢用一种板块的结构，在一部电影中表现不同的多组人物，或者去跨越不同的地区。比如《东》里面，画家刘小东连接起了中国三峡和泰国曼谷两个相隔遥远的亚洲区域；《三峡好人》里面，在同一个地点三峡，分别讲述互不关联的两个人物故事。在我看来，今天再用单一封闭的传统叙事，比如一对男女主角，在九十分钟之内贯穿始终地完成一个完整的戏剧，很难表现我在现实生活中感受到的那种人类生活的复杂和多样性。今天，我们往往有机会同时生活在互不关联的多种人际关系，或者游走在不同的地域空间之中。我们在对不同的生活、不同的人际关系、不同的区域进行对比和互相参考中形成我们新的经验世界。或许这是由互联网、卫星电视、便捷的交通带来的。的确，在中国，人们只了解一种现实的封闭时代结束了。在《无用》中，马可因为反叛服装流水线的机器生产，产生了"无用"的创作；在山西，遥远矿区的裁缝店因为广州大型服装加工厂的存在而日渐凋零。广州的服装流水线，巴黎的时装发布会，山西的小裁缝店被一部电影结构在一起，彼此参照，或许才能看到一个相对完整的事实！

汤　尼　在片子里每个镜头都是仔细地构造的，而且整体结构也仔细地被考虑过。这让这个片子与纪录真实电影（cinéma vérité）的传统——固有地基于观察和不介入，相对地无特定结构——有着很大的不同。你自己怎么看这个影片？是为"摆拍的影片"？或它主观地"抒发自己观点"？与你的剧情片有何不同？

贾樟柯　我尽量使自己的拍摄处于一种自由之中，在拍摄现场，我会迅速找到一个合适的位置，特别是一个合适的距离去观察我的人物，这种恰当的距离感会使我们彼此自在，舒服，进而在时间的积累中，捕捉到空间和人的真实气息。甚至会和被拍的人物形成一种默契的互动，完成摄影机运动和人物的配合。这样看起来会像是经过摆拍的剧情片一样。同时，我也不排斥纪录片中的摆拍，如果我们感受到了一种真实，但它没有在摄影机前发生的时候，为何我们不去用摆拍的方法呈现这种真实呢？对我来说，纪录片中的主观判断非常重要，因为摄影机越靠近现实有可能会越虚假，需要我们去判断和感受！

常有人说我的剧情片像纪录片，我的纪录片像剧情片。在拍故事片的时候，我往往想保持一种客观的态度，并专注于人的日常状态的观察。在拍纪录片的时候，我往往会捕捉现实中的戏剧气氛，并将我的主观感受诚实地表达出来。

汤　尼　在您拍这个电影之前，您对于中国服装产业、服装设计和巴黎时尚世界知道多少？对你来说这是否是一次探索旅程？

贾樟柯　在拍摄《无用》之前，我对整个服装世界几乎一无所知。这是一次丰富我自己经验世界的拍摄，的确是一次打开我个人局限的探索之旅。最近几年，"时尚"成为中国使用率最高的词汇，新的富有阶层热衷于追捧LV、阿玛尼、普拉达这样的名牌，很多人在消费这些品牌的国际知名度和价格，并非欣赏一种设计。很多年轻人超出自己的收入范围去购买这些品牌，这种消费的狂热背后标志着在中国财富成为衡量一个人社会价值最重要、甚至唯一的指标。拍摄《无用》帮助我通过观察服装，将我的焦点放在中国的经济活动上。进入90年代，经济生活几乎成为中国人唯一的生活内容。和马可的"无用"一样，这部影片也不可避免地面对了目前盛行的消费主义，而在这方面的反省，我们的整个文化显得非常力不从心。在中国，时尚和权力有种密切的共谋关系，追逐不断推出的新品牌和不断抹杀历史记忆之间，有一种暧昧的关系，需要我们去追问。

汤　尼　你建构这个影片时，用了长的连续情节去描述在中国相对低度开发的地区，而且把焦点放在工人的生活水平和健康问题上。你是否意识到这些连续情节结构和影片的主体有一种辩证的关系？

贾樟柯　在中国文化中,"衣食住行"被认为是人类最基本的四种物质需求,当马可的"无用"超出服装的实用功能,直接承载精神信息的时候,基于对服装的全面观察,让我不能忽视服装"有用"的一面。在中国大片的欠开发地区,大多数普通劳动者对衣服的诉求仍然仅仅是遮衣蔽体,在这一点上,通过"衣服"作为一个中介,让我有机会将服装和中国最基层的社会情况建立密切的联系。我想通过服装作为一种观察社会的角度,最终面对的还是人的生存状况。

汤　尼　你介绍马可的时候,为什么用她和她的狗的场景,而且特别是那条狗正哺乳它的小狗?你对于马可希望做"无用"这种手工造的衣裳(与工业大量生产的衣裳对立)和去紧挨自然有何想法/感觉?

贾樟柯　在马可位于广东珠海的工作室,给我印象最深的是大量的绿树和那几条自由散步的小狗。我想在中国迅速城市化的背景里,马可将她工作和生活的中心搬到城市之外,投入到大自然中,从某种层面上表明了她的文化立场。在"无用"的创作理念里,对记忆的珍惜,对时间积累带给人的心理感受的重视,给了我极其深刻的印象。"无用"本身有一种对中国快速发展、对速度本身、对以发展的理由抹杀记忆及过度浪费自然资源的质疑和反叛。

汤　尼　你的影片是和关注衣服一样地去关注身体。你倾向于身体穿衣还是赤裸?你对于这件事的想法是否在某些方面受到你与刘小东最近合作的影响?

贾樟柯 的确是在与刘小东合作《东》之后，让我电影中的人物除了处于人际关系之中，是一个社会的人之外，还是一个自然的人。衣服除了是人的一种内心表情之外，紧贴我们皮肤的这一层物，好像也成了划分人的阶层的标志。但，当我们赤裸的时候，没有阶级的区别，只有人的美丽和肉身的平等！

是剧情片，也是纪录片（对谈）

对谈：蔡明亮、贾樟柯
整理：谭争、邹欣宁

      蔡明亮，马来西亚华人，台湾电影工作者。1994年，因《爱情万岁》获威尼斯电影节金狮奖。蔡明亮作为华语影坛独树一帜、风格鲜明的导演，其电影多反映个体生存的孤独寂寥，以及人与人之间的疏离与隔膜。

"夹缝一代"的导演养成

蔡明亮 我觉得我们两个人拍电影的概念、态度不能说完全不同，路线接近，都不是商业导向，对电影的想法都跟主流市场不太一样。

      我对你的作品的印象是，状态、气味都与我在马赛影展看到拍《铁西区》的王兵有些近似。我指的是，中国这一辈年轻导演都会面临整个中国都在改变的问题，随着经济社会政治改变，人们追着钱走，理想、梦想普遍都不见了……而你们这些导演看见了其中的矛盾性。在我眼中，你们这一辈和上一辈的张艺谋等人比起来，是在夹缝中间的。

我想，你的情况也许和我有点近似。我的位置处在侯导和更新一代的导演之间，又是外地来的……我们都是夹缝一代——都有些理想，又得面对庞大现实。

贾樟柯 我自己也有很强的"夹缝"的感觉。我们的工作、理想和信仰，是跟消费主义完全不一样的。我自己开始有能力拍电影是1997年，那年恰恰是中国经济快速发展、消费盛行的时期，我所相信和热爱的电影方向，和整个社会的方向是背道而驰的，所以无意之中变成一个反叛者，反叛商业文化，反叛消费主义。

电影并不是我一开始的选择。我是1970出生的，上小学时"文革"刚刚结束，那时物质非常匮乏，我记得童年的记忆多半是饥饿。这种饥饿的感觉对于今天的80后、90后是不可能体验到的一种极端状态。当时在生活环境里文化的东西很少，对我们这些孩子来说，唯一有点沾边的就是看电影，但我从没想过自己要当一个导演。

同时，由于生存压力很大，有一个东西逐渐在我心里冒出来，一种命运的感觉。那时候我们小学是五年制，到了五年级毕业的时候，同学间突然就很多分化。比如说，我是接着读初中了；有些同学是家里有关系或者体格发育比较早的，就去当兵当武警了；

有的同学不读了，因为他们父母觉得小学五年已经够了，那些不读书的同学就去工作，各行各业都有；还有些不读书又找不到工作的，就变成流氓。虽然还是那么小的孩子，但我一下子感到命运的转变。当时隐约感觉，人其实是很不一样的。那时我开始对人有兴趣，因为看到了不同的人生。

也因为有了这个，才开始有我自己的文学活动，也大量地阅读。有一年，我读到路遥的《人生》，讲一个很重要的社会问题——户口问题。基本上，中国人被分成城市户口和农村户口，这两者不互相流动，但有一个独木桥就是高考。我当时只是个孩子，并不觉得这有什么不公平，但读了那个小说后，就突然明白了，我们这些城市户口的孩子整天贪玩，但班上那些农村来的孩子，为什么每天吃着干窝头片红薯片，一直晚自习到十一二点，因为他们要改变命运。

我很感谢阅读，它使我有了思考能力，也开始怀疑。这些就为我以后拍片，从社会角度出发关照个人的生存奠定了基础。

蔡明亮　我们俩电影里的元素，比如我的白光、葛兰，你的港台流行乐，都是生活所经历到的。这都可以变成影片重要的、脱离不了的元素。这部分大概也只有不那么市场导向的导演可以做到。

我那天遇到两个年轻的中国女生，她们从90年代就看我的《爱情万岁》或《青少年哪吒》，当时很疑惑"怎么这么慢？"，但，十几年后的现在重看，不觉得慢了，因为现在什么都快，这"慢"反而值得珍惜。当时的我之所以有这种创作空间，得感谢台湾电影新浪潮，让创作者不再有包袱，不必再为票房服务。

我在看你的电影时，认为你做到一点是非常值得尊敬的，你不太胡思乱想，不太被市场左右，一直维持一种状态往自己兴趣去拍。我也一样。（笑）

当然一般人可能会觉得"你在干嘛？"，但其实这不需要质疑，因为少的人做这些事，是值得珍惜的，真正该质疑的是大多数人在做的事情。

贾樟柯　我很同意你的说法。文化里面应该有各个层面的工作。实际上中国到了90年代末期市场经济蓬勃以后，价值判断就变得非常一元化，公众的整个价值判断都改变了，以金钱作为衡量的标准。

中国文化有一个很糟糕的情况，经常"削峰填谷"，我觉得台湾也是这样。我曾听到有评论家说，就是侯孝贤、蔡明亮这样的导演搞坏了台湾电影，也有人说就是贾樟柯这样的电影误导了年轻人，让中国电影无法发展。这是很奇怪的说法。山峰就是山峰，填谷的工作可以由填谷的人来做，各种类型的电影应该有各种爱好它的导演去完成它。我觉得我们个人没有责任向电影工业负责，每个人都在独立地做事情。

纪录片与观看的距离

蔡明亮　你拍剧情片，也拍纪录片；我则是一直拍剧情片，对纪录片思考得不太多。我觉得，拍纪录片得遇到机会。我拍过几部，有拍艾滋病病患的，有本来要拍乩童的《与神对话》。

我自己认为，拍艾滋病那次比较算是纪录片。当时社会对艾滋仍抱歧视眼光，比如认为艾滋是"同志"的病，富邦基金会就找了我和张艾嘉等六个导演拍。我就选择拍"同志"，就是要让大家看事情真正的样子，去戳破那个印象。

拍全州电影节邀的《与神对话》，记得是你拍一个，我拍一个，还有个英国导演简·坎普拉拍一个。他们邀约我就答应了。但如何拿起这个轻便的数字摄影机，我一直有点抗拒。拿起来后又要拍什么？我想一定得是我所熟悉的，所以我想拍台北。

其实我拍的不太算纪录片，而是一个心情的写照，像日记。我拍环境给我的感觉：新闻报道有河里的鱼暴毙，就去拍鱼；我对乩童很有兴趣，就去拍；又或是对地下道的功能好奇，就拍地下道。这一切呈现为影像，自然有一种象征被创造出来，比方地下道是一个通道，再串联到人与神对话的状态，那么地下道和这一切的联结又是什么？

整体来说，我并未认真思考拍摄纪录片，所以多半还是拍剧情片。但是，我不喜欢人家说，我拍的电影像是纪录片。

贾樟柯 我的第一个纪录片就是2001年和你一起在全州电影节"三人三色"主题的《公共场所》，那个时候大家在汉城谈到想拍一种空间的概念，我就想到旅行时看到的中小城市建筑。比如一个长途汽车站，你依然能看出它过去是一个长途汽车站，但它现在的功能变成一个舞厅。中年人或没有工作的人，大概吃完早餐就去跳，跳到吃中饭，午睡起来又接着跳。这种空间功能的转化很吸引我，但我没有深思熟虑过，也没有真的去观察过，只是带着摄影机进入这些空间去感受它。

《公共空间》之后拍了《东》，然后就是《无用》。《东》是关于画家的，我很喜欢刘小东，但他工作的情况我很陌生，我想了解他的工作，就用纪录片拍。

《无用》是马可对服装的创作，我是偶然听到她在做这个系列，首先"无用"的哲学概念很吸引我，再一方面她通过服装来表达对中国当代现实的响应，我从没想过服装可以有这样的响应。马可完全用手工，这是她的观念：以前人们会知道这个物品的来源，比如这围巾是你妈妈做的或姐姐做的，通过手工有一种情感的传递；自从变成机器流水线工作后，这传递就被破坏了，紧接着来的还有环保问题。马可有她很完整的思想体系，其中也有悖论的地方，但我觉得这是很难得很可贵的。

拍完小东又拍马可，是因为我特别想跟这些同时代的艺术家互动，用不同的媒介来面对同样的中国现实。我觉得这种互动的感觉，打破电影的封闭，有一种文化活力出现。我很希望通过纪录片建立小小的桥梁，让普通观众可以观赏和了解这些知识分子的工作和他们的思想——如果社会完全切断了聆听这些知识分子和艺术家声音的管道的话，我觉得那很可怕。

当然不是说我光拍两部纪录片就能建立起这个管道，而是说我们应该有意识重新建立起把知识分子思考跟公众建立联系的管道。比如《东》的DVD跟着《三峡好人》在中国卖了六十万张，这当中可能只有十万人真正看到，他就可能听到刘小东对变革、对生命、对肉体在这个时代里怎么被安排的思考,这种聆听、这种工作,我觉得是需要去做的。

蔡明亮 这就好像之前卢浮宫和故宫找我去拍片,我不是学绘画美术的,为什么找我?我想是因为我的电影是回到"观看"这件事。创作的被观看也在我的算计里,而且我也一再强调观众绝对要有观看的态度,这也是美术馆所强调的,我想这就是我常被找去拍美术馆的原因吧。他们可能觉得我可以把电影院观众带进美术馆,美术馆观众也会被带到电影院来。

讲到观看,我想到作为创作者在摄影机前对着一个对象,我永远在寻找一个恰当的距离,是符合我心里阅读的角度。因为我的电影不是以叙述故事为目的,而是透过阅读的过程,引发你的思考或感受。这样的观看当然需要分析,而不是全然投入,或者说即使投入也不是平常看电影投入剧情的方式。

我的影像是节制的,节制到有时候是造成剪辑麻烦的,因为我只拍我要的,而拍了就是要的。还没拍就要思考怎么拍,拍的当下就是最重要的判断,而不是拍了但我不知道有没有力量。这就是我所谓的严肃面对创作问题——我常说影像的驾驭不是拿起摄影机就行,是牵涉很多拍摄者的能力,这是复杂的。这也是我说为什么要慎重面对拍摄这件事情。拿起摄影机,无论纪录还是剧情,你心里到底有没有在创作?你想传达什么样的讯息跟观点?有没有可能用你的影像传达观点说服别人?拍摄绝对不是靠故事打动人的,因为雷同的故事太多。

贾樟柯 以拍纪录片来说,我也觉得距离感很重要,这个距离感造成拍摄和被拍摄者关系的问题。我总是停止在一个距离上,尽量不跟被记录者交谈或者发生关系,也很少用采访的方法,让人家意识到摄影机存在。

这是美学上的口味。我觉得人表层的东西能揭示非常丰富的信息,没必要过深地介入到他生活具体的事情和细节里面,而要他状态的细节,他的皱眉、沉默、抽烟、走动……在有距离的观看里面,我们透过片段组织出他的面貌,而这个面貌会调动观众的生命体验去理解和感受。这个调动过程特别有意思,我们提供的影像是可以调动别人的记忆的。如果你非常被动,不愿意调动自己的记忆与感情,你可能就会觉得这个电影很闷;如果你有了生命的阅历,有了这种情感互相补充和沟通的阅历,那么你或许就不觉得闷了。

影像映现的真实与力量

蔡明亮 老实说,我觉得纪录片跟剧情片没有所谓的界线。我的意思是,其实所谓的界线并不存在。拍什么也好,不需要拘泥怎么拍才叫纪录片或剧情片。这都是不停要被开发的,影像本来就该如此,不断向前。确实是两种不同操作方式,但对观众可以造成的力量,是一样的。

贾樟柯 我拍纪录片时不会很明确地感觉到我是在拍纪录片还是剧情片,拍摄的感受是完全一样的,因为在我纪录片里面也有很多摆拍和主观的介入。

我觉得电影的真实是一种美学层面的真实，它不应该对法律层面的真实做一个承诺，所有的东西是为美学的真实服务，所以拍的时候很自由。但有趣的是，一般经过长时间观察、深思熟虑的东西，我往往会用剧情片的方式来拍，写剧本、有故事、有演员；而我感觉到、捕捉到，但从未观察和介入的生活和事件，我会用纪录片的方法拍摄，这个过程也是我接近和理解这个人或者事物的过程。

我有意识地把《小武》、《站台》、《任逍遥》做成一个"家乡三部曲"。《小武》是1997年做的，讲经济开始转型时期的故事；《站台》实际上是1979年到1990年，十年里面中国的变化。从时间上来说，《站台》应该是第一部，《小武》是第二部，《任逍遥》是第三部，2000年。它们形成了中国中小城镇普通人生活的画卷。这样的安排就是来自纪录片的思路，一种纪录片才能达到的美学效果和野心。

蔡明亮 我也常思考电影的本质。我长期拍摄李康生这个演员，我对李康生的使用跟其他导演常用某些演员可能有点不同，甚至跟特吕弗拍让-皮埃尔·利奥德也不同，因为很多人会拿我和特吕弗一起说。

我拍李康生有点像记录这人。我每次处理他拍的角色会创造一些关联，但绝对也因为是由他来演。那天王墨林看完李康生自编自导的《帮帮我，爱神》后，他看着李康生说，"怎么有你这么幸福的演员？我从看《青少年哪吒》就看你，一直从二十几岁看到你三十几岁，你一直在改变，也都被记录下来了。"就是这样，虽然他一直扮演不同角色，但有一半是李康生。

慢慢我就知道，骨子里我对"真实"和"电影"有一种模糊的界限。在纪录片，没人可以真的坦荡荡让你拍每一刻，但在剧情片，演员可以，那影像是非常精确的，你要他做什么，他都可以做，但到底什么是真实？我觉得这有时候是模糊的，这个媒介因而让你感动。

于是我捕捉李康生这演员的细微变化，就接近于我对"真实"的一种追求。我达不到"真实"，但我起码可以让你觉得，李康生的改变是真的，他的年龄、体态……这是我在商业体系里抓到自由创作给我的一个回馈，就是李康生真实的改变。他是纪录片，也是剧情片。

李康生这演员，包括他演出的角色，他演出的方式，就有些纪录片跟剧情片的模糊地带。这也可以破解掉某些迷思，就是所谓纪录片跟剧情片的定义，已不再重要了。

贾樟柯 你长期和小康合作，有一个非常让我佩服的地方就是，你们彼此的信任逐渐在电影里有一种突破禁忌的力量——这会带给社会一种可能性，例如《天边一朵云》的大胆和放开，还有人内心的情欲和孤独感。你的讲述和描绘，特别对中国文化来说，让我们可以到很深的地方理解人的内心状态。

我刚才说我拍纪录片的时候觉得跟剧情片没有区别，反过来说我拍剧情片的时候也觉得与纪录片没有区别。甚至在我很多电影里面，我希望可以做到文献性。若干年后，人们看1997年《小武》的时候，里面所有的声音、噪音，就是1997年中国的声音，它经得起考据——我有这样的考虑在里面。

另一方面，我也经常以记录的角度观察人物，拍出他自身的魅力和美感。比如说王宏伟，《小武》拍到一半的时候就已经基本是在记录他这个人的节奏。后来和赵涛的合作，从2000年的《站台》到《三峡好人》，她形成了一个画廊：这个女孩子从她二十出头到二十七八岁的过程，她的成熟、变化、饰演角色的改变。她演绎了一个中国女性时间性的转变，从这种角度来说，也是一种纪录片。

蔡明亮 终归一句，到最后，无论纪录片或剧情片，影像不能只是谈议题，议题太多也太多人讲了，什么作品能有力量，能提升人的敏感度？影像的力量在这时代被浪费掉了，是我觉得最可惜的事情。

原载台湾《诚品好读》(2008年1月)

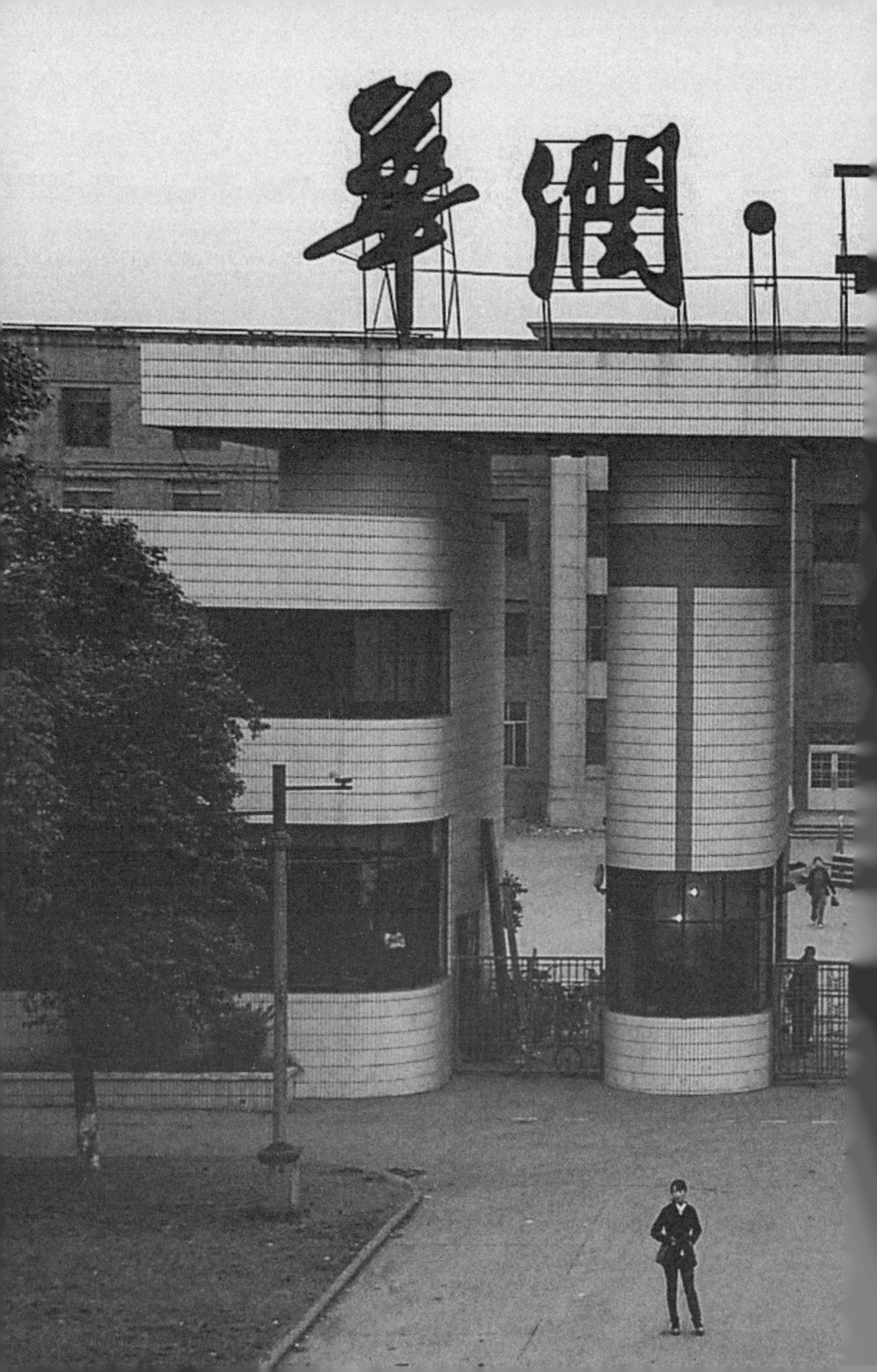
華潤

二十四城记

2008

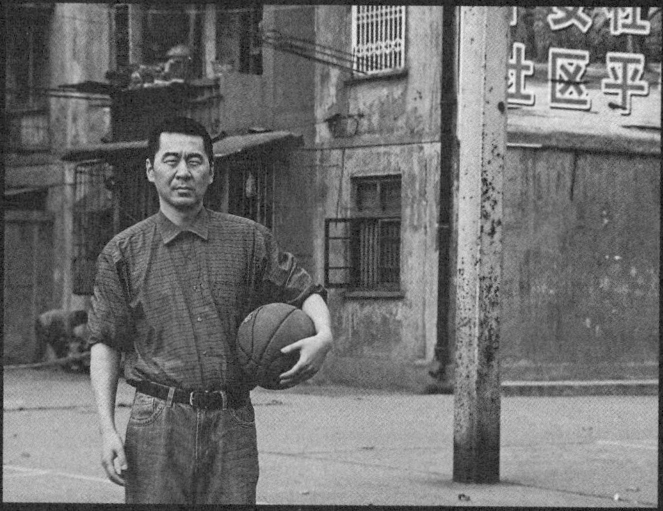
区平

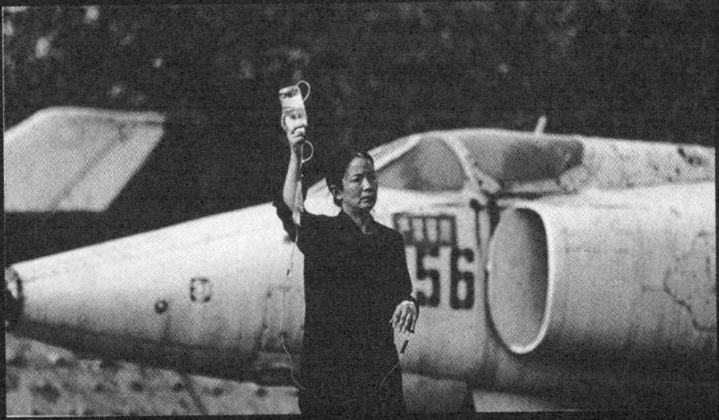

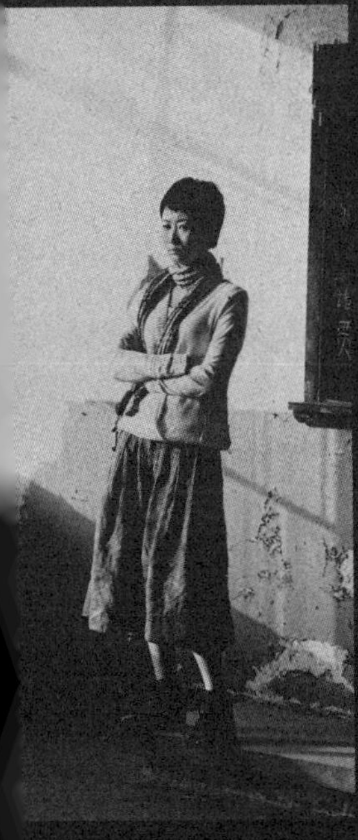

〈故事梗概〉

1958年，一家东北的工厂内迁西南。

大丽（吕丽萍饰），1958年从沈阳来到成都，成为工厂的第一代女工，千里之遥的迁徙带给她难以释怀的往事。

小花（陈冲饰），1978年从上海航校分配到厂里，外号"标准件"，是工人心目中的美丽厂花。

娜娜（赵涛饰），1982年出生，在时尚城市和老厂之间行走，她说她是工人的女儿。

三代厂花的故事和五位讲述者的真实经历，演绎了一座国营工厂的断代史。

她们的命运，在这座制造飞机的工厂中展开。

2008年，工厂再次迁移到新的工业园区，位于市中心的土地被房地产公司购买，新开发的楼盘取名"二十四城"。

往事成追忆，斗转星移。时代不断向前，陌生又熟悉。对过去的建设和努力充满敬意，对今天的城市化进程充满理解。

〈导演的话〉

三个女人的虚构故事和五位讲述者的亲身经历，共同组成了这部电影的内容。同时用纪录和虚构两种方式去面对1958年到2008年的中国历史，是我能想到的最好方式。对我来说，历史就是由事实和想象同时构筑的。

故事发生在一家有六十年历史的国营军工厂，我的兴趣并不在于梳理历史，而是想去了解经历了巨大的社会变动，必须去聆听才能了解的个人经验。

当代电影越来越依赖动作，我想让这部电影回到语言，"讲述"

作为一种动作而被摄影机捕捉，让语言去直接呈现复杂的内心经验。

无论是最好的时代，还是最坏的时代，经历这个时代的个人是不能被忽略的，《二十四城记》里有八个中国工人，当然这里面也一定会有你自己。

阐释中国的电影诗人（对谈）

对谈：达德利·安德鲁、欧阳江河、翟永明、吕新雨、贾樟柯
整理：陈澄

欧阳江河（研讨会的主持人，著名诗人） 今天晚上这个关于贾樟柯《二十四城记》的研讨会，先由来自美国耶鲁大学比较文学系的达德利·安德鲁教授发言，并问贾樟柯一些问题，然后参与者再做一些讨论。安德鲁先生是美国研究世界电影的权威学者。

达德利·安德鲁（以下简称"安德鲁"） 贾樟柯几乎是立马就把我吸引了，贾樟柯就是我想向我的美国学生介绍的中国导演。当我读贾樟柯的采访时，我的直觉被证实了。我了解到，贾樟柯是在看完《黄土地》之后，有了电影的灵感。而《黄土地》这个电影，对我也有一种很深刻的意义。我1985年在夏威夷电影节见到了陈凯歌、张艺谋，和他们一起观看了这部电影。在此之前，我从来没有看过这样的电影。这部电影如此的神秘，如此的朦胧，

是中国电影迈向世界电影的一个非常重要的跳跃。中国这些年轻的艺术家知道必须用一个新的方法来呈现中国。

和很多电影爱好者一样，我对陈凯歌和张艺谋近期的电影感到非常失望。这些电影好像是在一个无所不在、无所不能的摄影机下展开的。贾樟柯的电影与陈凯歌、张艺谋的这些电影有一个很戏剧化的对立。贾樟柯是一位电影诗人，他展现了迷失在现代化过程中的中国人和他们的国家。他在一次关于《三峡好人》的采访中，坦率地表达了他对电影独特的概念和看法，这个采访后来刊登在法国《电影手册》上。贾樟柯讲述了他的电影如何在发行战中输给了张艺谋的《满城尽带黄金甲》，"好人"发现自己被挤到了北京周边的一些小影院，而那些中国制片史上投资巨大、有着巨大的广告阵营的影片，占据了首都和主要城市的电影院线。

在《二十四城记》里面，有一种绿色的光，我不太确定，这种颜色是不是投影机的效果，我记得在纽约电影节上放映时也有这样的绿色。这是中国魂的颜色吗？我特别喜欢《世界》里的一幕，就是在医院里，一个农民工的亲戚来给他钱，那时候也有绿光，就像萤火虫的光线。

贾樟柯　那个绿光不是投影机有问题，是我们在后期调颜色的时候调进去的。这也要拜托数码技术。实际上这个绿颜色从我第二部电影《站台》就已经开始出现。《站台》开头的第一个镜头，在1979年的一个夜晚，大概有几百个农民站在一个绿色的墙前面等待一场演出，那时候绿色占据了整个银幕。实际上这个绿色也来自我自己对生活的记忆。因为在20世纪70年代末和80年代,中国北方很多家庭在装饰房间的时候,在一米以下会油上绿色的墙围。这个颜色对一个个子很小的孩子来说,是我每天都要撞到的颜色。而且这个颜色不仅仅在家庭,而且在各个机构都会出现。在医院,在办公室,在教室,所有的公共场所都会有这种绿色。在工厂车间这种更大的空间里面,我们会发现那些国营工厂的机器和墙壁,也有大量的绿色。所以对我来说,这个绿色不仅代表了一个来自生活真实颜色的情况,也代表着所有我对旧的体制、对十几年以前中国的一个记忆。

安德鲁 我自己祖上是爱尔兰人,我特别喜欢叶芝这位获得诺贝尔文学奖的爱尔兰诗人。我非常喜欢"我们想过的事情和做过的事情／必须被遗忘／像倾洒在石头上的牛奶"这句叶芝的诗。我想问贾樟柯和编剧翟永明,你们之所以这样做,是不是试图通过诗句来引导观众对那些场景进行一种暗示、指导或者划分?

贾樟柯 在拍这部电影之前,我跟翟永明在讨论剧本时,就决定要放很多诗歌在里面。我希望这部电影是充满语言的电影。的确在后来拍摄的时候,整个电影主要是用语言的方式呈现的。所有的记忆,所有过去模糊的生活,都是如此。在进入这部电影的时候,我有一个很强的感觉,就是当代主流电影越来越依靠动作,动作越来越快。我想人类其实有非常多复杂的情感,可能通过语言或者文字,他的表达会更准确更清晰一些。那么我们为什么不拍一部回到语言、回到文字的电影呢?然后把那些受访的演员或者人物,把他们的生活还给语言。所以我自己选了欧阳江河的《玻璃工厂》那句经过改编的"整个造飞机的工厂是一只巨大的眼珠/劳动是其中最黑的部分"和万夏的一句诗。叶芝的诗是翟永明帮我挑的,她当时提供这几首诗的时候,我自己也非常感动。

翟永明(编剧,著名诗人) 叶芝是我最喜欢的诗人,差不多也是对我影响最大的诗人,我一直在读叶芝的诗。我们在创作这个剧本的时候,贾樟柯讲到里面有那么一个镜头,一个工厂爆破,一阵烟之后就到了最后最年轻的一代了。我觉得那个镜头特别有诗意,当时我还没有看到拍摄的过程,但是他给我描述这个镜头的时候,我的脑子里面就出现了叶芝的那一句诗,而且几乎就没有别的诗句可以替代,所以当时就选了这个。

另外,我认为贾樟柯是中国电影导演里面最有诗歌修养的人,他以前读过大量的诗歌,电影中很多诗句都是他自己选的,只有其中一部分是我选的。所以我觉得刚才达德利·安德鲁说贾樟柯是一个电影诗人,非常恰当。

安德鲁 贾樟柯是一个诗人,同时又非常关注这个社会。在创作《二十四城记》时,你之所以选九个人物,是不是必需的?

贾樟柯 这九个人物是由两部分人组成的,一部分是我进入到这个工厂采访的真实人物。我们接触了一百多个工人,拍了五十多个工人,在这些被采访的人物里,找了五个真实人物放在影片里面。另外四个人物完全是虚构的。比如说吕丽萍演的丢小孩的故事,陈冲演的1970年代末上海女人的故事,陈建斌演的"文革"时童年的故事,还有赵涛最后演的新新人类。

我觉得这九个人组合到一起的时候,他们形成了一个群像。

一方面我非常喜欢群像的感觉，一直不喜欢一组固定的人物贯穿始终拍摄，因为我觉得群像的色彩可以带来现实复杂性的感觉，所以首先选择了一个群像的概念，就是我要很多人在电影里出现。这九个人物的群像里面，人物跟人物之间有一个互动的关系，首先他们有一个时间的连续性，从1950年代初到当代，通过他们九个人的接力，来讲述一个线性的历史；每个人物又有一个封闭的但是属于他自身的时间。

另一方面，就是所有人物的讲述都在此时此刻，但是他们的讲述里面有五十年的时间。我喜欢这样一种时间的复杂性。我采访的这五十多个人里面，有非常激烈的讲述，也有惊心动魄的瞬间，但是我在剪辑时，全部把它剪掉了，只留下一些常识性的经历。对大多数中国来说，这些经历、这些生命经验是常识，它不是太个体的，不是独特的。但这个常识性讲述希望提供给观众一种更大的想象空间，这个想象空间可以把自己的经验、经历都投入在里面，它不是一个个案，它是一个群体性的回忆。

实际上在这个电影里，大家也看到了，它也会有很多没有语言的时刻，比如说那些肖像。这些没有语言的时刻，可能是对那些语言的补充。

安德鲁　《二十四城记》是否正好是《世界》的对照？《世界》里的人们都有着一种不需要护照的自由；而在《二十四城记》中的军工厂，每个人都不能自由地移动。但在这个被阻拦的社会里，这些人却可以互相交流，可以互相帮助，他们共享一种不想抹去的记忆。可是在《世界》里面，每个人都很孤独，而且每个人都无家可归。中国有一种什么样的现代性和现代感？

贾樟柯 要说到这个问题，首先要回到《世界》拍摄之前的一个情况。《世界》是2003年开始写剧本的，那个剧本跟"非典"有很大的关系。在"非典"之前，我跟非常多的中国人一样，都在一个非常忙碌、快速的节奏里生活。但"非典"事件是一个突然的刹车。当这个刹车到来的时候，我自己在北京没有任何事情可以干，也离不开这个城市，在这个空城里面游走的时候，我意识到了过去速度的问题。过去那个快速，我们以前是感觉不到的，因为身在其中；只有突然刹车了，才明白过去原来是一种快速的、非常规的生活。

所以如果谈到有一个新的感受的话，在这个城市，或者在这个国家，这种对速度感的意识成为我的感受里出现的新东西。对速度的担忧，对速度的看重，或者是意识到速度感，是一个新的精神层面的东西。在这个城市里走的时候，我当时开始注意到两边的广告，很多房地产楼盘的广告，比如说那个时候有一个楼盘叫"罗马花园"，有一个楼盘叫"温哥华森林"，有一个楼盘叫"威尼斯水城"，所有盖在北京的楼盘都跟外国的城市联系在一起。这些东西都是让我很难平静的新的发现，或许它就会形成一个新的精神世界里面的新的意识。

《世界》跟《二十四城记》是不一样的，《世界》是对那些离开束缚、离开家庭、外来的新涌入城市的人群的描述。他们离开两个东西，一个是离开了家庭的结构，在他出发的地方，他会有家庭，会有叔叔、阿姨、亲戚，整个家族的结构，到目前为止，这些都是维系中国人结构的一个核心的东西。但是他离开土地，离开家乡，来到城市的时候，他看起来变成了一个自由的人。同时也意味着他离开了另外一个束缚人的系统和体制，可能他离开了工厂，离开了这些单位。《二十四城记》里的那些工人的宿舍、那些工厂，就像是《世界》里这些人来的地方一样。特别是在1949年之后，单位成为重新组织中国人际结构的系统。《二十四城记》中所有的人都陷入单位这个社会结构里面。我刚到那个工厂时，让我最惊诧的是那个工厂跟当代中国的脱节。它是当代的一部分，但是它跟我们印象中的当代中国是脱节的。在工人宿舍墙外围的边上，它是一个当代中国，它有旅行社，有商店，有迪斯科，有网吧，有酒吧，有所有的一切。但是进入工人的家庭里面，他们的家具，他们的装修，他们的洗手间，他们的照片，所有的陈设，有的人停在1970年代末，有的人停在1980年代初，有的人停在1980年代中，有的人停在1980年代末，总之跟围墙之外的世界是两个世界。

所以对我来说，两部电影是在做两个工作：拍《世界》是想告诉人们，有一个正在被装修的中国；拍《二十四城记》是想告诉人们，还有一个被锁起来的中国，包括记忆。

安德鲁　《站台》以一种失落的情感调子结束，但是中国在自我表达方面已经有了很大的进步，你怎么阐释中国在自我表达方面发生的种种进步和变化？

贾樟柯　其实我觉得这个失望的调子，并不一定是因为单纯的现实层面所发生的，比如说过去对人的影响所产生的悲剧这样一种失望。如像佛教所说的人的过程是生老病死,这个生老病死,并不会因为表达自由度的增加,或者是其他的社会层面的压力减轻而消失。所以从这个角度来说,我自己对生命的认识本身就不怎么愉快。

每个时代都存在表达,但是我觉得从1970年代末的改革开放一直到现在,其实我们努力要做的是这个表达要来自个人,来自内心,来自一个私人的角度,而不是依附于一个主流话语的讲述。表达有无数种,但是这个变化过程的确能够看到,中国艺术文化领域来自私人角度的话语逐渐多了起来,特别是在电影这个领域。从1990年代开始有独立电影,到今天挣脱出来,真的有一些电影来自个人对社会的观察,从个人出发反映时代和生活。从这个角度来说,这十几年的时间,的确发生了很大的变化。我们知道,在日本六七十年代,会有超8毫米拍摄的这种过程,会有那个时代来自个人角度的记忆;而当我们回顾那些重要的历史时刻,之后很长时间,除了官方的影像记录之外,从电影领域发出的对社会的关照是没有的。那么到1990年代,中国有了独立电影,有了独立表达,我相信从1990年代初到现在这十几年的时间里面,留下了非常有意思的作品,这些作品来自我们个人成熟的表达和反映。

吕新雨(复旦大学新闻学院教授) 其实讨论贾樟柯很难,他给批评家留的空间很小,因为他是他自己电影最好的理论家,他把自己的电影说得滴水不漏。

我的问题是,《二十四城记》在不同的艺术媒介之间来回转换,从多个方面打破了电影的传统叙述方式，比如刻意地挪用纪录片的形式，把电影导演的角色转换为一个采访者的角色，比如镜头内外的跨越。这个跨越过程中出现了一个矛盾。当你自己把自己放进去，这是一个限制性视角，你能采访到的东西才会呈现出来，你采访不到的东西，就可以刻意不去呈现；而那些刻意不去呈现的特点，恰恰可能是电影的要点。你采用了非常传统的纪录片的方式，我只拍我看到的，要放弃那种全知视角和全知叙述，回到现实性的叙述。但是这种限制性视角的刻意采用，恰恰和诗人角色的出现形成一个对比。电影中诗歌的出现，在很大程度上扮演了一个先知的角色，或者说一个价值评判者的角色。诗人的预言和判断功能被你重新恢复，这一功能的恢复恰恰建立在一个全知视角和超越性视角的基础上。

整个片子是关于逝去的故事，逝去的孩子，逝去的爱情，逝去的青春，逝去的岁月，所有这些东西都是逝去的。这些逝去的东西是看不见的，所以你特别限制表象。有的时候你好像刻意被这个东西给包围住了。这样一种伪装的纪录片，伪装的采访者，或者伪装的故事片，实际上是反故事片的故事片。

还有一个小细节，电影中的人物多用方言，包括你自己的采访也带有地方口音。可是我觉得奇怪的是，你为什么能容忍吕丽萍那么标准的普通话在这里面出现？当我听到吕丽萍声音的时候，我觉得好像原来那个声音在这里断掉了，忽然变成了像电视剧里面的说话，这让我觉得很不舒服，在整个片子里面，这可能是一个破绽。

贾樟柯 我在做的时候,希望它是一个能够跨媒介的方法。因为电影的时间性跟它视觉的连续性,可以提供一种跨媒介的可能性,包括大量的采访是借用语言的部分,诗歌是借用文字的部分,有肖像的部分,有音乐的部分。实际上最简单的也是最初的一个出发点,就是希望通过多种形式的混杂,把一个多层面的复杂的东西呈现出来。我接触到那些记忆的时候,觉得特别复杂,记忆的呈现是特别复杂的一个过程,包括做这个采访的工作的时候,导演跟被采访人物的关系,还有导演跟电影的关系,也是非常复杂的。最后我就想把它都容纳在一起,把这种复杂性结合在一起。像吕丽萍饰演的那个片段,本来在剧情中他们是从沈阳搬过来的,普通话跟东北话有接近的地方;而且因为吕丽萍的丈夫也是东北人,我觉得她能说一些东北话,结果她不行,一点东北话的味道都没有。在语言上,这肯定是一个损失,就是没有呈现出这种地方语言的特点,但是吕丽萍有一个很大的优势,就是她的讲述状态里的那种控制能力。我已经不可能找到这个当事人,因为当事人都不在人世了,这个事情讲的是这个厂牺牲的第一个孩子。我看中吕丽萍的一个地方,就是她自身是一个母亲,然后有很长时间是一个单亲的母亲,所以她跟孩子之间的关系,她作为母亲的感触,是非常强烈的。所以我觉得有这个心理依据,她在感受这个剧本、感受这个故事的时候,可能比其他的演员要更加有优势。所以在语言方面有一些牺牲吧。

在跨媒介的方法方面,我希望能够自由,希望能够回到早期默片时候那个活泼的阶段,没有城市,也不分电影是纪录的电影还是剧情的电影，电影就是电影。因为大家都不清楚电影是什么东西，所以那个时候电影能够容纳很多，包括默片里面有很多字幕啊，很文学性的东西。通过这样一个努力，让我们重新审视电影现在的情况。我觉得无论是剧情片，还是纪录片，都陷入了一种类型的限制里面，是不是有一种方法可以破解？当然它不是常规的，就像你说的，它不可能把中国所有的电影陈规都打破，但是它至少有这种可能性，或者会发现一种新的可能性，但它是以一种回归默片的方式来实现的。

欧阳江河 可能几乎所有的诗人，都会喜欢贾樟柯这种工作方式。他的作品呈现影像，呈现记忆，他进入这个世界的角度和方式，正如达德利·安德鲁先生非常敏锐地看到的，贾樟柯从某种意义上讲，就是一个用影像进行工作的诗人。因为诗歌有各种各样的形式，除了语言以外，它还有影像，还有声音的记录角度。比如说翟永明，她就是想超出词语的范围、文本的范围进入诗歌，所以她也关注音乐，关注美术，关注电影。她在电影方面的经验非常丰富，这次跟贾樟柯的合作，我觉得非常成功。

刚才贾樟柯讲，他拍了五十个人，最后把那些刺激性的、个人传奇性的东西都去掉了。于坚也当过工人，他觉得不刺激，简单了一点。但是我想，正是由于这种简单，它变得抽象起来，整个电影变得从生活中突然上升起来了，到了一个空虚的高度、一个虚构的高度。这个电影最后的文本，突破了我们对电影所有的构想，它既不是一个故事片，不是一个剧情片，也不是一个纪录片，也不是一个电视剧，也不是一个口述史，它什么都不是，但是又诠释着这一切，它特别奇怪。这样一个自我矛盾的、一个互相诋毁的东西，被压到传奇性、娱乐性的最低限度，诗意在这个时候出现。但是诗意不是拔高的结果，而是一个压缩、削减的、减法的过程。浓缩到最后，它是一个赤裸裸的、干枯枯的东西，这就是我们的历史文本，我们的记忆。

我非常钦佩达德利·安德鲁的眼光，刚才他提到的绿色，中国画家张晓刚也注意到这一点。张晓刚画1970年代记忆的系列作品，就是在画绿色。从苏联到美国去的诗人布罗茨基回忆早年生活的散文《小于一》中也谈到了这个遍布整个苏维埃的邮政等高线，我把它称为邮政绿，1.2米的邮政绿。在中国标准的高度是1.1米，还有标准的颜色和浓度。这个邮政绿太有意思了，这是一个社会主义的产物，资本主义不可能有的，这也是几个费解的问题之一。

吕教授刚才谈到，《二十四城记》是一部关于消逝的电影，这个消逝不是一般意义上的消逝。所谓消逝和失去也可能一样，比如这次金融危机，雷曼兄弟没了，很多人赚了几十年的钱突然没有了。这个搬迁的故事，讲的是这个工厂要消失，然后另外一个新城、所谓的居住空间要起来。在商品房里住的人，他们各自的生命不发生交叉，他们只是在这儿住，他们干的事情，他们的灵魂、教育、文化完全不一样，但是有钱可以到这儿来住。搬走的人的空间则是一个独立王国，从上海、辽宁或其他某个地方搬过来，变成一个独立的文化体，跟它所在的那个城市毫无关系。他们1950年前从自己的家乡搬来，然后没有自己的故乡，到这儿建立一个理想主义的城市。五十年以后,一切都不在了。非常有意思。

原载《21世纪经济报道》(2008年11月8日)

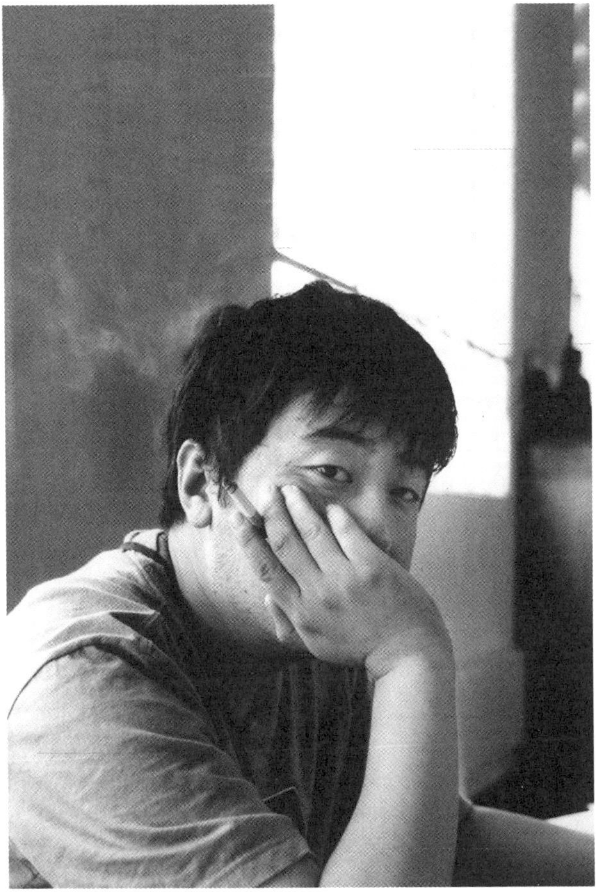

附录　贾樟柯简历

贾樟柯，导演、制片人、作家。生于1970年，山西省汾阳人。1993年就读于北京电影学院文学系，从1995年起开始电影编导工作，现居北京。

导演作品

小山回家（1996，50分钟，故事片）
1996年香港独立短片及录像比赛最佳故事片

小武（1998，107分钟，故事片）
第48届柏林国际电影节青年论坛首奖沃尔夫冈·斯道奖及亚洲电影联盟奖
第20届法国南特三大洲电影节最佳影片金热气球奖及最佳女主角奖
第17届温哥华国际电影节龙虎奖
第3届釜山国际电影节新潮流奖
比利时电影资料馆98年度大奖黄金时代奖
第42届旧金山国际电影节首奖SKYY奖
1999年意大利亚的里亚国际电影节最佳影片奖

站台（2000，193分钟/154分钟，故事片）
2000年威尼斯国际电影节正式竞赛片，最佳亚洲电影奖
2000年获法国南特三大洲国际电影节最佳影片、最佳导演奖
2001年获瑞士弗里堡国际电影节堂吉诃德奖、费比西国际影评人奖
2001年获新加坡国际电影节青年电影奖
2001年获布宜诺斯艾利斯国际独立电影节最佳电影奖

2001 年获第 30 届蒙特利尔国际新电影新媒体节最佳编剧奖

2001 年日本《电影旬报》年度十佳外语片

2001 年法国《电影手册》年度十大佳片

公共场所（2001，31 分钟，纪录片）

第 13 届法国马赛国际纪录片电影节最佳影片

狗的状况（2001，5 分钟，纪录片）

任逍遥（2002，113 分钟，故事片）

第 55 届戛纳国际电影节正式竞赛片

第 16 届新加坡国际电影节国际影评特别奖

世界（2004，108 分钟，故事片）

第 61 届威尼斯国际电影节正式竞赛片

第 6 届西班牙巴马斯国际电影节最佳影片金伯爵奖、最佳摄影奖（余力为）

第 11 届法国维苏尔亚洲电影节评委会大奖

第 7 届法国杜威尔亚洲电影节最佳编剧金荷花奖

2005 年多伦多影评人协会最佳外语片奖

2005 年圣保罗国际电影节最佳外语片奖

2005 年法国《电影手册》年度十大佳片

东（2006，70 分钟，纪录片）

第 63 届威尼斯国际电影节地平线单元

意大利纪录片协会最佳纪录片奖

意大利艺术协会 2006 开放奖

2006 台北国际纪录片双年展最佳亚洲纪录片奖

三峡好人（2006, 105分钟，故事片）

第63届威尼斯国际电影节最佳影片金狮奖

第34届洛杉矶影评人协会最佳外语篇奖、最佳摄影奖（余力为）

2007亚洲电影大奖最佳导演奖

2007阿德莱德国际电影节最佳影片奖

2007特罗姆瑟国际电影节费比西国际影评人奖

第28届德班国际电影节最佳导演奖

第14届智利国际电影节最佳影片奖、最佳男演员奖

2007年度日本《电影旬报》最佳外语片奖、最佳外国导演奖

2007年度日本《朝日新闻》最佳外语片

2007年度日本大阪电影节最佳外语片

2007年度日本《每日新闻》最佳外语片

2007年度法国《电影手册》年度十大佳片第二（编辑选择）

2007年度法国《电影手册》年度十大佳片第一（读者票选）

第20届釜山国际电影节史上十佳亚洲电影

无用（2007，80分钟，纪录片）

第64届威尼斯国际电影节最佳纪录片奖

2007年第12届米兰国际纪录片电影节FNAC影片大奖

我们的十年（2007，8分钟，故事片）

二十四城记（2008，103分钟，故事片）

第61届戛纳国际电影节正式竞赛片

第18届挪威南方国际电影节费比西国际影评奖

河上的爱情（2008，19分钟，故事片）
第65届威尼斯国际电影节特别展映单元

黑色早餐（2008，3分钟，故事片）
联合国人权委员会成立60周年纪念短片之一

海上传奇（2010，119分钟，纪录片）
第63届戛纳国际电影节"一种关注"单元
第30届夏威夷国际电影节最佳纪录片金兰花奖
第13届蒙特利尔国际纪录片电影节大奖（kino pen奖）
第7届迪拜国际电影节最佳纪录片金马驹奖

家的感觉（2011，3分11秒，故事片）
纪念日本3.11地震短片合集《3.11家的感觉》作品之一

天注定（2013，129分钟，故事片）
第66届戛纳国际电影节最佳编剧奖
第7届阿布扎比国际电影节最佳影片黑珍珠奖
第20届明斯克国际电影节最佳导演奖
第40届比利时根特电影节最佳音乐奖
第24届法国佩萨克历史电影节"大学生评审团奖"
第12届印度浦纳国际电影节评委会特别奖
第36届美国星光丹佛电影节最佳外语片——基耶斯洛夫斯基奖
第50届台湾金马奖最佳剪辑、最佳原创音乐奖
法国《电影手册》杂志2013年度十大佳片（第5名）
英国《视与听》杂志2013年度十大佳片（第6名）
美国《电影评论》杂志2013年度十大佳片（第5名）

日本《电影旬报》杂志2013年度十大外语片（第3名）
美国《纽约时报》2013年度十大佳片（第5名）
BBC（英国广播公司）2013年度十大佳片（第6名）
2013年多伦多影评人协会最佳外语片奖
2013年法国影评人协会最佳外语片奖
2013年美国国家影评人奖最佳外语片第2名
2013年德国IFA跨文化电影奖
第2届圣马力诺电影节杰出艺术成就圣马力诺泰塔奖（赵涛）

万象（2013，2分钟，故事片）
纪念第70届威尼斯国际电影节短片合集《威尼斯70：重载未来》作品之一

山河故人（2015，126分钟，故事片）
第68届戛纳国际电影节正式竞赛片
第63届圣塞巴斯蒂安国际电影节公众奖——最佳欧洲电影奖
第52届台湾金马奖观众票选最佳影片、最佳原创剧本奖
第10届亚洲电影大奖最佳编剧奖
2015年第12届国际影迷协会奖（戛纳）最佳女演员奖（赵涛）
2015年国际在线影评人协会最佳影片（尚未在北美发行）
第33届迈阿密国际电影节最佳表演奖（赵涛）
2016年美国圣地亚哥影评人协会奖最佳外语片
2016年意大利电影杂志《搜索者》(*Sentieri Selvaggi*)年度全球最佳影片
2016年美国《名利场》杂志年度十大佳片（第9名）
2016年美国《纽约客》杂志年度35佳影片（第16名）
2016年美国《Esquire》（时尚先生）年度十大佳片（第10名）
2016年度第90届日本《电影旬报》海外十大佳片（第5名）
第23届美国Chlotrudis独立电影奖最佳剪辑奖（马修 Matthieu Laclau）

营生（2016，26分钟，故事片）

第69届洛迦诺国际电影节短片单元

第40届香港国际电影节特别展映

第53届纽约影展特别展映

第41届多伦多国际电影节短片单元

第64届圣塞巴斯蒂安国际电影节特别展映

监制作品

明日天涯（2003，导演：余力为）

赖小子（2006，故事片，导演：韩杰）

完美生活（2008，故事片，导演：唐晓白）

荡寇（2008，故事片，导演：余力为）

Hello，树先生！（2011，故事片，导演：韩杰）

语路YULU（2011，纪录片，导演：贾樟柯、陈涛、陈挚恒、陈翠梅、宋方、王子昭、卫铁）

记忆望着我（2012，故事片，导演：宋方）

革命是可以被原谅的（2012，纪录片，导演：丹米阳）

陌生（2013，故事片，导演：权聆）

K（2015，故事片，导演：艾米尔、布拉格）

枝繁叶茂（2016，故事片，导演：张撼依）

个人荣誉

2004年获法兰西共和国文学艺术骑士勋章

2007年达沃斯经济论坛"全球青年领袖"

2008年杜维尔电影节"杰出艺术成就奖"

2008年杜维尔电影节杰出艺术成就奖

2008年英国《卫报》"可以拯救地球的50人"

2009年第十届西班牙拉斯帕尔玛斯国际电影节杰出艺术成就金伯爵奖

2009年获法兰西共和国文学艺术骑士勋章（军官级）

2010年多伦多电影节新世纪十年最佳导演奖

2010年瑞士诺加洛国际电影节荣誉金豹奖

2010年荷兰克劳斯王子桂冠奖

2014年亚美尼亚金杏国际电影节"帕拉捷诺夫奖"

2014年意大利新现实主义电影节"金湖奖"

2014圣保罗国际电影节终身成就奖

2014年美国《外交政策》"全球百名思想家"

2014年釜山国际电影节"史上十佳亚洲导演"

2015年戛纳国际电影节导演双周终身成就"金马车奖"

2016年第18届孟买国际电影节"杰出艺术成就奖"

2016年第38届开罗国际电影节"杰出艺术成就奖"

出版著作

2009《贾想》

2009《中国工人访谈录》

2010《故乡三部曲：小武、站台、任逍遥》

2010《海上传奇——电影纪录》

2011《问道——十二种追逐梦想的人生》（与赵静合著）

2014年《天注定——电影纪录》